rowohlt
PAPERBACK

Jenni Zylka

beat baby, beat!

Roman

Rowohlt Taschenbuch Verlag

Originalausgabe
Veröffentlicht im Rowohlt Taschenbuch Verlag,
Reinbek bei Hamburg, Mai 2004

Illustrationen Daniela Härle, Berlin
Umschlaggestaltung Cordula Schmidt/Notburga Stelzer
(Foto: Corbis/Getty Images)
Satz Proforma PostScript (QuarkXPress)
bei KCS GmbH, Buchholz/Hamburg
Druck und Bindung Druckerei C. H. Beck, Nördlingen
Printed in Germany
ISBN 3 499 23619 2

2002

Menno, denkt Brenda Böhm und rubbelt sich energisch die Nase, wenn dieser Mann noch einmal «anyway» oder irgendein anderes unpassendes englisches Wort benutzt, dann mach ich mit ihm eine große, blutige Anglizismen-Austreibung.

Der Mann ist der Gitarrist einer eigentlich nur in äußerst regionalen Heavy-Metal-Kreisen bekannten Band, und Brenda muss ihn für ein Musikmagazin interviewen. Normalerweise schreibt sie für die Zeitung Stonerrock-Plattenkritiken. Stonerrock ist eine Rock-Variante, die man hören sollte, wenn man verschiedene bunte Psilocybin-Pilze genommen hat, in der mexikanischen Wüste sitzt und alles ganz toll findet: die irren Berge. Den irren Sand. Die irre Hitze. Und wie sich alles bewegt … Zwar war Brenda noch nie in der mexikanischen Wüste und hat nur als recht junger Hüpfer einmal versucht, sich mit Pfifferlingen zu dopen (das war zu der Zeit, als sie auch probierte, Kräuter der Provence zu rauchen), aber Stonerrock mag sie trotzdem.

Doch nun hat der sehr nette Redakteur ihr dieses Interview angeboten, und da sie aus alter Gewohnheit sogar die Umsonst-Werbebonbons von Radiosender-Ständen für schlechte Zeiten hortet, hat sie das Angebot seufzend angenommen. Also sitzt sie im Backstageraum eines kleinen Clubs auf einem Holzklappstuhl, wird von Bieraromen umwabert und überlegt, was sie den Heavy Metaller noch fragen kann. Der gibt gerade mit der Geschichte an, wie seine Band das Management gewechselt hat:

Weißt du, wir waren so fed up und dachten uns einfach, no way, dass wir noch länger bei diesem Shit-Management bleiben …

Brenda macht sich dazu Notizen wie «Brenda wohnt, das weiß ich, Herrfurthstraße 30». Sie ist vor zwei Wochen in Berlins gefährlichen Stadtteil Neukölln umgezogen und braucht ein paar Merkreime für ihre vergesslichen Freunde.

Der Gitarrist knibbelt an seinem Holsten-Pils-Flaschenhals und sagt zu Brenda: Bist du okay? Mann, denkt Brenda, ich bin schon okay, ich bin sogar fein, wie der Amerikaner sagt, du bist nur überhaupt nicht okay, und außerdem ist das doch wieder 'ne Übersetzung aus dem Englischen. Der fährt mich noch verrückt, der Typ! Aber laut sagt sie natürlich etwas anderes, nämlich: Klar, meine Nase juckt so, ist, glaube ich, Heuschnupfen.

Im September, fragt der Gitarrist und versucht, wissend zu gucken, und Brenda sagt, ich bin halt ein spätes Mädchen. Lass uns noch mal 'n bisschen über eure neue Platte reden. Bist du damit zufrieden? Doch, setzt der Gitarrist an, ich hätte manche Songs ein bisschen anders gemastert, aber anyway, jetzt ist sie fertig, wahrscheinlich ist man ohnehin nie ganz zufrieden. Das ist jedenfalls die beste Platte, die wir je gemacht haben, definitely, und bei der Release-Party kam die auch super an …

Während Brenda ihre eindrucksvolle Norddeutschennase rubbelt, ihren Katja-Ebstein-Haarhelm ausschüttelt, die bestiefelten Füße in die andere Richtung verschränkt und jetzt ein paar Das-ist-das-Haus-vom-Nikolaus-Häuser zeichnet, denkt der Gitarrist, oh boy, was für eine crazy Person! Die hat bestimmt gerade einen römerschildgroßen Spiegel voller langer Koks-Lines trocken geschnaubt, und die Nase juckt immer noch von dem Stoff. Natürlich weiß Brenda nicht genau, ob der Gitarrist das wirklich denkt, aber sie ist daran gewöhnt, wegen ihres vielen Naserubbelns für eine Pulverdrogenfreundin gehalten zu werden.

Die beste Platte, die ihr je gemacht habt – das ist vor allem die erste Platte, die ihr je gemacht habt, du Eieruhr, denkt Brenda jetzt, während der Gitarrist ein bisschen weiterfaselt und Brenda ein bisschen weiterkritzelt. Und in diesem Moment setzt sich ein gemeines, müdes Staubkorn mitten auf Brendas linke Kontaktlinse, um sich dort auf der glatten Oberfläche ein wenig auszuruhen. Brenda hört auf zu kritzeln, verdrückt im linken Auge ein Tränchen, sagt: Sorry, ich muss mal eben raus, und erschrickt im selben Augenblick: Damned, jetzt hat er mich angesteckt mit den Anglizismen! Dann stiefelt sie schmunzelnd zur Toilette, hockt sich auf die Brille und streicht den glatten, langen Pony aus der Stirn. Sie blinzelt die Linse heraus und lutscht sie gründlich sauber. Mit dem anderen Auge liest sie dabei ein paar der Klosprüche an den Wänden um sie herum: Murat will vögeln, steht da, Ich liebe Jan, Jan forever, Jan and Dunja = Big Love, Weiber ruft mich an und Fist Fuck USA. Brenda überlegt kurz, ob «Fist Fuck USA» der Titel eines Politpunksongs ist, sie kann sich ein schnelles, hartes Stück vorstellen: One two three four USA, USA, USA, Fist Fuck!!!!! Dann setzt sie die Linse ein und schlendert zurück in den Backstageraum. Und während der Gitarrist sie anguckt, nachdenkt, einen süchtigen Schluck aus seiner Bierflasche nimmt und schließlich – immerhin fast ohne einen einzigen Anglizismus – sagt, jetzt weiß ich, woher ich dich kenne: Du bist die Brenda von der Beat Bande!, drängt sich auch die andere Kloschmiererei in ihr Bewusstsein, die sie zwar gesehen, aber nicht wahrgenommen hat: Beat Bande – Ihr seid die Größten! Die tollste Band der Welt!, prangte da groß in schwarzblauem Edding an der abgeschrammelten Klotür. «Größten» war dreimal nachdrücklich unterstrichen worden, und die Punkte unter den Ausrufezeichen hatten die Form kleiner blauschwarzer Herzen. Da hat sich jemand mal richtig Mühe gegeben.

1994 und was davor war

ber die Beat Bande, das waren natürlich auch die Größten, ohne Zweifel. Die tollste Band der Welt. Eine Band, die aussah, wie Nina Simone Klavier spielt, und spielte, wie Brigitte Bardot aussah. Nicht umgekehrt, übrigens. Oder, um es einfacher zu sagen, musikalisch ging es spitzenmäßig ab, und nach einem Konzert waren sämtliche Menschen aus dem Publikum in sämtliche Menschen auf der Bühne verliebt. Und das Größte: Die Beat Bande hatte es wirklich geschafft! Mit Geld, Ruhm, Namen, teuren Nightlinern, bedruckten T-Shirts und so weiter! Als reine All-Girl-Instrumentalband! Wie viele herausragende rein instrumentale Frauenbeatbands können die meisten Menschen nennen? Na? Also. Zwar gibt es jede Menge Damenformationen, aber eine will doch immer singen. Und damit kommen normalerweise die Probleme: Die Sängerin muss vorne stehen, sonst sieht man sie nicht, und irgendeine Art von Show liefern. Wenn sie das gern macht, dann läuft sie Gefahr, ganz schnell zur Rampensau zu werden. Schwuppsdiwupps ist sie eingebildet, hört den anderen nicht mehr zu, fällt bei gemeinsamen Essen allen ins Wort und benimmt sich wie Mae West, wenn eine jüngere Frau in ihrem Backstageraum herumlungert: Sie zischt und zickt und wütet und wackelt mit allem, was sie hat, weil sie das Mittelpunktdasein so sehr braucht. (Danach streitet sie sich mit ihren Bandkolleginnen und steigt wütend aus der Gruppe aus. Sie versucht mit Hilfe von windigen

Musikbusinessmanagern eine Solokarriere aufs Parkett zu stemmen, das klappt natürlich nicht, sie wird drogenabhängig, depressiv und endet als trauriger Solo-Act auf Parkhauseröffnungspartys oder als noch traurigere Tetrapackweintrinkerin unter der Brücke. Und dann hat sie noch Glück gehabt.)

Aber wenn sie nicht gern vorne steht, weil sie eine schüchterne Katholikentochter ist, die sich eigentlich immer schämt, wenn alle sie angucken, muss sie eine laute und präsente Bühnenpersönlichkeit entwickeln, die mit ihrer wirklichen Persönlichkeit überhaupt nichts zu tun hat. Dann wird sie auf Dauer schizophren oder zumindest todunglücklich, weil alle, die sie kennen lernen, etwas ganz Falsches von ihr denken und erwarten. Das Rita-Hayworth-Syndrom: Gilda heiraten und mit Rita aufwachen.

Courtney Love von der Band Hole ist ein typisches Beispiel für den ersten Fall, eine Mittelpunktsfrau, mit der man niemals zusammen in einem langsam in die 76. Etage zuckelnden Aufzug sein möchte. Den zweiten Fall, die von Hause aus schüchterne Katholikentochter mit dem schizophrenen Touch, konnte man bei Janis Joplin beobachten. Die haben ihre Persönlichkeitsprobleme, kombiniert mit ein paar tausend Litern Southern Comfort und schlechtem Heroin, bekanntlich sogar ins Grab gebracht.

Das alles kann mit einer reinen Instrumentalband nicht passieren, denn da geht es viel weniger um eine Personality-Show als um den Sound. Behauptete Brenda jedenfalls am Anfang der Beat-Banden-Karriere. Einfach demokratischer ist das mit uns, wir sind nämlich alle gleich wichtig, erklärte sie. Brenda kann inzwischen in ihrem mittelkurzen, ereignisreichen Leben auf eine lange Band- und Übungsraumkarriere zurückgucken und tut das auch manchmal, wenn sie einen im Tee hat.

Trotzdem löste sich die Beat Bande nach nur knapp drei Jahren auf, manche sagen, auf ihrem Karrierezenit. Nicht nur wegen Eifersüchteleien übrigens, die man bei Frauen unverschämterweise Stutenbissigkeit nennt und die bei Männern natürlich genauso vorkommen – oder glaubt jemand, dass Mick

Jagger und Keith Richards außer gemeinsamem «Loooooove's in vaiiiin»-Singen auf einer Stadionrockbühne noch andere Worte aneinander richten? Oder dass Farin und Bela von den Ärzten das zickige Gegeneinander-Stänkern bei Konzerten und Interviews nicht zumindest ein bisschen ernst meinen?

Bevor sie sich trennten, war die Beat Bande da, wo eigentlich alle mehr oder weniger hinwollen oder hinmüssen, wenn sie entschlossen sind, sich den ganzen Tag mit Musik zu beschäftigen, anstatt etwas Anständiges wie IT-Berater zu lernen: In den Charts (ziemlich weit oben). In den Jugendzimmern der Vorstädte (an den Wänden neben Oasis). Sogar in den Büros der Großstädte (an den Wänden neben dem Terminplaner 1995). Im Fernsehen. In den Radios. In den Herzen sowieso.

Die Beat Bande hatte sich im Laufe der drei Jahre, die sie in der allgemeinen Populärkultur zubrachte, einen echten Gründungsmythos zurechtgelegt. Das machen Götter aus uralten, längst ausgestorbenen Kulturen, die von Indiana Jones in mit scheußlicher Musik untermalten Spielberg-Filmen entdeckt werden, schließlich auch. Wir wurden, das behaupteten Brenda, Nathalia, Conny, Frederike und Julia normalerweise, bei einem per Kleinanzeige einberaumten Popstar-Casting entdeckt. Wir konnten alle überhaupt nichts, sahen aber dufte aus, darum stellten uns Musikbusinessfuzzis nach ganz eindeutigen verkaufsstrategischen Regeln zusammen: Auf Brenda stehen die intellektuellen Männer, auf Nathalia die musikalischen, auf Conny die Kumpeltypen und auf die schönen Schwestern Frederike und Julia alle.

Die schönen Schwestern kichern manchmal mit einer Höchstleistung an Selbstironie: Wir haben uns natürlich nach oben gebumst. Guck uns doch an! Und Nathalia, die bei vielen Stücken auch Saxophon spielt, sächselt dazwischen: Ich habbe mich na obbe geblahse, harhar.

In Wirklichkeit sind die Mitglieder der Beat Bande höchst musikalisch, große Beat-Fans und gründeten sich ganz ohne Casting-Hilfen. So, wie das junge Menschen eben tun.

Brenda wohnte damals schon einige Jahre in der immer größer werdenden Stadt an der Spree, in denen sie sich mit verschiedenen Formationen in Übungskellern traf und auf eine alte, schwer atmende Farfisa-Orgel eindrosch, ihre Miete größtenteils als Mischerin für Live-Bands verdiente, und eigentlich gern selbst eine Beat-und-Soul-Band gründen wollte. Bis sie endlich, 1993, Conny, ihre zukünftige Schlagzeugerin, kennen lernt.

Conny kommt nämlich eines Mittags zusammen mit ein paar stattlichen Kotelettenjungs an dem Kreuzberger Cafétisch vorbei, an dem Brenda sitzt, Orangensaft trinkt und – aus Spaß, versteht sich – die M-sucht-F-und SM-sucht-MS-Anzeigen der Stadtmagazine liest. Sie hockt sich dazu, haucht Brenda mit einer umwerfenden Schnapsfahne an und sagt: Du hast Orangensaft, ich habe Gin, ich sehe schon, wir verstehen uns. Damit kippt sie eine halb ausgetrunkene Taschenflasche Gin in Brendas Glas. Eines von diesen Fläschchen, das man noch schnell an der Kasse unauffällig hinter den Feldsalat auf das Laufband schmeißen kann, während die flinke Kassiererin mit ihrem Gepiepe schon fast am Ende ist.

Brenda ist erst mal baff, denn Conny (von der sie natürlich noch nicht weiß, dass sie Conny heißt) sieht gar nicht so aus wie eine abgewrackte Engländerin aus den Dreißigern, die sich mit Gin voll tanken muss, um dann in einer heißen Badewanne in Eigenregie ihr Baby abzutreiben. Sie wirkt eher wie eine rotlockige, gesunde Sportmaus, die die Schnaps- mit der Isotonischer-Durstlöscher-Flasche verwechselt hat und dann auch noch in schlechte Gesellschaft geraten ist.

Musst du schon so früh saufen, damit deine Hände nicht zittern?, fragt Brenda die fremde Besoffene, und Conny kichert und sagt, ach, ich weiß, ich mache bestimmt einen schlechten Eindruck, aber ich habe heute Morgen eine Wette gegen die beiden dahinten verloren und musste zur Strafe Gin-Orangensaft trinken. Was sind denn das für Holzköppe?, will Brenda wissen und meint die Kotelettenjungs, die einer unschuldigen jungen Frau skrupellos schon morgens Leberschäden verpassen wollen. Ich weiß auch nicht, sagt Conny, das war wirklich eine saublöde Wette, es ging um Wörter, die es im Thesaurus nicht gibt.

Conny benutzt schon Anfang der neunziger Jahre Microsoft Word mit Thesaurus. An diesem Tag, an dem sie jenen betüddelt-bemitleidenswerten Eindruck auf ihre spätere Lieblingsbandkollegin Brenda macht, hat sie mit den beiden Jungs gefrühstückt, mit denen sie zusammen ein paar Tage lang einen Studentenjob als Kundenzähler in einem Kaufhaus durchgezogen hatte. Der stupideste Job in Connys Laufbahn: Die drei mussten sich mit zigarettenschachtelgroßen Zähl-Kästchen in der Hand an die Kaufhaustüren setzen und jeden Kunden, der vorbeiging, durch einen kurzen Knopfdruck registrieren: Klick. Klick. Klickklick. Klickklickklick. Das Kaufhaus wollte damit errechnen, ob es sich lohnt, an einem Samstag zu öffnen. Solche Probleme hatte man Anfang der Neunziger.

Nach drei Tagen Geklicke waren Conny und die Jungs so eingelullt von der Kaufhausluft, dem ständigen «Ding! 632 bitte die 64, 632 bitte!» und «In der Strumpfwarenabteilung bieten wir an: Damenstrümpfe mit Zwickel, Perle und Teint, nur 2 Mark 99!» und dem bewegungslosen Herumstehen, dass sie nur noch mechanisch vor sich hin klickten. Darum artete das späte Frühstück nach dem Samstagsjob aus, Conny verlor ihre Wette, musste die kleine Flasche Gin trinken, die sie vor Jahren mal aus Spaß in einer Bahnhofsspelunke geklaut hatte, und lernte Brenda kennen.

Die fragt Conny jetzt, vor dem Café in der Sonne: Was ist ein Thesaurus? Ein ausgestorbener Vogel?

Nee, sagt Conny, das heißt auf Griechisch Schatz, oder Wortschatz. Und so nennt man auch das Rechtschreibprogramm auf meinem Computer. Oh Gott, jetzt habe ich einen Schluckauf. Erschreck mich mal!

Buuuuh!!!!!!!, schreit Brenda.

Conny wartet kurz, hickst dann und schaut Brenda seufzend an.

Andersrum trinken oder Luft anhalten, sagt Brenda.

Conny trinkt rasch noch einen Schluck von ihrem und Brendas Gin-Orangensaft und hält die Luft an. Welches Wort ist denn nicht in deinem Computer-Wortschatz gewesen?, fragt Brenda, auf die Conny immer mehr den Eindruck eines aus Versehen beschickerten, normalerweise jedoch eher verständigen Menschen macht. Schlagzeugerin, sagt Conny auspustend. Komisch, nicht? Schlagzeuger ist drin. Aber Schlagzeugerin nicht.

Und was macht dein Thesaurus, wenn er das Wort nicht findet, fragt Brenda, macht er dir dann einen roten Strich an die Seite und schreibt in Lehrerhandschrift «1 Fehler» unter den Text?

Nein, das fragwürdige Wort wird sauber unterkrickelt, sagt Conny. Sie kommt Brenda schon ein wenig nüchterner vor.

Die beiden Jungs, mit denen Conny gefrühstückt hat, klettern wieder aus dem Café und sagen, na was ist, gehen wir in die 24-Stunden-Kneipe in Charlottenburg?

Ich kann nicht mehr, sagt Conny, ich will hier lieber mit der fremden Frau sitzen bleiben und etwas über humanistische Bildung fabulieren.

Das ist der Beginn einer neuen Freundschaft. Brenda und Conny merken nicht nur, dass sie an ähnlichen Stellen des Lebens kichern können, sondern kommen auch darauf zu sprechen, wieso Conny eigentlich das Wort «Schlagzeugerin» in ihren Computer hacken wollte: Sie hatte vor, einen Zettel mit «Schlagzeugerin sucht Band» an ein paar voll gepinkelte Eichen, an die Toilettenwände ihrer Lieblingsclubs und, wohl oder übel, auch an die schwarzen Bretter der HdK zu kleben. Durch einen schicksalhaften Kundenzählerjob mit anschließendem Frühbesäufnis und ein altes, griechisches Lehnwort lernt Brenda also ihre Schlagzeugerin kennen. Von Zufall kann man da ja wohl kaum noch reden. Eher von Kismet. Aber daran glaubt Brenda nicht.

Immer noch Anfang der Neunziger

Das mit dem Schlagzeugerinsucht-Band-Zettel hätte eh nieeeee geklappt, sagt Brenda ein paar Wochen später zu Conny, ich sage dir, auf solche Zettel melden sich nur komplette Idioten. Überhaupt auf alle Zettel. Ich habe eine Zettelkollektion, ich reiße oft die schlimmsten Zettel von schwarzen Brettern und Bäumen und Toilettenwänden ab, damit sie niemandem schaden können. Am liebsten natürlich, wenn die Telefonnummerabreißborte noch komplett ist. Irgendwann zeig ich dir mal meine Sammlung, ist zum Schießen.

Die beiden sitzen in Brendas Wohnung, damals noch in der Yorckstraße in Kreuzberg 61, dritter Hinterhof, zweiter Stock, Sonnenlicht nur Mai bis Juli von 12 bis 20 nach 12. Sie haben schon zweimal zusammen Musik gemacht, das heißt, Conny hat einen Schellenkranz und ihre Sticks mit zu Brenda gebracht und auf deren Schreibtisch, einem umgedrehten Mülleimer und einer Sesselkante ein wenig die Rhythmen getrommelt, die ihr einfielen, während Brenda auf der Farfisa ein paar Akkorde drückte.

Scho ei wenig rudimentär, sagt Conny, aber irgendwie hat es ja auch etwas sehr schön Ursprüngliches. Na ja, sagt Brenda, es wäre viel schicker, wenn wir meine Orgel mal in deinen Übungsraum schleppen und die Scheiße richtig lostreten könnten. Hast ja Recht, sagt Conny. Aber klingt doch schon ganz gut!

Das ist ja wie bei Lennon/McCartney mit uns, bemerkt Brenda, du bist immer positiv und findest alles prima wie der menschenfreundliche Paul, ich putz immer alles runter wie der miesepetrige John. Und schlechte Augen hab ich auch noch. Wie, sagt Conny, ich will natürlich der bekloppte Ringo sein! Drumming is my madness!, singt sie schief und zitiert damit eines der schrecklichsten Ringo-Starr-Solostücke, das er irgendwann Anfang der Achtziger herausbringen durfte.

Woher kennst du denn SO etwas Schreckliches, schäm dich, sagt Brenda und überlegt tatsächlich kurz, ob Conny wirklich die Richtige ist.

Ach nee, und woher kennst du das?, kichert Conny zurück. Du warst Anfang der Achtziger ja wohl noch Knetmasse im Kindergartenkoffer deiner Mutter, du müsstest dich viel eher dafür schämen, dieses Lied zu kennen! Ich hab immerhin damals schon Musik gemacht, in der Trommelhölle nämlich. Bei den Sambamamas!

Oh, ich ahne Schlimmes, stöhnt Brenda und schlägt sich theatralisch die Hände vors Gesicht, sodass nur noch die Nase hervorguckt. Du warst bei einer von diesen Sambatruppen, die einen bei jedem Karnevalsumzug zum Wahnsinn treiben, hab ich Recht?

Conny seufzt. Bei uns gab es nicht so viele Möglichkeiten, sich zu amüsieren, wenn man noch nicht zum Saufen und Schießen in den Schützenverein durfte, verteidigt sie sich. Und außerdem heißt das bei uns Fasenacht! Ich komm doch aus diesem kuhfladengroßen Dorf bei Stuttgart, und irgendeiner meiner Onkel hatte mir zum dritten Wiegenfest eine Oskar-Matzerath-Blechtrommel geschenkt. Die wurde dann meine Leidenschaft, haben meine Eltern immer behauptet. Ich hab mich anscheinend durch die ganze Grundschule gehauen. Und als die Pubertät losging, bin ich gleich bei den Sambamamas eingestiegen. Das war die lokale Percussiontruppe, sozusagen.

Das kann ich mir lebhaft vorstellen, sagt Brenda, polyrhythmische schwäbische Hausfrauen, die bei Straßenfesten zu einer Trillerpfeife durch die Gassen ziehen.

Ganz genau, sagt Conny, so rhythmisch, wie wir Schwäbinnen nun mal sind … Außer mir Pickelteenie und so 'nem kleinen, dünnen, zopftragenden Wesen zwielichtigen Geschlechts waren wirklich nur Hausfrauen dabei. Aber der Cheftrommler war ein Mann, und zwar der hässlichste, der auf Gottes grüner Erde wandelt. So ein dünner Lehrertyp mit fisseligen Haaren, der seine nackten, behaarten Zehen mit ungeschnittenen Zehennägeln immer in Sandalen klemmte. Ganz klassisch.

Buäh, schreit Brenda und schüttelt sich angeekelt. War der denn wenigstens richtig synkopenfähig?

Na ja, wie man's nimmt, sagt Conny. Ich erinnere mich noch, wie der Typ mal einen echten brasilianischen Percussionisten überredete, bei einer Übungssession der Sambamamas dabei zu sein … Conny stockt, wird ein bisschen rot, und ihr feiner, rotblonder Armpelz stellt sich auf. Brenda findet das sehr sympathisch. Und, sagt sie und grinst, hat der sich hinterher umgebracht?

So ungefähr, antwortet Conny. Der hatte so ein breites, weißes Lächeln, das wirkte während der «Jamsession» immer gequälter und aufgesetzter, und er reduzierte die vorgetrommelten Rhythmen immer mehr, damit die Hausfrauen, das schweigende Zopfwesen und ich ihm auch folgen konnten. Am Ende trommelten wir einfach nur noch tatam – Pause – tatam – Pause – tatatatatatatatam.

Conny schlägt mit den Sticks einen armseligen Rhythmus auf Brendas Schreibtischplatte, der mehr nach Marsch als nach Ich-hab's-in-den-Hüften klingt. Samba für Arme eben, seufzt sie. Was ja auch passt, wenn man überlegt, wo er herkommt, der Samba.

Brenda lacht und klatscht. Schöne Geschichte, ruft sie. Warte mal, ich muss mal eben meine Linse spülen. Sie steht auf und verschwindet im Badezimmer.

Brenda verschwindet ausgesprochen oft im Bad wegen ihrer Kontaktlinsen, denn die sind hart. Das hat die Augen empfindlich gemacht. Wann immer sich ein klitzekleiner Fussel, ein Einzellerklößchen oder auch nur ein My Staub auf die Linse setzt, hat Brenda das Gefühl, ein Kiwivogel würde dort nisten. Ihr Auge wird rot, fängt an zu tränen, und Brenda rennt sofort zum nächsten Spiegel, zieht das wehe Auge zu einem asiatischen Schlitz auseinander, fängt den kleinen Folterknopf in der Hand auf, steckt ihn in den Mund, lutscht ihn ab und setzt ihn wieder auf den frierenden Augapfel. Im Laufe der Zeit hat Brenda so schon einige interessante Erfahrungen mit im Mundraum verbliebenen Substanzen gemacht, die über die Linse ins Auge gelangen. Linse mit Wodkakirsch ist zum Beispiel eine runde Sache für die Pupille, brennt nicht, ziept nicht, und alles wird wieder kristallklar. Linse mit thailändischer Bihunsuppe süß-sauer-scharf lässt dagegen Tränen fließen.

Jetzt kommt sie mit sauberer Optik zurück und plumpst wieder neben Conny. Erzähl mal weiter, sagt sie, also nach der Sambapleite wolltest du's richtig wissen, oder was?

Genau, nickt Conny. Ich hab mir dann einen Trommlerfreund gesucht und ein paar Jahre lang auf seinem Schlagzeug geübt, bis ich mich nach dem Umzug nach Berlin, leider ohne Freund, und darum leider auch ohne Schlagzeug, endlich an ein paar echte Bands gewagt habe. Allein schon wegen der Übungsräume, da rosten normalerweise immer ein paar alte Drums herum, auf denen man dann ein bisschen trainieren kann.

Stimmt, sagt Brenda und steht auf. Sie geht zu ihrem Plattenregal, denkt kurz nach und sagt, zur Feier des Tages lege ich mal meine einzige Led-Zeppelin-Platte auf, was hältst du davon, so als Schlagzeug-Göttin?

Prima, jubelt Conny, ich bin großer Led-Zeppelin-Fan! Mit dem Zeug kannst du mich glücklich machen, also Led Zep, AC/DC, die ganze alte Hardrock-Soße, da werd ich sozusagen nass. Sie grinst frivol.

Brenda grinst auch. Das hab ich befürchtet, sagt sie. Sie setzt sich wieder hin, und die beiden schwenken ihre Oberkörper ein wenig in vorsichtigem (man kennt sich ja noch nicht so gut) Bodenrock zum fulminanten Trommelwirbel-Anfang der Live-Version von «Rock and Roll». «It's been a long time since I rock 'n' roll», padaung … padaung, padaung …

Conny muss nach dem anstrengenden Haareschwingen auf die Toilette. Sie kommt zurückgetänzelt, als Jimmy Page mit seinem «Celebration Day»-Riff losdengelt, und kichert, Mann, das ist hier alles so authentisch, mit der Musik, deinen ganzen Sechziger-Jahre-Stiefeln, du hast ja sogar original Hormocenta-Creme im Bad stehen, echt retro …

Brenda muss lachen. Hab ich vor Jahren geschenkt bekommen, sagt sie, von einer Tante, der Geruch erinnert mich so an früher. Aber ich benutze sie gar nicht. Weil, wird die nicht aus der Plazenta von ungeborenen Schäfchen gemacht oder so?

Conny krümmt sich und wedelt abwehrend mit den Händen in der Luft herum. Iiiih, schreit sie, aufhören!! Dann grinst sie und sagt, plauder du doch lieber jetzt mal aus dem peinlichen Nähkästchen. Wie hat das denn bei dir angefangen?

Na gut, sagt Brenda und setzt ein Gesicht auf, als ob sie eine Abirede zu halten hätte. Sie rubbelt sich nochmal kurz die Nase. Also ich hab ja auch Anfang der Achtziger schon Großes geleistet: Ich hab in der grandiosen Neue-Deutsche-Welle-Band Die zygotischen Zwei gespielt, kennste die?, sagt sie.

Ehrlich gesagt … nein, müsste ich?, fragt Conny, riecht an einem Joghurtbecher, den sie neben dem Bett gefunden hat, und trinkt probehalber ein Schlückchen daraus.

Quatsch, das hätte mich auch sehr gewundert, kichert Brenda. Wir hatten nur ungefähr drei Auftritte. Die zygotischen Zwei, das war die Band, die ich mit meinem Bruder Bernd und seinem besten Freund Christian Hoppe hatte, immerhin eine der ersten Neue-Deutsche-Welle-Bands in Cloppenburg.

Und da in Cloppenburg kann man nicht mal bis drei zählen, darum habt ihr drei euch «Zwei» genannt?, fragt Conny.

Na wart's ab, sagt Brenda. Also zuerst waren das nur Bernd und Christian Hoppe, und nach zwei Auftritten, einem bei einem runden Verwandtengeburtstag und einem bei einer Gartenparty bei den Nachbarn, bei dem sie allerdings ausgebuht und mit Hackfleischbällchen beworfen wurden, wollte ich unbedingt mitmachen. Ich hing Bernd ständig in den Ohren, ich hab ja damals Klavier gespielt und dachte, ich könnte doch als Keyboarderin einsteigen, so wie Anette Humpe ... Ich hab immer gesagt, dann kriegt ihr bestimmt total viele männliche Fans! Was etwas hoch gegriffen war mit so 'ner 13-Jährigen am Keyboard, die aussieht wie ein kleiner dünner Junge mit Kassenbrille ...

Und das hat er geglaubt?, fragt Conny und schüttet sich den Rest aus dem Becher in den Mund.

Natürlich nicht, sagt Brenda. Bernd meinte, ich sei viel zu mini und sähe scheiße aus, und auf Anette Humpe würde eh niemand stehen, und außerdem könne ich ohnehin nur die Mazurka und ein paar Béla-Bartók-Etüden, und das passe nicht.

Conny kichert. Na ja. So ganz Unrecht ...

Brenda guckt sie empört an. Ein paar Wochen später, erzählt sie weiter, ich glaube, das war Anfang 84, da durfte ich aber bei einem Auftritt doch für einen Song mitspielen, und zwar auf einer Harmonika. Das Stück hieß: «Meine Schwester – das Biest».

Conny lacht und streichelt Brenda tröstend über den Arm. Oh weh, sagt sie, Brüder können so grausam sein! Oh weh!

So viel zu den Anfängen meiner Karriere, sagt Brenda und schüttelt ihr rechtes Bein aus, weil es eingeschlafen ist. Aber jedenfalls hab ich auch vorher schon sehr viel Musik gehört und Platten gesammelt und wollte immer richtig damit arbeiten. Ich bin dann nach'm Abi, so Anfang 1990, endlich aus Cloppenburg geflohen und nach Berlin gegangen und hatte vor, Tontechnikerin zu werden. Sozusagen zwei Fliegen mit einer Klappe: Man kann mit Musik rummachen und trifft den ganzen Tag Männer ...

... mit denen man auch rummachen kann, kichert Conny. Und dann hast du eine Ausbildung gemacht?

Ja, allerdings, sagt Brenda, ich bin an so 'ne komische Tontechnikerschule gegangen und hab dreieinhalb Jahre lang als Henne im Korb mit jeder Menge Technik-Freaks Physik, Signalwege und Mikrophon-Richtcharakteristika gelernt.

Puh, klingt beeindruckend, sagt Conny.

Und jetzt hab ich halt ein Tonmeisterin-Diplom, aber richtig Lust hab ich auf den Job gar nicht mehr: Man muss sich so extrem mit Technik befassen, immer die neuesten Geräte kennen, das ist nicht so richtig mein Ding.

Verstehe, sagt Conny und macht wie zur Bekräftigung freihändig mit einem ihrer Sticks ein paar Wirbel. Hat das mit den Kerlen denn wenigstens geklappt?, fragt sie dann.

Kann man so sagen, sagt Brenda, ich hatte sozusagen in den dreieinhalb Jahren eine große Auswahl … Sie hüstelt süffisant. Aber jetzt darf keiner vom Fach mehr an mir herumschrauben, harhar, sagt sie und steht auf, um die Platte umzudrehen.

Aha, wieso denn nicht?, fragt Conny neugierig.

Nee, nee, sagt Brenda, das ist eine andere Geschichte, und die soll ein anderes Mal erzählt werden. Aber auch andere Berufsgruppen haben hübsche Azubis, nicht wahr?

Genau, nickt Conny, außer vielleicht Polizisten, Banker, Mädchenhändler …

… Henker und Politiker, vervollständigt Brenda die Liste. Sag mal, wenn du Joghurtfan bist: ich hab noch so was Ähnliches in der Küche …

Sie rubbelt sich die Nase, eine Übersprungshandlungsgeste, von denen Brenda geradezu eine Fundgrube ist. Wenn sie einen Kinesiologen in ihrem Bekanntenkreis hätte, würde der sie bei seinen Vorträgen im Hörsaal einfach nach vorne auf den Katheder stellen und sagen, sehen Sie her, meine Damen und Herren, ein medizinisch-psychopathisches Wunder, so viele Übersprungshandlungen in einer so jungen Person vereint! Dass die Frau überhaupt noch zum Atmen kommt! Brenda kennt aber leider keine echten Kinesiologen.

Als sie aus der Küche zurückkommt, hat sie einen großen, weißen Plastikbecher und zwei Gläser in der Hand. Sie stößt mit dem Fuß kurz ein paar Stiefel, Plattenhüllen und etwas, das aussieht wie ein sehr kurzer Minirock, beiseite und stellt die Gläser zwischen Conny und sich.

Au ja, noch ’n Becher Milcheiweiß, sagt Conny. Die beiden stoßen mit zwei Portionen Zitronenbuttermilch an, und Brenda erzählt weiter, wie sie während der Ausbildungsjahre hin und wieder auf dem Klavier in der Tontechnikerschule herumklimperte, um nicht alles zu verlernen.

Der «Entertainer», die Trimm-dich-Melodie und eine genial simple Mazurka von Chopin, nur mit der rechten Hand, sagt sie, das war schon das Höchste der Gefühle ... Aber besser als nix!

Conny nickt und schlürft wohlwollend ihre Buttermilch.

Aber kurz nach der Ausbildung hab ich mir dann doch diese alte Farfisa gekauft und richtig in Bandpop beziehungsweise Beat gemacht, beschließt Brenda ihren Bericht und haut mit der rechten Hand kurz mal neben sich in die Tasten, dass es quietscht wie ein Katzenkonzert. Ich meine, schiebt sie hinterher, man kann nicht jahrelang Brian Auger und Jimmy Smith und Ray Manzarek hören und keine Folgeschäden davontragen ... Sie trinkt ihren Milchmix aus, legt eine Jimmy-Smith-Platte auf und beeindruckt Conny mit dem tongenauen Mitspielen seines Solos aus «The Way You Look Tonight». Vielleicht ist das nicht das schwerste Solo, das Jimmy Smiths lange schwarze Finger je getanzt haben, aber es groovt wie die Hölle. Auch bei Brenda.

Die Heimprobe ufert in eine lange A-Tribute-to-Jimmy-Smith-Session aus, an deren Ende Conny sagt: Nicht dass du mich wieder zu optimistisch schiltst, aber ich finde wirklich, wenn wir uns das jetzt mal mit echten Instrumenten und Verstärkern vorstellen, klingt das schon verdammt ordentlich! Brenda nickt und reibt sich innerlich die Hände. Mit ein bisschen Phantasie, da geht alles so wie nie, sagt sie.

Nägel mit Köpfen, jetzt nur nichts anbrennen lassen, überlegt Brenda am nächsten Tag, nachdem sie eine Kanne Tee und eine halbe Tafel Schokolade gefrühstückt hat. Sie ruft Conny an und schlägt vor, sich um Mitmusiker zu kümmern. Ich kenne einen extrem talentierten Gitarristen und Sänger noch von der Tontechnikerausbildung, erzählt sie, der spielt eine Fender Telecaster und steht auf Beat. Hat allerdings ein mittelgroßes Aufmerksamkeitsproblem, 'ne ziemliche Profilneurose, dafür sieht er zum Anbeißen aus und riecht gut. Schließlich muss man später vielleicht wochenlang zusammen in engen Bullis hocken ...

Na ja, sagt Conny, und Brenda hört sie an einer Zigarette ziehen, aber wenn wir uns trotz Profilneurose in ihn vergucken?

Dann machen wir daraus eine Catfight-Show auf der Bühne, sagt Brenda.

Dann denkt sie nach und rubbelt die Nase dabei fast ein Stückchen kleiner. Ihre Norddeutschennase, für die man ein extragroßes Taschentuch bräuchte, stakt trotzdem noch weit genug aus der Ebstein-Frisur heraus, um zur Not die Richtung anzuzeigen.

Wir sollten, sagt sie schließlich und schnippt mit dem Finger zwei hässliche Plastiktierchen vom Tisch, die aus alten Überraschungseiern stammen, wir sollten sowieso eine Frauenband aufmachen. Und zwar eine Instrumentalband. Dann spart man sich den Terror mit Gesang und Text und Bühnenneurosen. Lass uns doch Beat, Soul und Surfquatsch spielen, vielleicht mal 'n paar eigene Stücke komponieren, aber nur mit Frauen!

Conny kichert am anderen Ende der Leitung kurz und überrascht. Was für eine coole Idee, sagt sie. Kann ich mir ganz gut vorstellen, mal nur mit Damen. Da muss man diese ganzen Männerbefindlichkeiten nicht beachten, wer hat den längsten Gitarrenhals und so …

Genau, und keiner verknallt sich unglücklich innerhalb der Band, jedenfalls wenn alle hetero sind, sagt Brenda.

Sei froh, dass meine Hardrockphase mehr oder weniger vorbei ist, kichert Conny, ich hör seit ein paar Jahren fast nur noch Beat und Soul und viel Instrumentalsachen, Ventures und so.

Sie wird ganz aufgeregt und raucht schneller. Ich hab auch noch nie von einer Frauen-Instrumentalband gehört, sagt sie, wahrscheinlich besetzen wir damit eine amtliche Marktlücke! Meistens singen Frauen doch, oder spielen Bass.

Oder Orgel, ja, ich weiß, sagt Brenda. Genau wie ich. Ist also abgemacht, ja? Wir machen eine Ladies-only-Instrumentalband auf. Lass uns bald mal treffen und ein bisschen darüber reden. Ich sage dir, Conny: Mit MEINER preußischen Disziplin und DEINEM Aussehen, Talent und Geschmack mischen wir die gesamte Musikgeschichte auf!

Danke für die Blumen, sagt Conny, bevor sie belustigt auflegt, aber mit DEINEN Platten möchte ich auch wohl mal auf 'ner einsame Insel stranden ...

Die Hälfte von Brendas Anderthalb-Zimmer-Wohnung steht mit alten Schallplatten voll, ganz vorne hat sie ihre Lieblingsscheiben von Link Wray, The Sonics und Larry and the Blue Notes wie ein Beatpunk-Stillleben arrangiert. Brenda geht regelmäßig auf Plattenbörsen und Flohmärkte und regt sich schon seit Jahren wie Rumpelstilzchen über die unverschämten Plattenverkäufer und ihre Preise auf. Sie kann hundertmal die Geschichte erzählen, wie in einem Yardbirds-Plattencover, das sie für 30 Mark (!!!!!) gekauft hatte, eine von Dave Dee, Dozy, Beaky, Mick and Tich steckte. Bei der nächsten Börse wollte der Händler die Platte natürlich nicht zurücknehmen, kann ja jeder sagen, hatte er behauptet, wahrscheinlich hast du die Dave Dee, Dozy, Beaky, Mick and Tich selbst da reingesteckt! Als ob ich auf so eine Beklopptenband stehen würde, entrüstete sich Brenda, und vor Wut vertauschte sie dem gleichen Händler ein paar Stooges- mit Rondo-Veneziano-Covern.

Genauso gern, aber glücklicherweise seltener erzählt Brenda die Geschichte, wie sie einmal eine echte, alte Rolling-Stones-Platte, nämlich die «Around and Around» als Originalpressung, für 1 Mark 50 einem kleinen Jungen abkaufte, der sie neben einem Elliot, das Schmunzelmonster, ein paar MonChichis, selbst gekordelten Kraken und einem abgehalfterten Vier-gewinnt-Spiel auf einer schmuddeligen Schmusedecke vor seiner Wohnungstür feilbot. Brenda, die wertvolle Scheibe in der Hand, die Straße hinunterhastend, konnte noch hören, wie der Vater des Jungen sein Kind anschrie: Du spinnst wohl! Du kannst doch nicht einfach meine Platten mit hierhin legen! Ich hoffe nur für dich, dass noch keine weg ist!!

In der anderen Hälfte ihrer Wohnung steht ein 1,20 Meter breites Bett, darunter und daneben liegen ungefähr 126 Paar Stiefel. Brenda sammelt außer Schallplatten noch Stiefel, und da sie Schuhgröße 42 hat (sie ist eine typische Leptosome, lang, dünn und großfüßig), nimmt die Kollektion sehr viel Platz weg.

Die Menge der Stiefel ist aber auch darauf zurückzuführen, dass es so selten schöne Stiefel in Schuhgröße 42 gibt. Deshalb muss man sofort zuschlagen, wenn irgendwo welche zu kriegen sind. Die meisten Damenschuhe werden erst gar nicht so groß hergestellt, und wenn doch, dann oft nur ein Paar, und das hat sich längst eine andere Riesenfrau weggeschnappt.

In normalen Schuhläden muss man mit Größen über 40 prinzipiell erst mal in den zweiten Stock, erklärt sie Conny bei ihrem nächsten Hometraining mit Aushilfs-Sessel-Mülleimer-Schlagzeug-Set und Orgel. Oder ganz nach hinten, wo die Boote stehen. Weil man auf dem Weg dorthin mit seinen großen Füßen die ganze Zeit über den Teppichboden schubbert und sich dabei elektrostatisch auflädt, holt man sich an den Metalltreppengeländern zur Strafe auch noch 100-Volt-Schläge ab. Nur, um dann vor dem schlecht beleuchteten Frauen-mit-Riesenmauken-Schuhregal festzustellen, dass alle Transvestiten schon da waren und nur noch ein Paar Designer-Birkenstocks herumsteht!

Ich seh das Problem, ich seh das Problem, nickt Conny, nimmt ihren Besen aus der Tasche und beginnt, einen Slowbeat auf den Mülleimer zu streichen. Die beiden haben heute immerhin schon drei Tanzflächenfeger aus den Sechzigern nachgedengelt und finden, dass sie prima zusammen grooven.

Aber lass uns doch mal mit einem anderen Problem zu Potte kommen, wirft Conny ein. Woher denn jetzt die Musikerinnen für unsere Superband nehmen, wenn nicht stehlen? Hast du mal nachgedacht?

Mmmmhh, macht Brenda. Tolle Musikerinnen sind nicht gerade inflationär …

Ich habe bei einem Berliner Nachwuchsfestival mal eine Band gesehen, in der waren zwei total hübsche Schwestern an Gitarre und Bass dabei, die sich total ähnlich sahen, fällt Conny ein. Das war vor einem Jahr, die Band war ansonsten schrecklich, aber die Schwestern haben super gespielt. Die haben vor allem eine schöne «Apache»-Version hingelegt …

Kriegst du denn raus, wie man die erreicht?, fragt Brenda und fummelt in ihrem rechten Augenwinkel herum, weil die rechte

Kontaktlinse sich schon wieder so anfühlt, als ob sie drei Zentimeter dick und aus Schmirgelpapier wäre. Kein Problem, sagt Conny, mein Ex-Mitbewohner, dieser Trottel, war der Veranstalter. Den ruf ich gleich mal an, dann erschrickt der sich schön. Normalerweise, flötet sie dann und schüttelt mit einer perfekten Zickengeste ihre rötlichen Locken zurück, sage ich ja immer: Männern und Bussen soll man nicht hinterherlaufen. Es kommt immer der nächste.

Aber das ist doch ein Notfall, und wir nutzen ihn ja nur kurz aus und schmeißen ihn dann weg wie eine ausgelöffelte Grapefruithälfte, sagt Brenda. Immerhin hätte man so Gitarre, Orgel, Bass und Schlagzeug. Ist doch hervorragend!

Conny sagt, komm, ich hab in deinem Kühlschrank noch eine Dose Kindl gesehen, das feiern wir jetzt erst mal.

Und Brenda und Conny teilen sich schwesterlich die armselige Dose Kindl von der letzten Pizzabestellung, die schon gedacht hatte, sie käme drum herum, legen eine Julie-Driscoll-Platte auf und machen die Musik so laut, dass später am Abend Herr Avci aus dem ersten Stock klingelt, und als Brenda, den Eyeliner auf dem rechten Lid vom ewigen Augenwischen verwegen verschmiert, kichernd die Tür öffnet, sieht sie einen schwarzhaarigen Schnauzerträger, der – ohne Geräusch, denn die Musik ist zu laut – irgendetwas vor sich hin zu schreien scheint.

Sonny hält Wort, so sind sie, die Schwaben, und kontaktiert ein wenig später ihren Ex-Mitbewohner. Der gibt ihr die Telefonnummern von Frederike und Julia Braun, den schönen Schwestern aus Berlin-Marienfelde. Frederike und Julia sind keine Zwillinge, wurden aber mit etwas weniger als einem Jahr Abstand geboren, denn ihre Mutter, eine etwas verhuschte, freundliche und sehr sangesfreudige Etikettendesignerin (Hauptarbeitsgebiet Marmeladengläser), hat, nachdem Frederike glücklich draußen war, einfach nicht gemerkt, dass sich schon wieder etwas anbahnt. Du spinnst doch wohl, Mutti, machen Frederike und Julia sich oft lustig, du kannst doch nicht erzählen, dass man nicht merkt, wenn man ein Baby im Bauch hat! Ach Gottchen, hat die Mutter daraufhin versucht zu erklären, wisst ihr, die Frederike war doch unser erstes Kind, und so genau wusste ich nicht, wie schnell sich alles wieder auf normal zurückstellt, und dass der Bauch noch beziehungsweise schon wieder dick war, das hab ich auf die Hormone geschoben.

So ging Frau Braun erst im sechsten Monat mit einem schon recht vollständigen Fötus im Bauch wieder zu ihrem Frauenarzt, einem alten, etwas vergesslichen, gemütlichen Herrn mit einer großen, hellen Praxis am Mierendorffplatz. Und der eröffnete ihr am 12. Juni 1971: Frau Braun, in drei Monaten bekommt die kleine Julia ein Geschwisterchen!

Er meinte natürlich Frederike. Aber mit Kindernamen war er besonders vergesslich. Und weil Frau Braun auch nichts Besseres einfiel und Herrn Braun ohnehin nicht, nannten sie ihre zweite Tochter Julia, so wie es der Frauenarzt angeregt hatte.

Vielleicht lag es daran, dass es in Frau Brauns Bauch noch ziemlich nach Frederike aussah, als Julia dort einzog, vielleicht auch an der ähnlichen Spermienzusammensetzung: Jedenfalls ähneln sich Frederike und Julia sehr, fast wie Zwillinge, sie sind naturblond mit einer hübschen Robert-Redford-Welle am Scheitel, das bedeutet, dass ihre Haare immer so liegen, als ob die Friseurin die Haube gerade weggepackt hätte. Sie haben schlanke Arme und lange Beine, Frederike hat blaue Augen und Julia grau-blaue, aber beide können mit den Wimpern klimpern, dass man das Luftholen vergisst. Bis weit in die Pickelteenie-Jahre hinein war Frederike allerdings zwanzig Zentimeter größer als Julia, erst später holte Julia auf, und jetzt sind beide ungefähr gleich groß.

Conny erkennt die beiden auch sofort wieder, als sie sich «zum ersten Vorgespräch» (toll professionell klingt das, schwärmt Brenda) alle vier am Sonntagabend in Connys Lieblingsrestaurant treffen, dem «Ekelgriechen» in Neukölln.

Also … dit mit dem Ekelgriechen hört sich ja nicht jerade viel versprechend an, sagt Julia zur Begrüßung, als sie und Frederike haare- und hüftschwingend und eine Dreiviertelstunde zu spät die kleine Treppe zum Hinterraum hochmarschiert kommen, in dem Conny und Brenda schon an ihrem Rote-Beete-Salat knabbern. Ick hoffe, nur der Besitzer ist ekelig. Oder etwa ooch der Koch?

Das ist ohnehin nur metaphorisch gemeint, glaube ich, na ja, hoffe ich, sagt Brenda lachend und streckt den beiden ihre Hand hin. Hallo, ich bin Brenda.

Ick bin Julia, sagt Julia, und Frederike nickt und sagt: … Frederike Braun, anjenehm. Wir sind 'n bisschen spät und müssen auch noch relativ bald weg, ehrlich gesagt. Aber ick hab jedacht … für so 'ne Vorstellung, was ihr machen wollt, reicht's bestimmt.

Na denn, ruft Conny, bestell ich mal 'ne schnelle Runde Budweiser vom Fass …

Brenda erklärt den beiden ihren Plan.

Ne Mädelsband, die Instrumentals spielt, echot Julia. Dit ist mal 'ne schicke Idee! Hab ick noch nie wat von jehört!

Frederike nickt. Ick ooch nich! Hört sich jut an! Und ihr braucht noch Bass und Gitarre?

Allerdings, sagt Brenda. Wir haben bis jetzt nur mit Orgel und Schlagzeugfassade rudimentär etwas herumgeklöppelt. Aber nächste Woche schleppen wir meine Orgel in Connys Übungsraum, da steht ihr Drumset, und würden euch herzlich dazu einladen mitzumachen. Also nicht nur beim Schleppen, sondern beim Proben.

Prima, sagt Julia, gerne! Das Bier kommt mit einem schmachtenden Kellner, der sich von Julias blonden Wellen gar nicht losreißen kann. Die Damen stoßen an, und Julia fragt: Wie seid ihr denn auf uns jekommen, wenn ick mal fragen darf?

Conny erzählt, dass sie die Braun-Schwestern vor Jahren bei einem Festival gesehen hat. Mit einer, ähem, sagt Conny, etwas dürftigen Band, um das mal so zu formulieren. Aber ihr wart prima!

Oje, kichert Frederike, ick weeß … unsere zweite Band, immerhin. Eine große Verbesserung zur ersten!

Oh Gott, was war denn die erste?, fragt Conny.

Ach, erzählt Frederike und leckt sich etwas Bierschaum von den Lippen, wir haben eine Weile in 'ner Schülerband gespielt, Pseudopunk, um unserem Alten eins auszuwischen …

Der war totaler Jazzfan, sagt Julia. Also eigentlich war der Busfahrer bei den Alliierten, erzählt sie, danach, nach 89, als die Amis abzogen, ist er so 'n Zahntaxi jefahrn, er hatte so 'n Golf mit 'nem großen, grinsenden Plastikzahn auf dem Dachgepäckträger und hat damit Kronen und Brücken von Zahnlabor zu Zahnlabor geschaukelt. Im Herzen hat er allerdings immer nur an Musik jedacht.

Ein Supergitarrist, stimmt Frederike zu. Hat mit 'ner Soldatencombo jespielt, und zwar in jeder freien Minute. Da kam erst die Musik, dann das Zahntaxi, dann ganz lange nix, dann seine Instrumente und dann seine Familie.

Und wir haben natürlich versucht, da mitzumachen, sagt Julia. Flötenkurs mit fünf und sechs in der zweiten Stunde schon fehlerlos den Dreistorchentanz, zweistimmig, wohlgemerkt!

Brenda kichert und summt: Phüphüphüüüphüüüü ...

Ich sehe, du bist vom Fach, lacht Conny.

Dann Melodica, erzählt Frederike weiter, ich hatte sogar eine Bass-Melodica, und dann eben diese schreckliche Punkband mit Namen She. Der Rest ist Geschichte und sollte besser unter den Teppich gekehrt werden ...

Na ja, sagt Brenda und macht eine Handbewegung in Richtung Conny, ihr seht hier vor euch ein ehemaliges Mitglied der weltberühmten Böblinger Sambamamas ...

... und das dritte Mitglied der großen NDW-Hoffnung Zyankali-Zwei!, ruft Conny und deutet auf Brenda.

Die Schwestern lachen und klatschen in die Hände. Zygotische Zwei, wenn ich bitten darf, sagt Brenda würdevoll. Ich glaube, so hat wohl jeder sein Päckchen zu tragen.

Die Damen verabreden sich für den nächsten Dienstag in Connys Proberaum. Die zahlt nämlich monatlich 25 Mark dafür, dass sie dienstags abends den Raum der Dying Pleasures mitbenutzen kann, die, so vermutet Brenda nach Begutachtung der Poster ringsherum, so eine Art Gothic Rock oder Doom Wave oder Ähnliches machen. Die Wände sind gepflastert mit Postern von Menschen, die aussehen wie Hexen oder Teufel oder schwer kranke Junkies, alle haben schwarze Haare und dicke Kajalstiftbalken um die Augen.

Ist ja wie in einer Gruft hier ... Hast du schon mal eine Probe von diesen Satanisten gehört?, fragt Brenda, als sie ihre Orgel am Dienstag in einen der Gitarrenverstärker einstöpselt, dass es brummt. Glücklicherweise nicht, sagt Conny, aber wir können ja mal montags oder donnerstags kommen, da proben die immer, soweit ich weiß. Huach, sagt Brenda, lieber nicht, nachher werden wir noch verflucht ... Aber pass bloß auf, sonst bringt demnächst wieder irgendein vernachlässigtes Kind andere Kinder um und sagt als Begründung, ich habe Dying-Pleasures-Platten rückwärts gehört, und da kam «Erstich mich! Erstich mich!», und schon kommen die Bullen hier an und schließen deinen schönen gruftigen Übungsraum, und plötzlich bist auch du in der «Bravo» unter «Sie schlafen in einem Sarg! Sie tragen umgedrehte Kreuze!». Mitgefangen, mitgehangen!

Hihi, macht Conny, schlägt ein paar dumpfe Trauermarschschläge auf den Hängetoms und lässt ihre roten Locken dazu im Takt wippen. Brenda und Conny spielen zusammen ein Booker-T.-Stück an, danach einen Doors-Song, und gerade, als Brenda sagen will: Jetzt kommen die doch glatt wieder viel zu spät, da klopft es, und die schönen Schwestern betreten den Übungsraum, zusammen mit den Instrumentenkoffern.

Hi, sagt Brenda, prima, dass ihr da seid. Ihr könnt ruhig die Verstärker nehmen, die hier stehen, sagt Conny, und Julia fragt: Ist dit hier nicht der Dying-Pleasures-Übungsraum? Genau, sagt Conny, kennst du die? Oh Gott, ja, sagt Julia, einer von denen war mal hinter mir her und hat mir immer Kassetten uffjenommen, ein schreckliches Stück nach dem anderen, Sisters of Mercy, Dance Society und so Mittelalterscheiß. Ick hab seine Kassetten nie angehört, eine hab ick mal Jahre später uffjemacht, weil ick ganz dringend eine Eddie-Bo-Platte aufnehmen wollte und keine Leerkassette mehr hatte, ick nehm also das Tape aus der Hülle heraus, um die kleinen Löcher oben mit Tesa zuzukleben, und plötzlich fällt mir ein Zettel entgegen: Hallo Julia, nächsten Mittwoch Kino? Dein Andy.

Hihihi, lacht Conny, und Frederike sagt: Der steht doch immer noch vorm Kino, der Trottel.

Und hast du denn mal bei denen mitgespielt, fragt Brenda, oder woher kennst du den Raum? Na ja, sagt Julia und stellt einen zierlichen, mit kleinen, orangefarbenen Zehennägeln bestückten Fuß, ungefähr halb so groß wie Brendas Charakterfüße, auf die Marshall-Verstärker-Kante, ein einziges Mal hab ick mir irgend so 'n Effektgerät von ihm geliehen, und da hat er mich gleich hierhin dirigiert.

Okay, sagt Brenda, entschuldigt. Wir glauben dir, dass du dich nicht als Dying-Pleasures-Groupie eingeschlichen hast.

Conny bumpert ein bisschen an ihre Snare, und Brenda will

Tacheles: Lass uns mal zu Potte kommen, sagt sie. Wir haben's ja mit Beatkamellen, was sagt ihr denn dazu? Sollen wir einfach mal, ähem, jammen, wie das so schön heißt?

Find ick jut, sagt Frederike. Lass uns mal loslegen. Okay, sagt Julia, hängt sich ihren Bass um, schaltet den Verstärker ein und zupft ein paar schnarrende Töne. Könnt ihr «Green Onions» von Booker T.?

Aber sicher, freut sich Brenda und ziept sich vor Erleichterung selbst an ihren glatten langen Haaren, denn das ist eines der Standardstücke, die sie wirklich richtig gut beherrscht, samt Solo und allem Pipapo. Conny ohnehin, denn trotz Schwabenblut und Pseudosamba hat Conny einen unglaublichen Groove, dessen Herkunft sie sich nicht erklären kann. (Was Conny nicht weiß, ist, dass ein Geschwisterpärchen mütterlicherseits, Sohn und Tochter einer entfernten Urtante, in den Zwanzigern erfolgreiche Steptänzer in Berlin waren, Vaudeville nannte man das damals. Vermutlich haben Groove und Timingfestigkeit es auf unauffälligen, mickrigen Genen über die Generationen bis hinein in Connys DNS geschafft.)

Und so beginnt die erste Probe der späteren Beat Bande, damals noch zu viert, namenlos und ohne allzu viel voneinander zu wissen, in einem mit Gruftiplakaten voll geklebten, feuchten Übungsraum mit einer holprigen, aber immerhin strophenmäßig fast perfekten «Green Onions»-Version, in der Tonart E und mit einer Verve, über die Booker Thelonious Jones, besser bekannt als Booker T., sich garantiert einen zweiten Bauchnabel gefreut hätte. Und sein Schlagzeuger Al Jackson auch. Aber der trommelte zu diesem Zeitpunkt schon längst im Himmel. Oder wo tote, geniale Soul-Trommler sonst trommeln dürfen. In irgendeiner Band mit Eddie Bo, Otis Redding und Gertrude «Ma» Rainey gleichzeitig wahrscheinlich.

ave Love Will Travel» von den Sonics ist das zweite Stück, das Brenda, Conny und die schönen Schwestern zusammen einüben. Statt der Gesangslinie in der Strophe drückt Brenda ein paar vibrierende Orgeltöne. Sie hat inzwischen auch ihren kleinen Farfisa-Orgelverstärker in den Übungsraum gekarrt, denn er hat einen Leslie, also eine rotierende Lautsprecherbox, die man per Fußpedal bedienen kann. Den Refrain schreien sie alle zusammen. Das ist ja kein echter Gesang, sagt Conny, um Brenda zu beruhigen, wir sind quasi nur etwas bessere Shouterinnen. (Frederike schreit übrigens nie mit, sie traut sich nicht so richtig, aber das fällt nicht auf, weil sie ohnehin kein Mikrophon hat und einfach dieselben Mundbewegungen wie die anderen macht: «Have love, oh baby, will travel, if you need my loving now, uh-ah, I'll travel!»)

Dazu gibt es noch ein paar Jamsessions, die das Problem aller Jamsessions in sich bergen: Hin und wieder spielt jemand etwas wirklich Schönes, Julia dreht zum Beispiel mehr aus Versehen die Basslinie um oder Conny trommelt einen aufregenden Break, aber nach dem Stück ist es sehr schwer herauszufinden, was das denn genau war. Zumal Julia, wie Brenda schnell feststellt, nur über einen recht begrenzten Fundus an Basslinien verfügt und dazu neigt, meistens ihre Lieblingstöne zu zupfen. Bei Fragen nach anderen Begleitideen wird sie äußerst zickig: Dit passt einfach am besten, behauptet sie stur, ick finde, da darf nix anderes hin!

Ganz allmählich schlängelt sich die Erkenntnis in das Bewusstsein der Bandmitglieder, dass bei einer reinen Instrumentalband ein weiteres Instrument nicht schaden könnte. Man müsste vielleicht ein Saxophon haben bei manchen Stücken, sagt Frederike, und wenn wir 'ne zweite Gitarre hätten, dann könnte die ein paar Soli spielen.

Brenda merkt, dass sie sich mit Conny am besten versteht, weil sie mit ihr nicht nur hervorragend Musik hören, Platten tauschen und über die Schwestern lästern, sondern auch gut um die Häuser ziehen kann. Sowohl Brenda als auch Conny haben damals gerade keinen Freund. Conny hat sich nach ihrem Stuttgarter Schlagzeuger nicht mehr richtig verliebt, sie ist eine treue Seele. Ihr Ex und sie schreiben sich zum Geburtstag, zu Weihnachten und aus jedem Urlaub nette Postkarten, rufen sich regelmäßig an, und wenn einer von ihnen jemand Neues hätte, gäb's Bambule. Erfahrene Paartherapeuten würden richtig analysieren: Die beiden lassen sich einfach nicht los.

An einem Abend irgendwann im dunklen Januar 1994 spazieren Brenda, Conny, Frederike und Julia nach einer sehr erfolgreichen Probe in eine Kneipe in der Nähe des Übungsraums, den Ruby Club. Die Sause beginnt damit, dass Conny und Julia darum wetten, ob die Bar nach Ruby Tuesday (die sich Mick Jagger ausgedacht hat) oder nach Jack Ruby benannt wurde, dem Attentäter, der dem angeblichen Kennedy-Attentäter Lee Harvey Oswald (den sich die USA ausgedacht haben) den Garaus machte. Der Wetteinsatz beträgt eine Runde Russisch Koks, natürlich eine Idee von Conny, die zwar eigentlich wenig trinkt, aber trotzdem jede Menge merkwürdiger Getränkideen kennt. Russisch Koks ist ein Zwei-Zentiliter-Gläschen mit Wodka, darauf liegt eine möglichst schalenlose Zitronenscheibe, die die überforderte Thekenkraft zu je einer Hälfte mit Zucker und Kaffeepulver bestreut hat. Man kippt den Wodka herunter und presst sich sofort danach das Zitrone-Zucker-Kaffeepulver-Gemisch in den wehen Rachen aus. Und dann wartet man darauf, dass der Boden näher kommt. Ein typischer Schnapsdrosseln-Drink.

Julia und ihre Schwester, die aus Familiensolidarität nicht opponiert, halten es für Quatsch, dass eine Bar nach Jack Ruby benannt sein könnte, den kennt doch überhaupt keiner mehr, behauptet Julia sogar, und Frederike sagt: Nach einem bekannten Serienmörder würde man seine Kneipe vielleicht nennen, Haarmann-Bar oder Jack-the-Stripper-Club. Oder Conan-der-BarBar, schreit Julia dazwischen. Aber Jack Ruby?

Ihr seid ja ekelhaft, sagt Conny. Wir fragen jetzt mal.

Hinter der Theke des Ruby Club stehen abwechselnd zwei Männer, der eine ist Anfang 30, ziemlich groß und darum ziemlich gekrümmt (das alte Problem großer Menschen: Man muss sich zum Reden, Zuhören oder Küssen zu den meisten anderen herunterbeugen), hat eine typische Gerade-aufgestanden-Frisur mit reizenden, wüsten Zipfeln am Hinterkopf, trägt eine Michael-Caine-Brille und liest, wenn er nicht gerade Bier zapft, in irgendwelchen Büchern, die er sich aufgeschlagen zwischen die Kaffeemaschine und die Eisbox klemmt. Langzeitstudent mit Magisterproblemen oder Shorttime-Loser mit Fantasy-Roman-Tick, vermutet Brenda, kann sich aber einer gewissen Sympathie für den großen Mann nicht erwehren. «Mutual Understanding Between Longer Ones» hat das mal ein 1,95 Meter hoher englischer Tontechnik-Dozent während ihres Studiums genannt. Der andere Tresenmann ist viel jünger, dünner, steht auf Gitarrenrock, hat schwarze Locken und schmale Schultern und sieht auf eine hibbelige Art und Weise «sehr süß» aus, das finden die schönen Schwestern jedenfalls, die schon bei ihrem zweiten Besuch im Ruby Club von dem Süßen mit einem Sonnenaufgangs-Lächeln wiedererkannt wurden. Brenda und Conny nennen den Süßen nur «den Zivi».

Heute blättert der Große gerade in seinem nicht identifizierbaren Buch, als die vier Mädchen sich an die noch leere Theke setzen und anfangen, ihre Übergangsnester zu bauen – Taschen verstauen, Jacken auf die Barhocker, Zigaretten auf den Tisch (Conny ist die stärkste Raucherin der Truppe, die Schwestern rauchen gelegenheitsweise, und Brenda besitzt eine Mitleid erregende, zusammengeklebte Lunge, die sofort anfängt, asthmatisch zu schnaufen, wenn sie mit Nikotin belästigt wird. Leider, muss man sagen, denn Brenda stehen Zigaretten ausgesprochen gut).

Frollein, sagt Brenda, und der Große schaut auf. Ja, mein Herr, kontert er grinsend. Wir würden gerne wissen, warum die Bar Ruby Club heißt, sagt Brenda, und während sie dem Großen in die grünen Augen hinter den Michael-Caine-Brillengläsern guckt, überlegt sie sich, dass sie ihn ohne schützende Glaswand vermutlich ganz blöde anstarren würde, mit einem Weichzeichner am Rand des Bildausschnitts wie in einem David-Hamilton-Film, so hübsch sind diese Augen.

Das ist meine Lieblingsfarbe, sagt der Große und lächelt noch ein bisschen mehr. Hmm, macht Conny ganz tief in ihrer Kehle, und auch Julia und Frederike hauen sich auf die Stirn, Ruby, Rubin, Maaaannn, macht ja auch Sinn: Die Wände des Ruby Club sind in einem schicken Rubinrot angemalt, in der gleichen Farbe wie die Sessel und Barhocker. Also nix mit Ruby Tuesday oder Jack Ruby, bist du ganz sicher?, probiert es Brenda noch einmal, die Lust hat, den Mann weiter lächeln zu sehen. Nö, sagt der Große, ich mag die Stones zwar, und Jack Ruby, ist das nicht der Typ, der Lee Harvey Oswald erschossen hat? Genau, sagt Brenda. Nö, nach dem würd ich meine Bar nicht benennen, sagt der Große. Scheiß-Amiselbstjustiz.

Tja, dann haben wir alle verloren und müssen ans Russisch Koks, schreit Conny. Und Brenda schämt sich ein wenig, dass sie jetzt eines der albernsten Getränke der Welt bestellen muss. Ähm, tastet sie sich vorsichtig heran, machst du eigentlich auch Multi-Komponenten-Drinks?

So wie Tequila Sunrise?, fragt der Große mit einem leicht alarmierten Gesichtsausdruck zurück. Nicht ganz so schlimm, sagt Brenda und erklärt die Wette und den Einsatz. Ich schäl auch die Zitronen, schlägt sie vor.

Später am Abend, eine Runde Russisch Koks und ein paar Mineralwässer zum Beruhigen der Kehlen liegen hinter den Damen – wobei Conny findet, dass Mineralwasser immer furchtbar wehtut im Mund im Gegensatz zu Schnaps und das Lied darum eindeutig heißen müsste: «Der Teufel hat das Staatlich Fachingen gemacht» –, später am Abend sitzen die Damen zusammen und denken über einen Namen nach. Denn dass man etwas reißen kann als Band, mindestens Konzert- und Partyqualität, wenn nicht sogar CDs aufnehmen, das ist jetzt schon klar.

Irgendwas mit Frauen drin?, schlägt Frederike vor. Nee, sagt Brenda gleich, wieso so eine vorschnelle Geschlechtsdefinition? Wenn schon Geschlecht, dann lieber in die Irre leiten, so wie bei Twisted Sisters. So was wie Beat Boys. Oder Beat Bums, hihi. Bum bedeutet Hintern, aber auch Penner.

Aber Beat im Namen, das schränkt einen so ein, sagt Julia. Vielleicht wollen wir ja doch noch mal raven …

Ick wollte immer in einer Band spielen, die The Crumbdowners heißt, sagt Frederike. Und was soll das sein?, fragt Conny verständnislos. Wir haben mal ganz kurz in einem total schicken Restaurant gekellnert, erzählt Frederike, und da gab es so 'ne Art Kamm ohne Zinken, und dit war der Crumb Downer. Mit dem mussten wir zwischen den Gängen die Krümel von den makellosen Tischdecken fegen. Dit war vielleicht ein Scheiß!

Hihihi, Conny und Brenda kichern, und Brenda singt melodramatisch: «You tell lies thinking I can't see, you can't cry cos you're laughing at me, crumb down (crumb really down) …» auf die Melodie von «I'm Down» von den Beatles. Dann singt Conny «Crumb down on me, crumb down on me …» auf die Melodie von Janis Joplins «Down on Me». Und die glucksenden Schwestern fallen ein mit «I'm crumbing down to Tijuana, have a good time, crumbing down to Tijuana, drink a little wine …», ein alter Andre-Williams-Song. Danach fragt Brenda, ob sie eine neue Runde Mineralwasser bestellen soll, um noch mal mit Michael Caine reden zu dürfen. Aber alle haben noch.

Mal ernsthaft, sagt Brenda, The Crumbdowners klingt ja lustig, aber auch so ein wenig nach The Travellers oder The Chameleons, so irgendwie wie eine weinerliche Jungs-Gitarrenband. Findet ihr nicht?

Hast ja Recht, Schwester, sagt Conny, und Frederike sieht das auch ein. Wie wär's mit einer Personality-Geschichte, etwa Julia and the Juleps oder Brenda and the Beatboots, schlägt Julia vor. Hmmm, macht Brenda, aber wenn das mal jemand übersetzt ... Julia und die Pfefferminzlikörchen ... Brenda und die Beatstiefel ... hmmmm. Außerdem will ich das mit dem Namen nicht, das hat so etwas von Bandleader, und genau das wollten wir doch vermeiden. Wir sind doch keine klassische Band. Eher eine Bande.

Stimmt, sagt Conny. Eine Beat Bande.

Und so haben Brenda und Conny, unter Mithilfe der schönen Schwestern, plötzlich den genialsten aller Namen gefunden: Die Beat Bande. Halb Englisch, halb Deutsch, also quasi Esperanto und international, einprägsam, aussagekräftig und geschlechtsneutral. Und lustig, weil man ein wenig an Emil und die Detektive denken muss, überlegt Brenda. Außerdem war ich immer riesengroßer Bill-Bo-und-seine-Bande-Fan!

Weil es schon viertel nach 2 ist und Brenda am nächsten Morgen einen viertägigen Studiojob als Tonassistentin anfangen muss (sie hilft gerade einem ehemaligen Kommilitonen, eine wirklich schlechte Crossoverband aufzunehmen, und bekommt dafür schwarz 150 Mark am Tag), verabschiedet sich Brenda nach diesem Erfolgserlebnis bei dem Beat-Banden-Rest, lächelt nochmal kurz und bedauernd zu Michael Caine hinüber, und der guckt ihr auch wirklich hinterher und ruft: Tschüs, bis hoffentlich bald, was sie sehr freut und auf dem Weg nach Hause beschwingt «Don't Crumb Me Down» auf die Melodie von «Don't Let Me Down» singen lässt.

Was Brenda verpasst, ist, wie Conny eine halbe Stunde später mit einem Mann ins Gespräch kommt, mit dem sie noch einige halbe Stunden später nach Hause gehen wird. Gott sei Dank ist es nicht Michael Caine, denn wer weiß, ob sich daraus nicht der erste, überflüssige Männerstreit im zarten Bandenglück hätte entwickeln können. Aber, typisch, zu Hause passiert mal wieder nichts, denn Conny fällt im letzten Augenblick, als sie sich gegenseitig schon minutenlang ihre feuchten Lappen in den Mund gedrückt haben und Conny sogar ihren BH fast aufgehakt hat, wieder ihr Ex-Freund ein, und darum bittet sie den Mann, sie doch lieber allein zu lassen, denn ihr wäre einfach nicht danach. Und der Mann ist glücklicherweise verständig genug abzuziehen, wenn auch unter Murren. Was man ja durchaus verstehen kann. Solche Sachen passieren eben.

Und auch die Schwestern flirten an diesem Abend, dass sich die Balken biegen, denn der Süße, also der Zivi, kommt um kurz vor drei in den Ruby Club und hat einen sogar fast noch süßeren Freund dabei. Die Schwestern machen es allerdings wie so oft: Sie flirten gerne und viel, gehen dann aber doch allein beziehungsweise zu zweien nach Hause. Sie sind nämlich beide semifest liiert, zwar nicht mit Brüdern, aber mit zwei gut miteinander befreundeten Studenten, die momentan ein Jahr in den USA studieren, Auslandssemester, und ständig sehnsüchtige Luftpost-Postkarten an Frederike und Julia schreiben. Darum haben sie ihre Freundinnen auch noch nicht mit der neuen Band hören oder sehen können und ahnen noch gar nicht, was sich alles in den nächsten Monaten entwickelt, was aus der Beat Bande wird und wie viel sich dadurch für Brenda, Conny, Frederike und Julia ändert. Das ahnt schließlich noch niemand.

Ein paar Monate später, es ist April 1994, kann Brenda eines Nachts vor Nachdenken nicht einschlafen. Sie steht auf, setzt sich an den Küchentisch und knabbert ein bisschen an den verschiedenen Käsestückchen herum, die noch vom Frühstück liegen geblieben sind. Brenda hat sie – als Käsefreundin – natürlich in extra Käsepapier (innen atmungsaktiv, außen mit glücklichen Kühen bedruckt) gewickelt. So können sie nicht austrocknen und werden auch nicht kalt und hart und sterben wie im Kühlschrank.

Brenda hockt an ihrem kleinen Klapptisch, liest mit einem Auge einen Zeitungsartikel über den neuen Enterprise-Ableger «Star Trek – Deep Space Nine», schabt mit einem extra Käsemesser das letzte Stückchen Belle Blanche aus der Rinde und denkt darüber nach, wo man am besten auftreten könnte. In Berlin geben einige Clubs Bands die Möglichkeit, für wenig oder gar kein Geld quasi eine vergrößerte Probe in der Öffentlichkeit abzuhalten. Vor allem im Ostteil gibt es jede Menge neue Bars und Veranstaltungsorte, so geheim und illegal, dass selbst die Tresenkräfte sie kaum finden. Brenda ist zwar kein großer Fan von Toiletten, die aus kleinen, mit einer fast abgebrannten Teekerze beleuchteten Löchern bestehen und in denen man sich mit Bier die Pfoten waschen muss. Und sie weiß, dass vor allem die Schwestern bei so etwas gleich herumkrakeelen würden. Aber wir brauchen Live-Erfahrung, denkt sie. Wen könnte man denn mal ansetzen, um uns Auftritte zu beschaffen … schließlich verkaufen einen Fans immer besser als man selber. Connys Ex-Mitbewohner? Einen Kollegen aus der Tontechnikerschule? Brauchen wir einen Manager?, überlegt sie, einen, der uns das Outfit aufquatschen will wie Andrew Loog Oldham bei den Stones? Oder einen, der sich in Conny verknallt und dann am Gehirnschlag stirbt, so wie Brian Epstein bei den Beatles? Oder brauchen wir Malcolm McLaren? Wahrscheinlich. Nicht.

Die Beat Bande hat inzwischen schon ein Logo, das hat Frederike entworfen, die eigentlich eine ausgezeichnete Graphikerin wäre. Vermutlich hat sie das von ihrer Etiketten designenden Mutti geerbt, aber natürlich will Frederike nichts hören von ihrem Etikettentalent. Ich will einen Schriftzug, hatte Brenda gesagt, der aussieht, als würden coole Existenzialisten-Chicks gleich in einer dunklen Jazzhöhle unglaublich loslegen. So ungefähr sieht die Schrift jetzt auch aus, jede Menge Jazz, jede Menge Pony, jede Menge Koteletten (obwohl Frauen ja keine wachsen) und jede Menge Beatnik-Power. Alles eine Frage der Corporate Identity, sagte Conny naseweis dazu, woraufhin Julia gleich vorschlug, einen Song mit dem Namen «(Give Me Back My) Corporate Identity» zu schreiben.

Außerdem hatte Brenda, nachdem sie eines Morgens eine Kassette mit Coverideen und sonstigen Kabinettsstückchen für Conny aufgenommen hatte, bei einem Spaziergang ein unglaubliches Foto entdeckt, das sich vielleicht als Bandfoto verwenden ließe. Oder um ein Plakat damit zu verschönern. Sie hat es den anderen aber noch nicht gezeigt, denn sie muss erst einmal selber entscheiden, ob das Bild geeignet ist. Das Foto ist ein Knaller und stammt aus einem Buch, das sie beim Trödler gefunden hat – kein Kunststück, Brenda hat fast immer Glück mit Trödelladenbüchern.

Sie ist nämlich trödelladensüchtig, schon aus Schuhgrößengründen (neue, altmodisch aussehende Stiefel in Größe 42 sind rar), und das bringt eine gewisse Erfahrung mit sich: Oft wettet sie gegen sich selbst, welche Secondhandbücher in welchen Läden liegen könnten. Sie hat dabei schon ein paar Mal nicht unerhebliche Summen gewonnen oder verloren, wie man's nimmt. Fast immer kann Brenda voraussagen, ob ein Exemplar von Arthur Haileys «Hotel» vorhanden ist (liegt in jedem zweiten Trödelladen), «Ehepaare» von John Updike, als Hardcover natürlich, und «Und Jimmy ging zum Regenbogen» von Johannes Mario Simmel. Das findet man so oft, dass Brenda sich manchmal schaudernd die vielen deutschen Wohnzimmer vorstellt, in denen es noch zwanzig Jahre zuvor gestanden haben muss und von früh bis spät mit deutscher Sechziger- und Siebziger-Spießigkeit voll getropft wurde.

Einmal konnte sie einen Freund sehr damit beeindrucken, dass sie – mit viel Brimborium und «Ich habe eine Vision!»-Ausrufen – vorhersagte, im nächsten Trödelladen gäbe es ein Exemplar von Erich Segals «Love Story». Es stimmte nicht ganz, aber fast. Statt «Love Story» lag da die Fortsetzung, «Olivers Story». Das fand der Freund bemerkenswert genug, denn Erich Segal ist Erich Segal, und Brenda hatte wirklich nur geraten.

In dem Friedrichshainer Trödelladen, den Brenda an diesem Tag besucht hatte, standen schmutzige Bücher in den Ecken herum, staubige Platten, dreckige Schuhe, die ganze Palette. Brenda schloss kurz die Augen, ging in sich und tippte auf «Mann und Frau intim» im linken unteren Fach, ein erheiterndes DDR-Aufklärungsbuch, das Brenda schon einige Male gesehen, aber noch nie gekauft hatte. Sie bückte sich nach links unten, zog, immerhin stimmte die Richtung, den «Sexual-Report» von Alan Fromme hervor und schlug direkt das Bild auf: Das schwarzweiße Foto zeigt eine Oben-ohne-Frauenband auf der Bühne, irgendwo in einem Striplokal in den USA Mitte der Sechziger. Die Mitglieder tragen glänzende, leicht ausgestellte Plastikhosen, darüber eben nichts und noch weiter oben mit dicken Eyeliner-Strichen definierte Augen und aufgetürmte Beehives. Brenda blinzelte baff die Busen der Damen an, dann die Gesichter, dann die Instrumente: Die Frauen spielen genau in der Beat-Banden-Besetzung, jedenfalls wenn die Beat Bande sich noch eine zweite Gitarristin dazunehmen würde (darüber hatte Brenda kurz zuvor wieder nachgedacht). Sogar die Orgel sieht aus wie Brendas eigene, einmanualige Farfisa. Das Merkwürdigste aber: Auch die Haltung von zwei der Frauen ähnelt der der schönen Schwestern.

Natürlich kaufte Brenda das Buch für eine müde Mark. Und nun sitzt sie in ihrer schummrigen Küche, hat die Käserindenreste in den vor sich hin stinkenden Ökomülleimer gewischt, in dem inzwischen bestimmt dreizehn neue Populationen leben (und jederzeit ausbrechen können!), und überlegt, ob man ein solches Bild als offizielles Bandfoto verwenden sollte. Sex sells, das weiß jeder, und Brenda musste in ihrer Pubertät lange über das Thema «Wieso verkaufen nackte Möpse Autos und Illustrierte?» nachdenken, bis sie endlich eine entspannte Haltung dazu einnehmen konnte. Inzwischen findet sie, dass vor allem die mopsfixierten Männer zu bedauern sind, die sich alles andrehen lassen, wenn ihre Familienjuwelen dem Gehirn das Blut entziehen. Aber jetzt ist sie sich nicht sicher, ob ein Oben-ohne-Foto, auch wenn es nur eines von namenlosen, mittlerweile bestimmt auch nicht mehr ganz so barbusig daherkommenden Damen ist, der Beat Bande nützen oder schaden würde.

Ein paar Besoffene werden ohnehin «Ausziehen!» lallen, denkt Brenda, als sie sich endlich beim Gähnen ertappt und wieder in Richtung Bett trödelt, spätestens wenn die schönen Schwestern mit ihren schönen Haaren wedeln. Mit Hormonen werden wir uns ganz bestimmt auseinander setzen müssen. Während ihrer Tontechnikerinnenlaufbahn hat Brenda oft männliche Ressentiments erlebt, weniger in der Schule, sondern eher in der Praxis: Wenn Brenda in Minirock und Stiefeln mit irgendeiner Band zum Soundcheck anrückte, hieß es: Und wer bist du? Die Freundin vom Sänger? Abgesehen davon, dass Brenda diese Unterstellung bei bestimmten Bands als eindeutige Beleidigung empfand (zum Beispiel bei den Shadowmen, die allesamt verklemmt und unattraktiv wie Kirchentagsbesucher sind), abgesehen davon also musste sie die Tatsache, dass Frauen zwar zwischenzeitlich Popstars werden, aber selten etwas mit ihrer eigenen Musik zu tun haben, erst einmal richtig verstehen.

Brenda legt die Kassette rein, die sie für Conny aufgenommen hat, und beschließt, dieses Problem demnächst mal mit ihr zu besprechen. Und mit der «Telstar»-Melodie im Kopf schläft sie ein.

Am nächsten Abend trifft sie sich mit Conny vor dem Marquee-Kino in Kreuzberg, denn dort läuft ein Dokumentarfilm über Instrumentalbands aus den Sechzigern. Nach zwei Stunden voller schwarz-weißer, grinsender Männer in Anzügen und mit glänzenden Halbakustik-Gitarren erzählt Brenda Conny an der kleinen, dunklen Kinobar-Theke von ihrem Trödelfotoglück und ihren Überlegungen zum Thema Frauen und Musik.

Ich kann nicht begreifen, sagt sie und faltet ihre feine Gesichtshaut in grabenartige Nachdenklinien, warum auch supermusikalische Frauen irgendwie doch oft keine richtige Leidenschaft für Populärmusik entwickeln. Ich meine, bis heute kenn ich nur vier andere Plattensammlerinnen, aber ungefähr vierzig Männer, die Platten archivieren. Dafür kenne ich ohne Ende Schuhsammlerinnen, mich eingeschlossen …

An mangelnder Leidenschaft kann's also nicht liegen, sagt Conny und rülpst damenhaft in Richtung Kinotoilette. Und ich glaube, es gibt schon eine Riesenmenge richtiger weiblicher Hardcore-Fans. Aber du hast ja Recht, was das Plattensammeln und Archivieren angeht: Ich hab schon von ungefähr zwölf Männern Mixtapes aufgenommen bekommen, aber du bist die erste Frau, die mir mal eins aufnimmt.

Sie hält kurz inne und setzt eine schockierte Miene auf. Moment, heißt das, du willst mit mir ins Bett?

Harhar, sagt Brenda und winkt dem Kinobesitzer und Barkeeper, damit er noch zwei Biere köpft.

Ich hab früher immer den bekloppten Nachbarstöchtern für ein paar Mark die Hosen enger genäht, sagt sie dann, weil wir 'ne Nähmaschine hatten, und dann hab ich den Verdienst komplett in Platten angelegt. Das ging natürlich nur, als diese Leggins modern waren …

Iiih, schäm dich, sagt Conny. Aber ich bin auch nicht besser gewesen: Stulpen, und das Schlimmste war so 'ne asymmetrische Frisur, die ich mal hatte. Hoffentlich wird das nie wieder modern!

Und hoffentlich werden wir nie so berühmt, dass dich jemand mit den Fotos aus der Zeit erpressen kann, kichert Brenda und nimmt einen tiefen Schluck aus der Flasche. Nee, ich stand irgendwie immer auf die Sechziger. Vor allem natürlich auf die Musik, ich glaube, ich hab als Kind einfach zu viele Agentenfilme inhaliert, mit diesen geilen Orgelsounds … Mein Lieblingsfilm war immer «Bullit».

Oh, mit Steve McQueen, ruft Conny, ja, den kenn ich, super ist der!

Stimmt, mischt sich der Kinobesitzer ein, den hatten wir sogar letztes Jahr in einer McQueen-Retro hier.

Brenda und Conny gucken ihn irritiert an, weil sie nicht damit gerechnet haben, dass ihnen jemand zuhört. Der Kinobesitzer, ein mittelalter, etwas rundlicher, blonder Mann in einem Eraserhead-T-Shirt, zieht sich schnell wieder hinter die Kasse zurück und tut so, als ob er wichtige Rechnungen zu schreiben hätte.

Brenda erzählt leise weiter. Weil ich so dermaßen in Steve McQueen verknallt war, wollte ich unbedingt den Film auf Kassette aufnehmen, als er irgendwann mal im Fernsehen kam. So mit Mikrophon, kannste dir ja vorstellen, mit häuslichen Hintergrundgeräuschen, Videorecorder hatten wir natürlich noch nicht … Und während des Films, also eigentlich in der besten Szene, in der Steve McQueen mit Jacqueline Bisset in einem schicken Restaurant sitzt, im Hintergrund spielt eine Querflötistin ein total geiles Jazz-Solo, kam plötzlich mein blöder Bruder rein und brüllte: «Hast du Kucki gefüttert?»

Conny fällt fast vom Stuhl vor Lachen. Das kenn ich, sagt sie, ich hab auch 'ne Aufnahme mit meinem Vater im Hintergrund, der plötzlich reinkommt und schreit, mir solle uns fertigmache, die Omi tät gleich komme, und mir müsse uff de Friedhof gehe …

Brenda stößt mit Conny an. Ach ja, sagt sie, immer diese Störungen der Kreativität …

Und Kucki war euer Hund?, fragt Conny.

Quatsch, unser suizidaler Wellensittich, sagt Brenda, der hat sich später umgebracht, da waren mein Bruder und ich im Nebenzimmer und hörten, wie aus dem Kinderzimmer plötzlich ein Heidengezwitscher kam. Als wir nachguckten, lag er schon tot auf dem Boden, direkt unter der Yuccapalme, auf der er immer saß. Ich hab dann später rekonstruiert, dass er sich höchstwahrscheinlich mit an den kleinen Leib gepressten Flügeln zu Tode gestürzt haben muss, nachdem er sein Abschiedslied gesungen hatte. Oder wieso sollte ein Vogel sterben, wenn er von etwas Hohem hinunterfällt?

Conny japst. Hör auf, sagt sie, ich mach mir gleich in die Hosen!

Am nächsten Vormittag, als Brenda im Ruby Club sitzt, Kaffee trinkt und darauf wartet, dass ihr Kumpel Thomas sie abholt, weil die beiden einen Tonjob in einem kleinen Theater in Schöneberg übernehmen sollen, setzt sich der Große mit der Michael-Caine-Brille an Brendas Tisch und sagt: Tag.

Tag, sagt Brenda und spürt eine Aufregung, die mit den grünen Augen des Großen zusammenhängen könnte, vielleicht aber auch am Kaffee liegt (Brenda trinkt selten Kaffee, sie färbt ihre Zähne lieber mit Tein grau). Stör ich?, sagt der Große, und Brenda sagt, kein Stück, nie, und merkt, dass ihr rechter Oberschenkel verräterisch zu zucken anfängt, und um davon abzulenken, rubbelt sie sich erst einmal die Nase. Der Große hat seine Übersprungshandlungen entweder nach innen verlegt, oder er hat sie voll im Griff. Oder er ist einfach nicht aufgeregt, zuckt als Blitzgedanke durch Brendas Kopf, und sie beschließt, erst später mit der Analyse anzufangen. Schließlich wird sie normalerweise eher selten nervös, man könnte sagen, Brenda ist eigentlich eine coole Person.

Du bist doch Brenda, stimmt's? Ja, sagt Brenda, und wie heißt du denn eigentlich? Michael, sagt der Mann, und Brenda sagt, prima, kann man sich … leicht merken. Das ist aber auch das Einzige, sagt Michael. Aber Tacheles. Ich wollte Folgendes vorschlagen: Eure Gitarristin hat mir verraten, dass ihr eine Band gegründet habt und Beat-Instrumentals spielt, und ich finde, was die neulich erzählt hat, von Sonics-Stücken und eigenen Ideen und Beat-Orgel, das klingt alles ziemlich prima. Wir machen nämlich gerade die Planung für ein Straßenfest hier am Helmholtzplatz Ende August, habt ihr nicht auch Lust, da aufzutreten?

Joa, klar, platzt Brenda sofort heraus, prima, klar wollen wir auftreten, ich denke eh gerade darüber nach, wo man mal ein paar Demotapes hinschickt.

Habt ihr schon eins?, fragt Michael. Das würde ich natürlich auch zuerst gerne hören, ich bin für die Bühne hier vor dem Club zuständig und kann euch ja nicht buchen, bevor ich nicht weiß, ob ich da nicht einen Fehler mache …

Wir sind natürlich total super, sagt Brenda, haben aber noch kein richtiges Tape, das soll bald kommen … Und jetzt zuckt auch ihr linker Oberschenkel, aber nur minimal. Mit etwas Phantasie sieht es aus, als ob Brenda zu dem Beastie-Boys-Stück mitwippt, das gerade durch die Kneipe schallt: «Kick it root down, I got my root down …»

Und wir haben auch den besten Namen: Beat Bande, sagt sie.

Ja, hab ich schon gehört, sagt Michael, klingt ein bisschen nach Bill Bo. Und dann singen Michael und Brenda gleichzeitig, ohne sich vorher abgesprochen zu haben: Bill Bo und seine Bande ziehen lang schon durch die Lande. Michael hört auf zu singen und kichert, aber Brenda singt weiter: Und weil man sie nicht fangen kann, hängt keiner am Galgen dran.

Gemeinsames Singen, vor allem wenn es spontan besser klappt als bei einem eingespielten Pfadfinderverein, verbindet immer. Auch Brenda und Michael fühlen sich nach der kurzen Choreinlage ganz eigenartig.

Ja also, dann bring mir doch mal euer Demo vorbei, wenn ihr eins gemacht habt, sagt Michael und nimmt seine Brille ab, um sie mit einem Zipfel seines T-Shirts zu putzen, und Brenda überlegt genau, ob sie auf der Brille vorher irgendwelche Fussel gesehen hat oder ob sie das jetzt als Übersprungshandlung und damit als positives Zeichen deuten kann. Sie beschließt, die Kirche erst einmal im Dorf zu lassen und davon auszugehen, dass der Mann einfach ein buntes Programm zusammenstellen will und sich gedacht hat, hehe, so ein paar hübsche Miezen auf der Bühne, da bleibt jeder stehen und huscht danach in meine Kneipe. Außerdem hat er die Beat Bande ja noch nie gehört.

Okay, sagt sie, ich bringe dir nächste Woche ein Tape vorbei, ok?, und guckt erst in die ohne Brille noch viel grüneren Augen Michaels und dann mit einem elegant-soften Halsdreh daran vorbei zur Tür, wo schon Thomas steht, der Tonkumpel, der aussieht, wie ein Tonmann eben aussieht: lange Haare, Gitarrenrockband-T-Shirt (in diesem Fall Das Damen), ein paar Schlüsselketten an den Gürtelschlaufen und Turnschuhe. Ich komme, ruft sie Thomas zu.

Wann bringst du mir das Tape?, fragt Michael und setzt seine Brille wieder auf. Soll ich mal tippen?, fragt Brenda zurück, minus drei Dioptrien, stimmt's? Nicht schlecht, sagt Michael, rechts drei, links zwei Komma sieben fünf. Bist du in deinem ersten Leben Optikerin gewesen? Eskimo, sagt Brenda und kichert ein bisschen, weil sie ihren eigenen Witz nicht versteht.

Nein, sagt sie dann, bevor Michael nachfragen kann, aber ich kenne mich mit schlechten Augen aus. Oder wie der alkoholabhängige Vater eines alten Freundes von mir mal meinte: Schlecht sehen kann se gut.

Michael lacht jetzt auch, und endlich ertappt Brenda ihn bei einer wirklich typischen Übersprungshandlung, die ihr aus ihrer mannigfaltigen Flirterfahrung bekannt ist: Während er sie anlacht, streichelt er sich mit der rechten Hand intensiv den linken Oberarm rauf und runter, wo, wie Brenda aus den Augenwinkeln und eigentlich auch mehr unbewusst feststellt, sogar ein paar Muskeln sind (vom Beck's-Kisten-Schleppen, unkt Brenda innerlich), jedenfalls kein Tattoo weit und breit, ein Glück. Danach fährt er mit seiner Hand in den Nacken und krault sich seine Out-of-Bed-Frisur. Und damit macht er genau das, was Kinesiologen in ihren Büchern als «sexuelle Ersatzhandlung» bezeichnen. Nämlich das Sich-selbst-Streicheln, das signalisieren soll, ich wünschte, DU würdest mich jetzt hier anfassen. Brenda kennt dieses Verhalten sehr gut und hat sich auch schon des Öfteren dabei ertappt, wie sie sich am Hals herumstrich, während sie gerade irgendeinen schönen, großen Mann beobachtete.

Obwohl Brenda sich bei Michaels Oberarmgriff nicht sicher ist, ob es nicht vielleicht auch eine «scheinsexuelle Handlung» sein könnte. Das ist ein Aspekt der Körpersprache, der dann eingesetzt wird, wenn man zum Beispiel etwas Geschäftliches erreichen möchte.

Aber darüber will sie später nachdenken. Brenda klopft als coole Abschiedsgeste mit den Fingerknöcheln auf den Tisch, sagt: Ich komme in den nächsten Tagen mit 'ner Kassette vorbei, okay?, und geht schwingenden Schrittes in Richtung Tür. Dann dreht sie sich noch einmal um. Drinnen, gegen das Sonnenlicht von außen nur im Umriss auszumachen, sitzt Michael und hat beide Arme hinter dem Kopf verschränkt, eine – kinesiologisch betrachtet – extrem sexuell gefärbte Geste, die seine Achseldrüsen mit integriertem hormonell angeregtem Schweißgeruch exponiert, und sagt: Okay! Ich freue mich schon! Und seine entblößten Achselhöhlen freuen sich sozusagen noch mehr.

Brenda antwortet: Ich mich auch!, verlässt den Ruby Club und ist relativ gut gelaunt. So relativ gut gelaunt, dass Thomas, der von dem ganzen verbal und nonverbal ausgetragenen Zwiegespräch natürlich nicht die geringste Ahnung hat, sie fragt: Was ist denn los, im Lotto jewonnen?

Ach Thommi, sagt Brenda, Geld macht doch auch nicht glücklich, sondern beult nur das Portemonnaie aus.

Damit springt sie in Thomas' ehemaligen Bullen-Bulli, weißgrün, zwar ohne Polizei-Schriftzug an der Seite, aber dennoch legen Autofahrer oft ein interessantes Verhalten in seiner Nähe an den Tag. Als Brenda und Thomas in die 30-Stundenkilometer-Zone einbiegen, passiert, was mit dem Bulli so oft passiert: Ein vorher hemmungslos durch die Gasse rasendes Auto vor ihnen bummelt plötzlich mit exakt 30 Stundenkilometern die Straße entlang. Mann, ihr Lahmärsche, ich bin kein Bulle, sagt Thomas, aber er ist nicht besonders wütend. Er regt sich selten auf. Stattdessen hört er lieber aufregende Musik. Hast du was gegen Rage Against the Machine?, fragt er Brenda, und die sagt, nö, Spitzensound. Und zu Crossover mit 90 Dezibel brausen die beiden zu dem kleinen Theater in Schöneberg, in das leider weniger Menschen kommen, als auf der Bühne stehen. So ist das manchmal mit kleinen Theatern.

Trotzdem bringt das Mini-Theater Glück. Denn Brenda und Thomas lernen, nachdem sie mit dem Intendanten, Geschäftsführer und Chef von allem, einem nervösen Herrn Scheunemann, die Konditionen ausgehandelt, drei Raummikros aufgebaut und alles verkabelt haben (viel ist nicht zu tun, Brenda bekommt fast ein schlechtes Gewissen, weil sie Geld für diesen leichten Job nimmt), die Person kennen, die für die musikalische Begleitung des Stückes zuständig ist: eine junge, extrem sympathische Multiinstrumentalistin namens Nathalia.

Nathalia, die bei dem Theaterstück zu selbst produzierten Loops abwechselnd Gitarre und Saxophon spielt, intoniert beim Soundcheck das Anfangs-Saxophonriff aus «Slow Boat to China», eines von Brendas Lieblings-Charlie-Parker-Stücken. Brenda werden fast die Augen feucht, so schön und gefühlvoll düdelt Nathalie die Melodie. Darum klettert Brenda nach der Probe von ihrem Tonpodest, stiefelt hinter die Bühne und fragt Nathalia: Sag mal, um gleich mit der Tür ins Haus zu fallen, hättest du vielleicht mal Lust, in einer Band zu spielen?

Nu glahr, also klar, sagt Nathalia, die bei der Frage ein kleines bisschen nervös ist, weil sie zuerst dachte, die Tonfrau wollte an ihrer Begleitmusik herummäkeln. Also ich hab zwar schon eine, aber worum geht's denn?

Die Beat Bande, sagt Brenda, wir sind bis jetzt zu viert, alles Frauen, und wir machen Beat- und Soul-Instrumentals. Und wir würden gerne eine zweite Gitarristin ausprobieren. Wenn die auch noch Saxophon spielen kann, umso besser.

'ne Frauenband?, echot Nathalia. Nu, warum nicht. Ich spiele noch bei 'nem Jazztrio, das heißt Hubschrauberlandeplatz, aber wir proben momentan nur alle drei Monate, weil der Schlagzeuger zwischendurch immer nach Japan fährt und da mit so 'nem Free Jazzer herummacht.

Hubschrauberlandeplatz, aha, sagt Brenda und muss sich von innen auf ihre Mundwinkel beißen, und damit sich nicht trotzdem ein Lachen ihrer Kehle entringt, rubbelt sie sich auch noch die Nase.

Na ja, ich find den Namen auch nicht so toll, sagt Nathalia. Wann trefft ihr euch denn mal wieder zum Üben?

Am Dienstagabend, sagt Brenda.

Was ein bisschen gelogen ist. Eigentlich probt die Beat Bande nämlich schon am Sonntagabend, mit einer anderen Probe-Saxophonistin namens Yvonne. Conny kennt Yvonne von einer Veranstaltung, von der Brenda lästert, dass sie schon durch den Namen Menstruationsbeschwerden verursache: «Without Him» hieß sie und war ein reines Frauen-Musikfestival. Aber Brenda verbietet sich lieber erst mal sämtliche Vorurteile gegen Frauenmusikfestivals. Sie ist darum genauso gespannt wie die anderen, als am Sonntag um sieben Uhr Yvonne mit ihrem Saxophon hereinkommt und sagt: Also ich mag gerne so 'n bisschen jazzigen Sound, aber auch 'n bisschen poppig.

Und genau so spielt Yvonne auch. Brenda muss unwillkürlich an den Tina-Turner-Saxophonisten denken, der sich während Tinas langer Karriere von einem dünnen grauen Horn-Mäuserich in der hintersten Reihe bis zu einem mit Steroiden aufgepumpten Renegade-Monster mauserte, das vorne am Bühnenrand das Saxophon wie eine Dulzinea an den Muskelkörper drückte und es zusätzlich zum grässlichen Spiel auch noch zu vögeln schien.

Ähem, sagt Brenda nach dem ersten, eher kläglichen Jam-Versuch, vielleicht sollten wir mal etwas anderes versuchen, was wir alle kennen?

Kennt ihr «Lily Was Here» von Candy Dulfer?, fragte Yvonne. Conny sagt laut: Nein!, noch ehe Yvonne den Satz beendet hat.

Wie wär's mit «Have Love Will Travel», fragt Julia, dit ist leicht ...

Och nee, so 'n oller Schinken, sagt Yvonne.

Die Beat Bande muss nicht lange überlegen, und nach einer halbherzigen, extrem kurzen Bluesschema-Jam in G-Dur mit einem grässlichen Saxophonsolo ist es Conny, die den denkwürdigen Satz sagen darf, den jeder in seinem Leben irgendwann gerne einmal sagen würde: Vielen Dank, wir rufen dich an.

So klopft es am darauf folgenden Dienstagabend an der Tür, als die Beat Bande gerade dabei ist, ein eigenes Stück auszuklamüsern, das «Brainwashed» heißt. Nathalia kommt herein, in den Händen einen Gitarren- und einen Saxophonkoffer. Diese kurzhaarige, flatterige und musikalische Sächsin spielt wie ein richtiges Cool Chick, das merken die anderen gleich beim ersten gemeinsamen Stück, einer schnellen Version des alten Tanzflächenfegers «Tequila!» von den Champs, nicht gerade die interessanteste Wahl, aber man kann sich leicht drauf einigen, und jede weiß, wie es geht. Nach dem dritten Durchgang beginnen die Mädchen, statt Tequila! «Mascara!» zu rufen, Brendas Idee, Conny kommt dabei zweimal vor Lachen aus dem Takt, und auch Brenda, die bei dem Stück ohnehin am liebsten nur Schellenkranz schütteln würde, wenn das nicht so eine typische Mädchenbühnengeste wäre, gluckst durch alle Strophen.

Nathalia spielt außer Saxophon und Gitarre auch noch hin und wieder Geige für ihre Theatermusikaufnahmen. Außerdem hat sie das absolute Gehör. Nach dem Stück sagt sie schüchtern zu Frederike: Deine E-Seite ist 'n ganz kleines bisschen verstimmt ...

Stimmt!, ruft Frederike erstaunt, die das gleich am Stimmgerät nachprüft.

Du hast wohl schon als Baby in genau abgemessenen großen Quinten geschrien, was?, fragt Brenda ehrfürchtig.

Nu ja, ich hab fünf Jahre an der Musikhochschule Franz Liszt studiert, in Weimar, sagt Nathalia und schüttelt ihr Mundstück aus.

Kommst du aus Weimar?, fragt Julia.

Nee, aus Meißen, wie das Porzellan, sagt Nathalia. 1990 bin ich da aber abgehauen.

Und wann hast du das mit dem absoluten Gehör gemerkt?, fragt Brenda, die immer noch schwer beeindruckt ist.

In der Schule, erklärt Nathalia, da war ich auch ziemlich unbeliebt, weil ich bei unseren Liedern immer schreiend die Falschsänger durchgeschüttelt hab, das war dieser ganze DDR-Mist, Soldaten marschieren im Warschauer Pakt und so weiter. Und dann hieß es: Nu du alde Fähnsliese, hähre off mid dei Rummgeblähge!

Conny und Brenda lachen. Du sächselst aber schön, sagt Brenda.

Aber nur wenn ich betrunken oder ein bisschen aufgeregt oder ängstlich bin, lächelt Nathalia.

Lass uns «Mascara!» nochmal versuchen, sagt Conny und haut unternehmungslustig auf ihr Ride-Becken. Die Damen spielen das Stück ganz durch, und es klingt noch besser.

Das wird ein Hit!, schreien die schönen Schwestern, du wirst schon sehen, das kommt in die Charts! Da singen alle mit!

Das wird die beste Coverversion aller Zeiten! Inklusive Schminktipp, lacht Conny. Die Stücke mit einer zweiten Gitarre sind ebenfalls ein Hammer, denn Nathalias Gretsch hat einen tollen Sound. Sie spielt genau so viel und so wenig, wie eine zweite Gitarristin spielen sollte, dazu wunderbar relaxte Soli. Und sie ist taktsicher, tonsicher und stilsicher.

Was meinst du denn nun, bist du dabei?, fragt Brenda am Ende. Nathalia ist immer noch ein wenig aufgeregt. Nu glahr, sagt sie, das lass ich mir nicht entgehen!

Diese erste Probe der kompletten Beat Bande dauert ziemlich lange, so lange, dass Brenda, die mit einem alten Kondensatormikrophon aus der Tontechnikerschule ein paar der besseren Songs aufgenommen und mit Hilfe eines Doppel-Kassettenrecorders einigermaßen zurechtgeschnitten hat, erst gegen halb drei mit einem frischen Beat-Banden-Demo-Tape im Ruby Club aufläuft. Es sitzen nur noch zwei Männer an der Theke, dahinter steht gerade leider niemand, und Brenda hofft, dass das Jon-

Spencer-Blues-Explosion-Tape, das ohrenbetäubend durch die Kneipe schallt, auf Michael hinweist. Aber da kommt der Zivi aus dem Herrenklo gehüpft und sagt, na, suchst du Michael?

Na ja, sagt Brenda, ich wollte ihm was geben.

Kannst du auch mir geben, sagt der Zivi, und Brenda will sich nicht blamieren und sagt, okay, hier, er weiß Bescheid, hoffentlich. Sie schiebt die Kassette über die Theke, und einer der Männer, dessen leicht glasige Augen schon an Brenda kleben, fragt: Was ist denn das, können wir das nicht mal reinlegen? Ist bestimmt besser als dieser Krach hier.

Brenda dreht sich zu dem Mann um. Er sieht aus, als ob er ohne Sonnenschutz zu lange im Park gelegen hätte. Sie sagt: Nichts gegen Jon Spencer, Rothaut. Und meine Kassette ist privat und wird heute garantiert nicht hier gehört, ist das klar?, erklärt sie dem Zivi.

Der lacht und sagt, okay, keine Angst. Ich hab heute meine eigenen Tapes vergessen und darum die von Michael reingelegt. Muss also schon den ganzen Abend so komisches Zeug hören, das reicht.

Na ja, sagt Brenda, dann grüß ihn mal schön.

Trinkst du einen Schnaps mit?, fragt die Rothaut versöhnlich. Nö, sagt Brenda, danke, heute nicht. Tschüs!

Sie verlässt den Ruby Club, lässt Jon Spencer, die beiden angetrunkenen einsamen Thekenwölfe und den süßen Zivi hinter sich und radelt nach Hause, eigentlich recht gut gelaunt, obwohl es heute keinen Blick aus grünen Augen für sie gab.

Was soll's, denkt sie sich, will ich jetzt Pärchen sein oder was?

Brenda lernt recht schnell Männer kennen. Ihre Sprüche sind gefürchtet, und mit ein- oder zweipromilligem Wohlwollen könnte man sagen, sie habe etwas von der jungen Jane Birkin, bloß mit mehr Nase. Außerdem schäkert sie ausgesprochen gerne mit unkomplizierten Anfassern herum, die zwischen Sex und Liebe trennen, denn für Brenda müssen diese beiden Phänomene auch nicht unbedingt zusammenkommen.

So fällt es ihr leicht, ab und zu neben netten Männern einzuschlafen (Brenda ist diejenige, die in heißen Nächten «danach» meistens zuerst einschläft). Neben diesen Männern dann auch – nüchtern, den Kopf voller tagesaktueller Probleme – aufzuwachen ist eine andere Geschichte. Sich mit solchen Männern womöglich noch weiterhin genauso blendend zu amüsieren wie am Abend, als beide heiß und bis an den Rand mit Hormonen gefüllt waren und angeben wollten, eine wieder andere. Darum hat Brenda auch erst eine Beziehung gehabt, nämlich mit jenem letzten Tontechniker ihres Lebens, einem Mann namens Roman, über den Brenda üblicherweise sagt: Roman, der war nur eine Kurzgeschichte.

Was genau damals passiert ist, lässt Brenda selten durchblicken, es war jedenfalls am Ende so, dass jener Roman, der Schuft, ihrer kurzen, aber aufwühlenden Beziehung in einer Pizzeria den Todesstoß versetzte.

Der Kellner kam gerade mit der Rechnung, erzählte Brenda Conny einmal, während all ihre Übersprungshandlungsmarotten auf einmal von ihr Besitz ergriffen, sie sich mit der einen Hand die Nase rubbelte, mit der anderen an den Haaren ziepte und dazu mit beiden Knien wackelte. Und fragte: Zusammen oder getrennt? «Gerade getrennt», hatte Brenda damals mit einem Schluchzen in der Stimme herausgepresst.

Conny meinte, das sei doch eine erstaunlich schlagfertige Leistung mit einem so frisch gebrochenen Herzen gewesen.

Nein, ich will doch gar kein Pärchen sein, denkt Brenda also, während sie in die Yorckstraße einbiegt und mit Todesverachtung eine rote Fußgängerampel schneidet. Und lächelt weiter vor sich hin, weil die Probe so prima war.

Wir müssen uns in den Hintern treten, sagt sie sich dann, das wäre ja gelacht, wenn man mit so viel Potenzial nicht etwas auf die Beine stellen könnte! Super wird das. Sie beschließt, gleich noch mal kurz bei Conny anzurufen, die auch gerade erst nach Hause gekommen sein müsste.

Conny ist wirklich noch wach und raucht ins Telefon. Tolles Weib, diese Nathalia, sagt sie. Hmm, macht Brenda. Was meinst du, was für 'ne Art Bandklima wird wohl bei uns herrschen, wenn das jetzt weiter klappt?, fragt sie

Mal abwarten, sagt Conny.

Kannst du dir uns auf 'ner Tournee vorstellen, fragt Brenda, wir alle in 'nen kleinen Bulli gequetscht, ich lese, du spielst Game Boy …

Hey, schreit Conny, ich will auch lesen!

… und du musst auf jedem Rastplatz rauchen, fährt Brenda unbeirrt fort, Frederike und Julia feilen ihre Nägel …

Hört hört, kichert Conny.

… Nathalia notiert irgend so 'ne hübsche Saxophonmelodie, und vorne sitzt ein hübscher Fahrer …

Klingt doch nach Paradies, sagt Conny.

Brenda nickt, aber das kann Conny nicht sehen.

Ob die Schwestern eigentlich bei allen Streitereien einer Meinung sind?, fragt sie dann.

Na du machst dir Probleme, stöhnt Conny, wart's doch erst mal ab! Und überhaupt war das meine Gute-Nacht-Zigarette, so als kleiner Wink mit dem Zaunpfahl …

Brenda legt auf, kann aber lange nicht aufhören, über das Bandklima nachzudenken. Sie überlegt, ob die schönen Schwestern, die schon jedes Mal quieken, wenn sie ihre – im Gegensatz zu Brendas Orgel – relativ leichten Instrumentenkoffer die Treppe zum Übungsraum rauf- und runterschleppen, bei einem Konzert beim Aufbauen helfen würden. Und was passieren würde, wenn es echte Groupies gäbe … ob die Schwestern dann alle abgreifen? Will man überhaupt Groupies?

Brenda hat ein bisschen Erfahrung mit Groupies, denn Kevin, der Sänger der Cream Connection, einer seichten Pop-Sixties-Band mit nur kurzer Lebensdauer, bei der Brenda 1991 ein halbes Jahr an der Orgel stand, war ein echter Groupiefresser. Bei den insgesamt zehn Auftritten – sechs davon in Berlin – verschwand er achtmal mit einem glücklichen Fanmädchen nach dem Auftritt in den Rabatten beziehungsweise im Bett. Eine Quote wie Brian Jones! Brenda hatte zwischenzeitlich sogar vermutet, der einzige Grund für die Existenz der Cream Connection sei ebenjene exorbitant hohe Beischlaffrequenz. Proben wollten die anderen Bandmitglieder nämlich nie, Kevin schon gar nicht, und man kann auch nicht behaupten, dass musikalisch besonders viel rüberkam, die Cream Connection hatte sich mehr oder weniger auf vier Akkorde eingeschaukelt, alles Mid-Tempo, und obwohl Kevin Brite war und demzufolge einen Vorteil beim Englische-Texte-Schreiben hatte, klangen die Songs semantisch alle ein wenig wie das Waschbeckenenglisch der Berliner Lords: «When I was young, you know, I couldn't speak and go …»

Aber Groupies hatte die Cream Connection, trotz mauer Musikalität. Brenda lernte die Mädchen manchmal sogar kennen, die meisten schienen nette, schlaue, musikbegeisterte Fräuleins zu sein. Das Erstaunlichste an der Sache war aber, wie Kevin mit ihnen flirtete: nämlich gar nicht. Die Cream Connection begann zu spielen, Kevin warf sich vorne ein wenig in die Brust, stand krumm am Mikroständer, warf mit seinen langwimprigen Engländer-Augen schmachtende Blicke in den Saal, sang mit seiner mäßigen Stimme seine Popnummern herunter, und danach brauchte er nur eine halbe Stunde am Tresen zu lümmeln, schon stellte sich mindestens eine Dame daneben, und Brenda musste ihre damals noch minimalen kinesiologischen Kenntnisse kaum bemühen, um zu sehen, wo der Hammer bald hängen würde. Nicht selten hörte sie Kevin in der Zeit, die es brauchte, bis er mit jemandem abzog, ungefähr zweieinhalb Sätze murmeln. Aber das genügte offenbar.

Brenda hörte nie auf, sich darüber zu wundern, denn wenn sie sich selbst auf Kontaktkurs mit irgendeinem Stenz befand, bediente sie sich immer des nächstliegenden Kommunikationsmittels, der Sprache. Die Vorstellung, dass jemand mit ihr nach Hause wollen würde, wenn sie sich weitgehend stumm verhielt, fand sie verwirrend. Natürlich gab es einige Jungs bei den Konzerten, die Brenda danach den Hof machten. Meistens versuchten sie, Fachgespräche über Musik oder die Orgel zu führen. «Ist 'ne alte Farfisa, ne?», fragten sie kennerisch, und Brenda fasste sich innerlich an den Kopf. Das große FARFISA-Schild war schließlich nicht zu übersehen. Und natürlich hätte Brenda sich genauso wie ihre Bandkollegen ein wenig privat weiterfeiern lassen können. Aber ihr war das Gefühl, dass diese Jungs sie anderthalb Stunden auf der Bühne hatten angucken können, sie selbst aber einem völlig Fremden gegenüberstand, immer unangenehm. Die Jungs hatten sich längst ein Bild von ihr gemacht, weil sie sie lange genug hatten begutachten können.

Darüber denkt Brenda nach, während sie noch einmal das Haus verlässt, um sich an der Nachttanke um die Ecke eine Tafel weiße Schokolade und die Zeitung von morgen zu kaufen. Wieder zu Hause, sitzt sie an ihrem Küchentisch und liest mampfend die Zutatenliste der Schokolade: Kann Spuren von Nüssen enthalten. Was das wohl heißen soll, murmelt sie. Ob da wirre Chocolatiers Zutaten aus unbeschrifteten Säcken in große Schmelztöpfe schmeißen und dann gleich wieder vergessen, ob sie nun in den Nusspulversack gegriffen haben oder nicht?

Dann mustert sie nachdenklich das Topless-Band-Bild aus dem «Sexual-Report» und fragt sich, bevor sie sich in ihr schmales Bett wirft und zum Einschlafen eine alte Don-Drummond-Platte auflegt, ob man sich vielleicht für die Auftritte in irgendeine Art von Kostüm werfen und am besten noch eine kleine Bühnenshow einstudieren sollte. Die Bilder der elegant gewandeten Anzugträger aus dem Dokumentarfilm schwirren ihr im Kopf herum. Anzüge wohl besser nicht, überlegt sie. Aber irgendwas Schickes, Kurzes vielleicht. Zu dem man Stiefel tragen kann.

Nathalia ist ein Glücksgriff. Erstens spielt sie hervorragend Rhythmus- und Leadgitarre und noch besser Saxophon, zweitens ist sie eine geborene Beatmaus, und drittens kann sie, wenn sie sich erst einmal warm gemacht hat, prima albern sein. In der nächsten Zeit probt die Beat Bande zu fünft und voller Elan mindestens zweimal pro Woche, und ein weiteres Mal treffen sich die Damen, um neue Songs zu häkeln. An einem heißen Nachmittag im Juni sitzen Brenda, Conny und Nathalia auf den schattigen Stufen zum Übungsraum, essen aus Eistöpfen des einzigen Berliner Eisherstellers, der sein Eis nicht in Kugeln verkauft, sondern es mit Spachteln in verschieden große Pötte kleistert, kratzen an ihren Mückenstichen und reden über den Unterschied zwischen Instrumentalbands und Gesangsbands. Zum Beispiel die Novi Singers, sagt Nathalia, eine Jazz-Vocal-Band aus Polen, die sind immer dann genial, wenn sie nur Geräusche machen und keine richtigen Texte singen – ihr Englisch ist echt lummbch.

Lumpig?, fragt Conny nach. Genau, lumpig, sagt Nathalia und zupft sich zwei angriffslustige Mücken mit schon böse ausgefahrenem Stachel aus ihren kurzen Haaren.

Das ist eben das Problem mit der Internationalität, sagt Brenda, jeder träumt von Hits in den Charts, da fällt mir dieses Zappa-Lied ein, «I Want a Guy from a Band That's Got a Hit in the Charts», kennt das einer?

Iiiih, Zappa, sagt Conny, das erinnert mich viel zu sehr an Stuttgart. Früher hab ich auch immer die Texte von englischen Liedern falsch verstanden, zum Beispiel war ganz lange mein Lieblings-Rolling-Stones-Stück «I see a Rektor and I want to paint it black» … ich dachte immer, wow, wie anarchistisch, die malen ihren Schulrektor schwarz an …

Nathalia und Brenda kichern in ihr Eis, dann sagt Brenda: Dazu hab ich auch noch ein paar Beispiele: Bei einem Cannonball-Adderley-Stück singen ein paar Frauen im Hintergrund immer «Moorleiche!! Moorleiche!!!»

Oder kennt ihr das von Frankie Goes to Hollywood, ruft Conny, in dem er immer «Licht an! It's a ligh-hi-hight!» singt?

Wer wie was, singt Brenda, der die das, wieso weshalb warum, wer bleibt wasserstumm?

Dann nutzt sie die Gunst der Stunde und erzählt von dem Oben-ohne-Foto, das sie für ein Beat-Banden-Plakat verwenden möchte. Conny ist sofort begeistert: Ist doch lustig, sagt sie, auf jeden Fall ein Hingucker! Das kann man wohl sagen, sagt Nathalia zweifelnd, ein Hinglotzer sogar. Aber wir haben noch nicht mal einen Auftritt bis jetzt, vielleicht sollten wir mit den Feinheiten doch noch ein bisschen warten, bis wir das Mopsposter auch plakatieren müssen …

Ha, sagt Brenda, genau das ist auch noch ein Thema: Ich hab diesem Michael aus dem Ruby Club neulich ein Demotape von unserer ersten Probe mit Nathalia gegeben, und …

So so, funkt Conny anzüglich dazwischen, du hast dich mit diesem Michael getroffen? Wie war's denn?

Menno, jetzt hör doch mal auf, sagt Brenda, das war rein professionell. Jedenfalls will der gerne, dass wir Ende August bei dem Straßenfest spielen.

Oh Gott oh Gott, sagt Conny, das ist in 'n paar Wochen!

Tjahaa, sagt Brenda, mit so einer drohenden Deadline im Hinterkopf probt's sich doch gleich viel intensiver, stimmt's?

Am Abend sitzt Brenda zu Hause und überlegt, ob sie ausgehen soll oder nicht. Sie stellt sich vor die Stiefelsammlung, denkt kurz an Imelda Marcos, und wie immer klappt der Trick:

Brenda ist von der Schuhauswahl so inspiriert, dass sie sich gleich ihre Lieblingsstiefel von 1992 (graues Wildleder) grapscht, sich dazu in ein graues T-Shirt und einen weißen Minirock schmeißt und in bester Ausgehlaune ist. Thomas, der Tonkumpel mit dem Bullen-Bulli, legt heute Platten auf, in einer Kneipe nicht weit von der Yorckstraße entfernt, und Brenda beschließt, dort hinzugehen und zu gucken, ob es unter den vielen, langhaarigen Gitarrenrockern nicht vielleicht doch einen netten gibt, bei dem man sich die langen Haare wegdenken kann. (Brenda steht nämlich nicht auf lange Haare, nur bei Indianern, und dann auch nur im Film.) Als sie sich gerade schwungvoll den zweiten Eyelinerstrich gezogen hat, ruft Julia an und sprengt fast die Muschel: Wir haben unsern ersten Gig klar gemacht, schreit sie los, ist das nicht prima? Übernächsten Samstag, bei so 'nem großen Festival! 600 Mark!!

Was für ein Festival, fragt Brenda, hier in Berlin? Nee, in Luckau, sagt Julia, ick weeß auch nicht jenau, so ein Freund von meinem Ex-Freund hat was damit zu tun, Hanno, ick glaube, dit ist eigentlich 'ne Sportveranstaltung, aber die wollen auch 'ne Band haben!

Und da haben die zehn Tage vorher noch keine?, fragt Brenda und versucht, nicht gleich so pessimistisch zu klingen, aber das ist doch ein bisschen verwunderlich.

Da ist wohl jemand abgesprungen, sagt Julia, ick weiß es auch nicht jenau, Jacky and the Youngsters oder so, aber ick habe gerade mit diesem Hanno gesprochen. Klingt alles total nett, wir sollen am Samstagnachmittag da aufkreuzen, und da steht wohl 'ne Backline, sodass wir nur unsere Instrumente und du vielleicht deinen Verstärker mitnehmen müsstest, und ein Schlagzeug steht da auch. Super, oder?

Gibt's denn zu den 600 Äppeln auch noch Fahrtkosten?, fragt Brenda.

Oje, dit hab ick jetzt nicht gefragt, sagt Julia. Dit mach ich aber noch.

Prima, sagt Brenda, ist sich aber nicht sicher, wie sie das Ganze finden soll. Wie heißt denn das Festival?

Irgendetwas mit Rock and Rave oder so, sagt Julia, ich hab das nicht so genau verstanden, der Typ hatte ein Handy.

Aha, sehr professionell, sagt Brenda, die bisher noch nicht so viel mit Handys zu tun hatte. Mit Internet übrigens auch noch nicht. Brenda nutzt zu diesem Zeitpunkt zwar schon lange den alten Apple-Computer, den sie während ihrer Ton-Ausbildung einem Kollegen abgeschwatzt hat, aber online kann sie mit der Trödelkiste nicht gehen. Dafür hat sie Millionen Dateien mit Privatbriefen darauf gefunden, die der etwas verschrobene Mann nicht gelöscht hatte. Wenn Brenda sich langweilt, dann liest sie immer darin und denkt sich, mein Gott, mein Leben ist ein bunter Karneval, eine Aneinanderreihung aufregender und wilder Höllenpartys, wenn ich dieses traurige Geschreibsel sehe!

Und so bekommt sie auch nicht heraus, dass das Festival nicht «Rock and Rave» heißt und auch nicht wirklich ein Musikfestival ist. Brenda stellt in den folgenden Tagen zwar noch ein paar Nachforschungen an und fragt in Musikerkreisen herum, erfährt aber nicht mehr als das, was Julia ihr sagen konnte. Niemand scheint das Rock and Rave in Luckau zu kennen. Ein Geheimtipp …

Die Beat Bande leiht sich am übernächsten Samstag den Bulli von Thomas. Alle stopfen ihre Instrumente hinten rein und fahren um die Mittagszeit los, in Richtung Luckau. Die Sonne lacht, die Reifen pfeifen, Brenda pfeift auch, und «We will … we will … rock you!», singt Conny schon am Berliner Ring und trommelt dazu auf dem Armaturenbrett herum. Julia fährt, Conny sitzt vorne und tönt, dass sie normalerweise in kein Auto einsteigt, in dem nicht eines dieser überflüssigen Blitzableiter-Bänder aus dem Kofferraum auf dem Boden schlürt, und Brenda, Nathalia und Frederike halten hinten die klappernden Kästen fest. Nach den ersten 20 Kilometern spielen die Damen «Rote Ente mit Schiebedach», ein Spiel, das Conny den anderen erst einmal erklären muss. Julia und Frederike sind zu jung, um es zu kennen, und Nathalias Wiege stand zu weit im Osten.

Das kommt aus den späten Siebzigern, erzählt Conny. Wenn man auf der Autobahn oder in der Stadt eine Ente sieht, dann darf man seiner Schwester oder seinem Bruder oder seiner Freundin oder der Mutti auf den Kopf hauen und sagen: Rote oder grüne oder blaue Ente mit Schiebedach! Julia und Frederike gucken konsterniert, Nathalia versteht überhaupt nichts. Wieso grüne Ente, fragt sie, wieso Schiebedach, und Frederike fragt: Und bei 'nem Erpel? Menno, sagt Brenda, Ente, das Hippie-Auto!! Citroën Deux Cheveaux! Aaaach sooooo, sagen Julia und Frederike, und Nathalia gluckst vorne vor sich hin. Nu, hoffentlich erkenne ich eine, sagt sie dann.

Sollen wir nicht lieber Robben-&-Wientjes-Car-Spotting spielen, fragt Julia, die seh ick viel öfter …

Aber die gibt's doch nur in Berlin, sagt Brenda. Das ist den schönen Schwestern noch gar nicht aufgefallen, weil sie, wie so viele Berliner, selten aus ihrer Stadt herauskommen, und wenn, dann fahren sie gleich ins Ausland.

Wir können ja das mehrstimmige Orchesterlied singen, schlägt Nathalia vor und erklärt die Strophen, sodass jede weiß, was sie zu tun hat.

Conny muss natürlich «Die Pauke hat's leicht, sie schlägt nur zwei Töne. Fünf eins, eins fünf, bum bum, bum bum» singen, erklärt Nathalia. Frederike bekommt «Die Klarinett', die Klarinett', macht Duaduadua gar so nett», Julia «Gar gewaltig klingt die Posaune, hat meistens auch gute Laune», ich singe «Die Geige sie singet, sie jubelt und klinget».

Und ich, fragt Brenda, was muss ich bei diesem Kinderchorschwachsinn machen?

Du singst entweder «Und die kleine Flöte spielt so wunderwunderschön dazu» oder «Das Horn, das Horn, das ruht sich aus»! Das ist puppenleicht, die Melodie bleibt immer auf einem einzigen Ton.

Ick will mich ausruhen!, schreit Julia. Nein, ick will das Horn sein!, schreit Frederike.

Schließlich bestimmt die Kapellmeisterin, dass Brenda die Klarinett' wird und Frederike das Horn.

Und nach ungefähr drei Minuten ist auch den am Autobahnrand nistenden, staunenden und umweltgeschützten Trottellummen klar, warum die Beat Bande eine Instrumentalband ist.

Julia fährt vor Lachen fast in den Graben, Nathalia schreit herum, nein, nein, Brenda, du musst den Ton halten, duaduadua gar so nett, und du singst mindestens einen Halbton zu tief bei der Quinte, Conny.

Nur Frederike singt unbeirrt noch zehn Minuten länger «Das Horn, das Horn, das ruht sich aus», auf nur einem einzigen Ton.

Als sie sich wieder beruhigt haben, kommt die Abfahrt Duben, die, wie man Julia erklärt hatte, die richtige ist, um in Luckau zu stranden. Julia, sagt Brenda plötzlich, die aus dem Fenster guckt, um Fans in spe auszumachen, ist das die Veranstaltung, zu der wir wollen? Sie zeigt auf ein mit Plakaten voll geklebtes Bushäuschen, der Bulli bleibt stehen, und die Insassinnen klettern heraus, um besser lesen können.

«Rock 'n' Race», steht da auf einem gelben Plakat in schwarzer Schrift, darunter räkelt sich eine leicht bekleidete Comic-Miezekatze auf einem Trabbi. «Luckaus erstes Trabbi-Motorcross-Festival, mit Frauen-Schlammcatchen, Tombola, und live: Jacky and his Youngs». Doch auf einem der sechs Plakate wurde das «Jacky and his Youngs» säuberlich mit einem dicken Filzstift durchgestrichen, und jemand hat «Die Beta Bande» darüber geschrieben.

Oh Mann, oh Mann, sagt Frederike. Conny zündet sich eine Zigarette an und nimmt einen tiefen Zug wie aus einer Sauerstoffmaske, und Nathalia schlägt sich die Hände vors Gesicht.

Julia, sagt Brenda, das ist keine Rave-Party, das ist ein Trabbi-Rennen mit Frauen-Schlammcatchen!

Ähm, sagt Julia, ja also ick dachte, das heißt Rock and Rave …

Heißt es aber nicht, sagt Conny. Aber wir spielen da ja auch gar nicht, sondern die Beta Bande …

Nathalia kichert. Julia und Frederike kichern auch, und Brenda sagt: Wenn die uns wenigstens Beta Blocker Bande genannt hätten. Tja, wendet sie sich dann an Julia, das heißt ja wohl, dass du später noch im Schlamm landest und schön für uns einen Titel ercatchst, oder?

Oh Mann, sagt Julia. Mann, dit hab ick echt nicht geschnallt, und von Schlammcatchen war auch nicht die Rede.

Ach was, sagt Conny, wir fahren da jetzt einfach hin und checken mal die Lage. Und wenn es absolut grausam ist, dann knacken wir einen Motocross-Trabbi und hauen wieder ab.

In dem Augenblick hupt ein wie ein schielender Drache angemalter Trabbi an ihnen vorüber, danach folgt einer, auf dessen kleine Kühlerhaube eine rothaarige Strapsmaus geairbrusht wurde und auf den Kofferraum ein silberglänzender, offensichtlich weiblicher Roboter mit dickem Busen, vor einem Sonnenuntergang natürlich.

Oh Gott, sagt Brenda erschüttert, das möchte man ja seinen ärgsten Feinden nicht gönnen.

Ach komm, Brenda, ruft Conny, der Drachentrabbi sah doch aus wie die Lokomotive Emma in «Jim Knopf»!

Mit viel Goodwill, sagt Brenda, mit sehr viel Goodwill, meine Liebe. Und außerdem sah der andere dafür aus wie ein Aerosmith-Plattencover.

Die Damen steigen wieder ein, und Brenda denkt darüber nach, ob sie einen Fehler machen. Was in diesem Augenblick natürlich auch nicht mehr viel nützt.

Der Premieren-Auftritt der Beat Bande findet auf einem von Radeberger gesponserten Wagen statt, um den jede Menge Bier-Promotionstände aufgebaut sind, an denen Hostessen Kulis und mit Bierwerbung bedruckte Leinenbeutel verteilen. Sie haben viel zu tun, denn man reißt sich um die Kulis und die Säcke. Direkt vor der wackeligen Wagenbühne ist der Schlammcatchring aufgebaut: Ein fünf mal fünf Meter großes, eingezäuntes Bassin voller grünlich-braunem Schlick. Drum herum lungern, als die Beat Bande zusammen mit dem freudigen Veranstalter Hanno (Dit ist klasse, dass ihr endlich da seid! Die Jungs werden schon unjeduldig!) eine Bühnenbesichtigung macht, bereits zwanzig stark angetrunkene Männer herum, denn ein paar Schritte hinter den Kulis verteilenden Hostessen gibt es preisgünstiges Radeberger aus Minifässern für den Hausgebrauch. Nicht weit von den Bierständen entfernt stehen sieben Männer und pinkeln Adler in den Sand.

Hanno rennt mit großen Schritten auf die 40 zu, trägt ein jugendliches T-Shirt mit einem Ahoi-Brause-Bild vorne drauf und hat sich die braunen Haare als Ponyfransen bestimmt mit Zuckerwasser in die Stirn geklebt. Das flüstert Brenda jedenfalls entgeistert Conny zu, als sie hinter Hanno über das Gelände tapern. Etwas weiter hinten sieht man zwischen ein paar Bäumen hin und wieder Trabbis aufblitzen und hört Motorengeräusch, das aber immer schnell von der Natur geschluckt wird.

Hier ist backstage, sagt Hanno, bleibt stehen und zeigt auf

eine Reihe Dixi-Klos. Und ihr seid um sieben dran, noch im Hellen, damit man die Damen im Schlamm besser sehen kann, haha.

Wieso Damen, fragt Brenda, soll das parallel stattfinden? Klar, sagt Hanno, dit hab ick doch erklärt: Ihr seid die Begleitband zum Schlammcatchen. Zwischen euren Stücken kommt der Uli auf die Bühne und macht ein paar Kommentare zu den Kämpfen.

Uff!, denkt Brenda. Uff. Blitzartig fällt ihr – ganz unpassend – ein, woher das Wort uff kommt: Der für seinen katholisch begründeten Rassismus bekannte Karl May legte es den Indianern in den Mund. Aber nie hat man einen Indianer wirklich uff sagen hören.

Julia guckt weg, als Brenda in ihre Richtung blinzelt, Frederike muss die ganze Zeit kichern, und Conny schiebt die Unterlippe vor. Bei meiner Seel', sagt Brenda, die die Melodramatik des Ausdrucks der Situation angemessen findet, ich würde mal sagen, Julia fährt nachher freiwillig zurück, und wir anderen trinken jetzt jede ein Fässchen auf ex, oder?

Hanno ruft, ach ja, ick hab hier auch 'n paar Getränkebons für euch, und drückt Julia eine zwanzig Zentimeter dicke Rolle Abreißtickets in die Hand. Auf jedem steht: 1 Bier.

Okey-dokey, reimt Hanno, ihr könnt jetzt Soundcheck machen, dahinten steht Uli, der stellt euch dit allet ein. Und ick muss mal kurz nach de Trabbis kieken, wenn wat los ist, ihr habt ja meine Handynummer.

Okey-dokey, sagen Brenda und Conny, Julia und Frederike kichern weiter. Nathalia hat sich an einen der Bierwerbungsstände gestellt und guckt zusammen mit einer Hostess zu, wie einer der Männer gar nicht aufhören will zu pinkeln. Mann, Julia, sagt Conny, als der Veranstalter außer Hörweite marschiert ist, da hättest du doch vielleicht ein paar Sachen 'n bisschen genauer erfragen sollen, was?

Hach, sagt Julia ergeben, ja, du hast Recht! Ick hab doch gesagt, ick hab dit echt nicht geschnallt, dass dit 'n Trabbirennen sein soll! Und vom Schlammcatchen hör ick ooch das erste Mal!

Hanno hat immer nur so was von Sportveranstaltung gesagt, ick hab gedacht, im Hintergrund spielen vielleicht 'n paar süße Jungs Beach-Volleyball oder so …

Und du hast auch nicht …, fängt Brenda an, denkt dann aber, dass es sinnlos ist, sich jetzt aufzuregen. Stellt euch mal vor, wir hätten unser neues Mopsplakat schon, sagt sie stattdessen. Darüber müssen alle lachen, nur Nathalia hat den Bierwerbungsstand hinter sich gelassen und beäugt jetzt ängstlich das Dixiklo.

Der Soundcheck ist medioker okay, jedenfalls was die Technik betrifft. Es gibt keine Bühnen-Monitore, das bedeutet, dass die Beat Bande sich ganz nah vor ihre Verstärker stellen muss, um überhaupt ihre Instrumente zu hören. Klingt wie im Übungsraum, sagt Conny zufrieden, die natürlich am wenigsten Schwierigkeiten hat, ihr Instrument herauszuhören. Brenda dagegen, deren Farfisa in dem Gesumse aus Schlagzeug, zwei Gitarren und Bass ein wenig untergeht, orgelt mehr oder weniger nach Sicht und musikalischem Vorstellungsvermögen. Hat Beethoven auch nicht anders gemacht, sagt sie sich. Sie spielen «Mascara!» kurz an, dann «Have Love Will Travel» und «The Stripper», ein eigenes, neues Stück, bei dem Brenda ein langes Solo spielt, mindestens so virtuos wie Ray Manzarek von den Doors. Nach jedem Songanfang klatschen die besoffenen Männer, die um den Schlammcatchring herum stehen. Einer ruft: Schafft ihr ooch mal 'n ganzes?, und einer brüllt: Wer seidn ihr, die Spice Girls? Ja, das da drüben ist Ginger, und ich bin Old Spice, sagt Brenda in ihr Mikrophon.

Aus dem kleinen Zelt, in dem das Mischpult steht, fragt Uli herüber: Na, alles klar auf der Andrea Doria? Brenda guckt Conny an und schielt vor Entsetzen, doch dann machen alle Thumbs-up und klettern von der Bühne, fest entschlossen, diesen Abend durchzuziehen, egal wie.

Bis sieben Uhr sind es aber noch ein paar Stunden, und in denen essen die Damen verkohlte Rostbratwürstchen, trinken drei Bierfässchen leer (bis auf Julia), ekeln sich kollektiv vor den Dixie-Klos und müssen alle naselang Männer abwehren, die Kontakt aufnehmen wollen. Um fünf Uhr stehen Brenda und Conny angesäuselt am Rennstreckenrand und schreien beim fünften Qualifikationsrennen dem Drachentrabbi hinterher: Los, Emma, du schaffst es! Emma, go baby gogogo! Der Drachentrabbi hat aber keine Chance, genauso wenig wie der durch die Airbrush-Mieze verunstaltete, sie alle bleiben hinter einem leuchtend lila angemalten Trabbi aus Dresden zurück. Um fünf Uhr dreißig sagt Nathalia zu Brenda: Dieses blöde Bier, ich platze gleich! Bitte lass uns irgendwo in die Büsche gehen! Die beiden suchen sich einen kleinen Abhang, hocken sich dort nacheinander hin und düngen die Blumen, während Conny wie ein Luchs darüber wacht, dass nicht plötzlich irgendwelche Rennfahrer aus den Rabatten purzeln. Um sechs Uhr haben Frederike und Julia die beiden Fahrer des Drachentrabbis kennen gelernt und stolpern mit ihnen im Schlepptau zum Rest der Beat Bande. Und um halb sieben schauen die Damen zu, wie zwei füllige Frauen in den Dixi-Klos verschwinden und in Leopardenbikinis wieder herauskommen: Die Schlammcatcherinnen machen sich bereit.

Um sieben Uhr steigt die Beat Bande hinter Uli, dem Ansager und Tonmann in Personalunion, auf die Bühne. Die Mitglieder sind, bis auf Julia, ziemlich betrunken, aber bester Laune. Uli stellt sich an Julias Mikrophon und begrüßt die Gäste: Herzlich willkommen beim ersten Luckauer Rock-and-Race-Festival! Wir kommen nun zu unserer künstlerisch-sportlichen Einlage: dem Damen-Schlammcatchen (Gejohle). Dazu spielen ein paar Damen, mit denen ebenfalls nicht gut Catchen ist: Aus Berlin – die Beta Bande! (Mehr Gejohle)

Brenda will berichtigend «Beat Bande!» in ihr Mikrophon sagen, da redet Uli schon weiter: In der ersten Runde kämpft Wild Jana Erlmann gegen Nancy the Body Bauer! Und ich würde mal sagen, das wird eine heiße Show! Einen Applaus für unsere Catcherinnen! (Gejohle, Pfiffe, Applaus). Uuuuuuuuund – catch!!

Die beiden Leoparden-Ladys steigen in den Ring, Uli nickt Brenda zu, die nickt Conny zu, und die zählt laut und mit Hilfe von Sticks und Stimme das erste Stück ein, so wie sie es geprobt haben: Eins und zwei und beat baby, beat! Und dann spielt die Beat Bande ihr erstes Stück live, eine unvergessliche Version von «The Stripper», dem Stück mit dem Orgelsolo, während die Frauen catchen, die Männer johlen, ein paar Pegeltrinker interessant arrhythmisch vor der Bühne ihre biergefüllten Leiber schütteln und ein Schlammfladen aus dem Ring genau an Brendas Orgel-Längsseite, direkt neben dem «Farfisa»-Schild, landet, was zwar keine musikalischen Auswirkungen hat, aber trotzdem im Nachhinein von den Mädchen als unglaublich timingfester Affront gesehen wird. Mit anderen Worten: Es wird jede Menge Spaß geboren, hier auf der kleinen Luckauer Radeberger-Bühne.

Brenda und Conny fangen nach einer Weile sogar an, den Catcherinnen-Kommentator zu unterstützen, der zwischen den Stücken immer wieder auf die Bühne klettert und das Duell reportiert: Ohh, das scheinen drei Punkte für Wild Jana zu werden, sie hat Nancy the Body mit einem großen Wurf auf die Matte geschmissen, und The Body schafft es nicht, sich aus dem glitschigen Schlamm auf ihre Ellenbogen aufzustützen! Aber da kommt The Body wieder, sie kann sich befreien, sie stellt Wild Jana ein Bein und … tomber! Wild Jana liegt nun am Boden!

Zeig's uns, Wild Jana!, schreit Conny vor ihrem nächsten Anzähler, und Brenda könnte schwören, dass Wild Jana nur dadurch wieder angespornt wird. Später catchen noch Madame Boule und The Countess, und der Abend klingt in einem friedfertigen, von Trabbi-Gebrumme und Schlammcatcherinnen-Geschreie unterbrochenen Beatrhythmus mit anschließendem schwankendem Instrumente-Einräumen und, zumindest am Anfang der Heimfahrt, fröhlichem Gejaule aus.

Auf dem Weg zurück im Bullen-Bulli kichern die Damen wie aufgezogen über den Auftritt. Legendär, sagt Conny mit einer Bierfahne, legendär. Wild Jana und Nancy the Body … der komische Uli … der Orgelsound … die Adlerpinkler …

Die Dixi-Klos … fügt Nathalia bierselig hinzu.

Dann dösen sie stolz ein, und Julia, die den Bulli mitsamt der betrunkenen und vom Schreien und Rostbratwürstchenessen heiseren und magengedehnten Beat Bande nüchtern zurückschaukeln muss, hält ungefähr 30 Kilometer hinter Luckau an einer Tankstelle direkt neben einer Autobahnauffahrt. Es ist halb zwei Uhr nachts, und Julia hat plötzlich einen technischen Blackout: Sie beginnt, den uralten Benziner-Bus mit Diesel zu betanken. Glücklicherweise wacht Brenda wegen des fehlenden einschläfernden Motorengeräusches auf, stülpt sich ihre Kurzsichtigenbrille auf die Nase, sieht neben ihrem Kopf (sie liegt mit dem rechten Ohr an die Fensterscheibe gequetscht) die ratternde «92 Oz»-Benzinuhr und schreit so etwas wie «Stooooppp!» in Richtung Julia, beziehungsweise, sie würde schreien, wenn sie nicht noch zu müde und angesäuselt wäre. Es kommt also nur ein promillehaltiges Ächzen aus ihr heraus, aber sie schafft es, auszusteigen, die Tankpistole aus dem Bulli zu reißen und die verständnislos guckende Julia anzupflaumen: Menno, wie kommst du denn darauf, dass das hier ein Diesel ist!!

Da war doch so 'n kleinet Lämpchen da vorne, versucht Julia sich zu entschuldigen.

Ja, das ist der Choke, stöhnt Brenda.

Aber der Bus ist doch auch so langsam und röhrt wie ein krankes Mammut, sagt Julia kleinlaut.

Der ist auch ungefähr 20 Jahre alt, da würdest du auch röhren, als Auto. Brenda kann es kaum fassen. Sie greift sich eine halbe Flasche Kühlwasser, die hinter dem Fahrersitz liegt, und trinkt erst mal ein paar Schlucke. Dann überlegt sie, was man machen muss. Gibt's einen Tankwart?, fragt sie Julia. Dahinten steht irgendwas ... sagt die. Was da steht, ist ein Mann um die 60 mit in die Hüften gestemmten Händen. Er kommt näher und sagt, na, kann ich wat für euch tun? Ähem, sagt Brenda, was kann man denn machen, wenn man aus Versehen zehn Liter Diesel in einen Benziner getankt hat? Und Julia wird derweil quietschrot, das sieht man, obwohl es ziemlich dunkel ist.

In den nächsten drei Stunden, in denen Frederike, Nathalia und Conny noch immer nichts ahnend und selig im Bulli vor sich hin schnorcheln, saugt der laut vor sich hin fluchende Tankstellenmann das Benzin mit einem langen, dünnen Schlauch an (Brenda stößt Julia an und sagt, guck mal, ein Ballermann-Strohhalm!), lässt es aus dem Auto herauslaufen und fängt es in einem Kanister auf. Danach säubert er den Tank und alle Leitungen und den Vergaser. Derweil stehen Brenda und Julia in der Telefonzelle neben der Tankstelle und rufen erst die Auskunft an, um Thomas' Telefonnummer herauszubekommen, und dann Thomas, um ihm zu sagen, dass sie den Bulli doch lieber erst am nächsten Morgen zurückbringen wollen. Und die Fahrer der sieben Autos, die nacheinander wegen der beiden Mädels, die man in der erleuchteten Telefonzelle sehr gut sehen kann, von der Autobahn abgefahren sind, an der Tankstelle gehalten haben und nun um sie herum frotzeln, werden von der immer noch angetrunkenen und zwischenzeitlich doch ganz schön schlecht gelaunten Brenda mit Ausdrücken beschimpft, mit denen man sogar auf dem Knast-Pausenhof auffallen würde. Ein Mädchenpensionat würde komplett ohnmächtig werden.

Aber als sie um fünf Uhr wieder im Auto sitzen, sagt Brenda zu Julia: Wenn wir zu Hause sind, wasche ich mir den Mund erst mal mit einem Stück Seife aus … Und daran merkt Julia, dass Brenda nicht mehr ganz so sauer ist wie vorher. Sie hat sich sozusagen komplett ausgeflucht.

Ihrem Kumpel Thomas erzählt Brenda eine abgespeckte Version des Luckau-Premiere-Trips, als sie den Bulli am nächsten Morgen zurückbringt. Alle paar Stücke kam dieser Uli auf die Bühne und hat neue Schlammcatcherinnen angesagt, erklärt sie, eine blonder als die andere, ich konnte da gar nicht mehr hingucken! Ich muss schon sagen, für so ein erstes Live-Konzert unter solchen Voraussetzungen waren wir ganz schön prima. Ich hab nur die ganze Zeit gedacht, mein Gott, ob wir jetzt jedes Mal saufen müssen, bevor wir auftreten? Weil das unsere Nemesis ist? Danach wollten wir dir eigentlich noch was aufs Auto airbrushen lassen, so als kleines Dankeschön …

Neiiiin!, japst Thomas. Keine Angst, sagt Brenda, wir haben

uns entschlossen, dir doch lieber ein Mini-Bierfässchen mitzubringen.

Hat denn überhaupt keiner «Ausziehen!» geschrien?, fragt Thomas. Na was denkst denn du, sagt Brenda, alle, aber ich hab gesagt, hört mal Jungs, ihr habt da unten schon zwei schlammige Mäuse in Bikinis, werdet mal nicht unverschämt.

Dann schwindelt sie ein paar Stunden Party und mit Groupies flirten und Trabbistau dazu, um die arg verspätete Rückkehr zu erklären, schließlich muss so ein Thomas nicht alles wissen. Allerdings beschließt Brenda kurz nach diesem Erlebnis, sich bei eigenen Konzerten vielleicht doch nicht mehr so höllisch zu betrinken, genau aufzupassen, wer das Auto wie fährt, und außerdem einen Kickbox-Kurs anzufangen, damit sie das nächste Mal, wenn ihr jemand dumm kommt, zumindest weiß, wo man am besten hinkickt.

Wir sind nur ganz kleine Lichter, denkt Brenda drei Wochen später, als sie von einer nicht wirklich erfolgreichen Probe der Beat Bande nach Hause radelt, wir sind nur Teekerzen in einer Kirche voller eindrucksvoller, nach echtem Industriewachs stinkender, dreidochtiger Osterkerzenungeheuer, nur zarte Geburtstagslichtchen auf der Torte einer Fünfjährigen. Die Probe war nicht wirklich erfolgreich, weil sich in einem Teil der Band bereits eine gewisse Lustlosigkeit breit zu machen scheint. Frederike und Julia, die schönen Schwestern, sind es, die herumgemäkelt haben: Wir müssen uns ein paar Gigs verschaffen, maulen sie, dit ewige Herumklimpern bringt doch nüscht. Brenda sagt, ja, ich bin doch dran! Nicht so drängeln, sonst kommt so etwas raus wie in Luckau.

Darüber ist Julia ein wenig eingeschnappt, obwohl sie eigentlich noch froh sein könnte, dass Brenda den anderen nichts von dem kleinen Benzinmalheur erzählt hat.

Brenda ist allerdings auch nicht ganz zufrieden mit der Entwicklung und ihrem eigenen Engagement: Sie hat so viel mit ihren Jobs zu tun, dass sie gar nicht dazu kommt, sich um die Beat Bande zu kümmern. Am Freitagabend, nach der unschönen

Probe, trifft sie sich zum Lösungenfinden und Lästern mit Conny im Ruby Club.

Dort ist es ziemlich voll, und Conny schmuggelt sich gleich in eine Süddeutschen-Runde, die zum Kickern nach nebenan verschwindet. Ist doch okay, wenn ich kurz kickern gehe, oder?, ruft sie Brenda zu.

Brenda denkt, na ja, so eine emanzipierte Beat-Braut wie ich kann ja wohl mal alleine ein Bierchen zischen, wir leben fast im 21. Jahrhundert … Sie stellt sich lässig an die Theke, hinter der der Zivi und Michael hin und her flitzen, und sagt Hallo Fräulein! zu Michael, der sich rasch vor ihr aufbaut und sie anlächelt.

Du warst ja lange nicht da, sagt er, machst du Heilfasten? Sie antwortet, Quatsch, nee, nie im Leben, eher geht ein Kamel durch ein Nadelöhr, bevor ich mir meine Käserationen kürze. Nee, ich hatte einfach viel zu tun.

Ich wollte dich eh die Tage mal anrufen, sagt Michael. Brenda sagt, jaja, das sagen sie alle. Sie will natürlich, dass das wie ein cooler Spruch klingt, aber es klingt eher ein kleines bisschen verzweifelt. Michael grinst, komm mal mit nach hinten, da können wir kurz reden.

Er bugsiert sie in einen kleinen Raum neben dem Zigarettenautomaten, in dem es nach Bier riecht, aber auch nach Orangen, Gurken und Zitronen: Es ist der Lagerraum für Getränke und das wenige Grün- und Gelbzeug, das man in einer Kneipe hin und wieder braucht. Sie fragt ihn, der gerade damit beschäftigt ist, einen kleinen Holztisch gemüsefrei zu räumen und sich neben Brenda gemütlich dagegen zu lehnen: Das mit den Zitronenscheiben und Orangenschnitzen für den Tequila kenn ich ja noch, aber was macht ihr mit den Gurken? Feuchtigkeitsmasken?

Nee, lacht Michael, Pimms Cup! Er schneidet zwei Gurkenscheiben ab und mixt für Brenda und sich zwei Gläser mit Pimms No 1, Ginger Ale und Gurke, direkt aus noch geschlossenen Flaschen aus dem Lager. Soll ich die Gurke schälen?, fragt er, aber sie winkt ab: Nein, die ganzen Vitamine sind doch unter der Haut! Genau wie beim Pudding.

Michael lacht noch mehr und sagt, klar, und bei warmer Milch, brr. Da fällt mir meine Lieblingsomageschichte ein: Meine Oma hat mir früher immer extrem verkochte und abgetötete Gemüse und Obstspeisen vorgesetzt, bis ich mal meckerte: Oma, sag mal, hast du vielleicht auch mal ein bisschen was Frisches? Mir ist, als ob ich mal Vitamine vertragen könnte. Da zeigt meine Oma auf das Quittengelee und sagt, wieso mein Junge, das ist doch ganz frische Marmelade!

Brenda erzählt ihre eigene Lieblingsomageschichte, nämlich dass ihre Oma immer «Tom und Jerry» im Fernsehen guckte, und irgendwann saß sie zufällig daneben, als die Oma bei einer besonders fiesen und brutalen Tom-wird-platt-gefahren-und-verbrannt-Szene in ihren stoppeligen Oma-Kinnbart murmelte: Dass die Katze das alles mitmacht, so was …

Michael stößt mit ihr an, ich trinke auf unsere Omas. Prost, sagt sie. Auf unsere Omas, Gott hab sie selig.

Und auf euren Gig beim Straßenfest!, sagt er. Ich fand die Kassette nämlich wirklich klasse. Und ihr sollt unbedingt auftreten, finde ich. Habt ihr eigentlich schon einen Manager?

Wieso, fragt sie zurück, hast du Malcom McLarens Handynummer?

Also das ist ja eigentlich so, erklärt er und sieht ein kleines bisschen verlegen aus (was Brenda reizend findet). Ich habe gerade Medien- und Kommunikationswissenschaft zu Ende studiert, und seit ein paar Jahren kümmer ich mich ein bisschen um Bands und Auftritte, dieses Festival in vier Wochen hab ich zum Beispiel auch organisiert, und vier Bands, die da spielen, hab ich im letzten Sommer Touren verschafft.

Soso, sagt Brenda und kann sich schon vorstellen, was kommt. Nämlich das, was Medien- und Kommunikationsheinis vorhaben, wenn sie mit dem Studium fertig sind und keinen Job finden.

Michael trinkt einen Schluck Pimms und funkelt sie wieder so an, dass ihr ganz schwummerig wird. Ich würde jetzt ja gerne sagen, ich bring euch ganz groß raus, Baby, aber das klingt immer so blöd …

Allerdings, sagt sie.

Also ich hab echt nur die Erfahrung mit den vier Bands vom letzten Jahr, gibt er zu, aber ich hab einen Adresskalender mit ungefähr dreißig Orten in Deutschland, wo man spielen kann, und ich hätte wirklich Lust, für euch was klar zu machen. Sozusagen als euer Manager.

Ähem, schmunzelt Brenda, klingt ja super, aber ist ein Manager nicht vor allem jemand, der sich zwischen Band und Auftrittsort klemmt, damit er da ein bisschen Kohle abzapfen kann?

Na ja, so kann man's auf jeden Fall sehen, sagt er. Andererseits gibt's eh am Anfang noch nicht so viel Kohle, also kann ich auch nicht so viel abzapfen, zweitens würde ich mich mit wenig zufrieden geben, denn ich finde euch prima, und drittens tu ich ja auch was dafür.

Also ich find das Angebot nett, sagt Brenda. Ich rede jetzt einfach mal mit den Mädels darüber und frag sie, was sie davon halten, okay?

Mach das, Fräulein Brenda. Michael stößt nochmal mit ihr an. Ich würde mich freuen.

Er beugt sich an ihr vorbei zum Regal, auf dem die Orangen liegen, und nimmt drei Stück herunter. Dabei bekommt sie eine Brise Michaelduft zu riechen und ist begeistert: Er duftet nach braunen Haaren, nach warmem Kieselstein und minimal nach Duschzeug, irgend so was, bei dem im dazugehörigen Werbeclip ein nasser, breitschultriger Mann wie ein hanteltrainierter Meeresgott aus dem Ozean aufsteigt. Billig, aber effektiv. Sexy, denkt Brenda ganz kurz, und gleich darauf, nein, bloß nicht: Bandmitglied und Manager, das ist die ollste und dümmste Geschichte der Popwelt! Ganz kurz erscheint ihr Diana Ross und hält ein Schild hoch mit «Stop! In the Name of Love ...» darauf, dicht gefolgt von Ronnie und Phil Spector.

Michael nimmt zwei Orangen in die rechte Hand, eine in die linke und sagt zu ihr: Zum Abschluss unseres prägeschäftlichen Gesprächs mach ich dir jetzt noch einen der schrecklichen Hasenheiden-Jongleure vor ...

Du meinst die mit den Zehensandalen, die nachmittags auch

als Living Doll in der Fußgängerzone stehen?, fragt sie mit extra kläglichem Gesichtsausdruck zurück.

Genau, sagt er und schmeißt die Orangen nacheinander in die Luft, kann aber nur eine wieder auffangen, die anderen beiden klatschen auf den Boden.

Brenda und Michael kichern, sie will ein Handtuch greifen und die angematschte Frucht vom Boden aufheben, aber er sagt, ach lass, das mach ich später. Dann erinnert mich der Orangenduft ein bisschen an dich. So frisch und fruchtig …

Jetzt überlegt Brenda, ob sie sichtbar rot oder nur heiß im Gesicht wird. Das nächste Mal machst du mir aber die Living Doll, komplett mit Goldschminke bedeckt, bitte, kann sie trotzdem noch kontern, denn auch wenn sie sich verguckt, sich schämt oder nervös ist, funktioniert ihr Mundwerk glücklicherweise trotzdem einigermaßen. Doch ihre Nase juckt so stark, als ob dort gerade eine Familie Hus (die kleinen, haarigen Wesen aus den Dr.-Seuss-Kinderbüchern) eine große Geburtstagsparty feiert.

Brenda weiß trotz und wegen ihres Verknalltseins selber nicht genau, ob die Beat Band einen Manager braucht und ob Michael der Richtige ist. Darum beschließt sie, am nächsten Sonntagnachmittag alle zum Kuchenessen einzuladen, um das zu besprechen.

Julia kann nicht, weil ihr Boyfriend an diesem Tag aus den USA wiederkommt und sie den Nachmittag lieber mit Zungenküssen verbringen will. Brenda, Conny, Frederike und Nathalia aber hocken in Brendas kleiner Musikerbude und bewundern die von ihr eigenhändig mit Sahne verzierten Obsttörtchen. Also Brenda, sagt Conny, dass du so hausfraulich sein kannst, wusste ich gar nicht … Von wegen, sagt Brenda, ich kann leider nicht backen, aber ich hab mal in einem Schülerladen gearbeitet, ein halbes Jahr lang, und musste bei einem Elternabend für den Kuchen sorgen. Und da hab ich den Törtchenquatsch entdeckt … man muss ja einfach nur fertige Dinger kaufen, Obst draufschmeißen, Tortenguss rüber, und fertig ist die Laube!

Da waren die Eltern aber bestimmt begeistert, oder?, will Nathalia wissen, die selber hervorragend backen kann. Na ja, erzählt Brenda, irgendwie hab ich aus jugendlichem Provokateurs-Leichtsinn mit der Sahne-Spritztüte jede Menge Mist auf die Törtchen gemalt, zum Beispiel diesen Totenkopf mit zwei gekreuzten Knochen, der immer auf den Reinigungsmitteln ist. Und als die Eltern kamen, hab ich Muffensausen gekriegt und die fünf am schändlichsten verzierten Törtchen schnell selbst aufgegessen. Und dann war mir schlecht, und ich musste schnell ins Kinderladenklo, den Porzellanbus fahren. Sie schüttelt sich angeekelt bei der Erinnerung.

Conny dreht den Wasserhahn auf, hält ihr Glas darunter und fragt wie ein britischer Butler: Möchten die Ladys noch ein wenig Leitungsheimer Spätlese? Brenda kichert. Dann atmet sie angemessen tief ein, rubbelt sich energisch die Nase und sagt: Tacheles, meine Damen. Michael, ihr wisst schon, Ruby-Club-Michael (aaaaach, deeeer, feixt Nathalia, deiiiin Michael!), der hat mich letzte Woche gefragt, ob er uns nicht managen sollte. Was haltet ihr davon?

Pause. Frederike guckt ein bisschen auf der Tischdecke herum, Nathalia blubbert in ihr Wasserglas. Mmmh, ich find das spontan ganz prima, Conny kaut nachdenklich an dem Beerentörtchen, der ist doch wirklich nett! Und wir haben alle gemerkt, dass das mit dem Konzerte-an-Land-Ziehen ganz schön nervig sein kann.

Ich hab auch eigentlich nichts dagegen, sagt Nathalia, dann musst du dich nicht um alles kümmern, Brenda, und außerdem können einen andere vielleicht besser verkaufen. Ich kenn das noch aus der Zeit, als ich im Chor gesungen hab, da …

Da hat ein echter Manager euch kleinen Sänger-Pupis die Gigs klar gemacht?, fragt Brenda ungläubig.

Nee, winkt Nathalia ab, also das war natürlich unser Chorleiter, aber ich fand das immer gut, dass jemand sich darum kümmert, wann wir wo zu flöten haben und mit welchem Trabbi wir wohin fahren … Das hatte so etwas Väterliches!

Ick weeß nicht, sagt Frederike, hast du denn schon mit ihm

über die Penunzen gesprochen? Ick meene, wat will der denn dafür?

Ich hab ihn noch nicht gefragt, sagt Brenda, ich wollte erst mal mit euch reden. Also normalerweise nehmen Manager zwanzig Prozent.

Was, zwanzig!? Die Damen sind kollektiv empört. Das geht ja wohl überhaupt nicht, sagt Frederike. Nee, das klingt zu viel, ruft Nathalia, beziehungsweise zu wenig: Zwanzig Prozent von fast nichts ist noch mehr nichts.

Brenda verspritzt etwas Leitungswasser, um sich Gehör zu verschaffen. Jaja, ich finde das ja auch zu viel, sagt sie, ich hatte eher an fünfzehn gedacht. Von der Nettogage.

Conny sagt, klingt doch schon viel besser, bei den Sambamamas gab's, soweit ich mich erinnere, auch nicht mehr als fünfzehn für unseren bekloppten Cheftrommler. Und wir haben auf Frei-Tampons bestanden, bei Gigs, die weiter als zwei Stunden Fahrt entfernt waren.

Also wegen der Frei-Tampons lässt Michael bestimmt mit sich reden, kichert Brenda. Was meinst denn du zu fünfzehn, Nathalia?

Weißt du, sagt Nathalia, ich finde das eigentlich ganz okay, dass dieser Michael uns seine Hilfe anbietet. Lass uns das doch ruhig probieren und ihm fünfzehn Prozent anbieten.

Diese Frau spricht die Wahrheit, ruft Conny. Man kann den Micha ja mal testen! Oder willst du den alleine testen?, frotzelt sie Brenda an.

Brenda merkt, dass sie schon wieder rot wird, und holt aus einem Küchenschrank eine Flasche Waldmeistersirup, die vom Berliner-Weiße-Trinken vor fünf Jahren übrig geblieben ist. Sind wir uns einig?, fragt sie. Dann würde ich uns zur Feier des Tages nämlich ein grünes Erfrischungsgetränk mixen, grün wie die Augen von Michael übrigens, kicher. Sie guckt Frederike an.

Ick kann hier ja jetzt nicht für meine Schwester sprechen, sagt Frederike, aber ick sag mal: Von mir aus. Wir können ihm dit mit den fuffzehn Prozent ja vorschlagen. Und Conny hat völlig Recht, wenn der Typ nervt, dann weg mit ihm! Ich sehe auch, dass wir alle wat anderes zu tun haben, als den ganzen Tag an der Strippe zu hängen und Veranstalter zu nerven.

Jippie, sagt Conny, her mit dem Grünzeug!

Brenda mischt eine Kanne Waldmeister-Leitungswasser mit Eiswürfeln im Verhältnis eins zu fünf, und vier Fünftel der Beat Bande stoßen auf ihren neuen Manager an, der natürlich noch keine Ahnung hat, was ihm blüht. Auf gut angelegte fünfzehn Prozent von Millionen!, ruft Conny, und Brenda und Frederike wiederholen: Fünfzehn Prozent! Nathalia murmelt etwas wie: Morr is fihl ze gudmiehdch, lässt ihr ausgespültes Senfglas (Brenda spart!) aber ebenfalls klingen. Dann trinkt sie einen Schluck und sagt angeekelt: Das ist vielleicht eine Blämmbe!

Ende August, als der Auftritt beim Straßenfest ansteht, fühlt sich die Beat Bande bestens vorbereitet. Sie hat ihr Repertoire auf stolze 27 Stücke aufgestockt, davon sechs Coverversionen, wenn man das immerhin umgetextete «Mascara!» nicht mitzählt. Ein anderer absoluter Cover-Hit ist eine phantastische Version von Slim Gaillards «Chicken Rhythm», in der Brenda, Nathalia und Julia dreistimmig während des gesamten Songs «Boak, Boak! Boak Boak Boak Boak Boak Boak» gackern, was ihnen erstens Spaß macht und zweitens prima klingt.

Sie haben sich außerdem auf ein Bühnenoutfit geeinigt, in einem schwierigen Prozess, in dem Brenda immer wieder Ventures-, Spotnicks- und Liverbirds-Platten herumzeigte und sagte, aber guckt doch mal, die Wirkung ist viel stärker, wenn man das Gleiche trägt! Man ist dann eine Art umwerfende Einheit!

Von wegen, das sind Uniformen, murmelt Nathalia. Das ist spießig! Julia und Frederike knoten sich ihre kurzärmeligen weißen Beat-Banden-Banduniform-Blusen über dem Bauch zu, während Brenda, Conny und Nathalia sie möglichst faltenfrei in den midilangen schwarzen Rock stopfen und sich ein wenig altmodisch dabei fühlen. Es muss doch auch noch 'ne Steigerung geben, sagt Brenda. Wenn wir mal ganz wild sein wollen, ihr wisst schon, Jungs, Drogen, Banküberfälle, Wasserski, dann knoten wir auch.

Dazu haben sie eine kleine Bühnenshow einstudiert, die im

Wesentlichen daraus besteht, dass Julia, Frederike, Nathalia und Brenda bei fast allen Stücken die gleichen Schritte machen – einen Foxtrott-Grundschritt, vor-seit-rück-seit, und einen Schritt, den Conny den «Addicted to Love»-Step nennt, weil er die Beat Bande so aussehen lässt wie die schmollmündigen Staffage-Mäuse, die Robert Palmer im gleichnamigen Video aufführt. Bei «The Squaw» tanzt die Beat Bande den Shimmy, oder zumindest eine abgespeckte Version davon, und bei «Brainwashed» den Bus Stop, den Conny und Brenda sich ausgedacht haben und der vom «Ministry of Silly Walks» inspiriert wurde. Dann gibt es noch spezielle Solo-Choreographien für Brenda, Nathalia und Frederike.

Conny hat Brenda in einer betrunkenen Nach-Probe-Bar-Session zur Seite genommen und ihr gesagt, dass sie sehr gerne bei ihren Einzählern den Arm nach oben reißen würde, so wie Phil Rudd, der AC/DC-Schlagzeuger. Tu, was du nicht lassen kannst, hat Brenda gekichert. Aber es sieht sehr dynamisch aus, das muss sie zugeben. Wenn man quasi auch vermutet, das sagt Brenda Conny nach einer Probe mit besonders viel Arm-Hochreißen, dass du mindestens 15 Quadratzentimeter Haare in den Achselhöhlen haben musst, so viel Hardrock ist da drin. Na und, sagt Conny. Meine Achseln gehören mir!

Inhaltlich haben sie vor allem an den eigenen Stücken gearbeitet. «The Stripper» und «Brainwashed» sind todsichere Tanzflächenfeger und «D Minor» und «Space Out» unwiderstehliche Ohrwürmer. Das behauptet der neue Manager Michael, der sich mit fünfzehn Prozent vollends zufrieden zeigte und der Beat Bande für den Oktober bereits einen weiteren Auftritt in Berlin (als Vorband für eine Unterhaltungs-Big-Band) und zwei in Westdeutschland beschafft hat, in der «Korn» in Hannover und in einem kleinen Club in Wiesbaden. Die große Tour kommt im November, verspricht Michael Brenda, als die beiden am Telefon die letzten Absprachen für den Straßenfest-Auftritt durchgehen. Sie sagt, nun wart's doch erst mal ab, lass uns doch erst mal unseren zweiten Auftritt einigermaßen hinkriegen, meinst du nicht?

Ihr seid so klasse, sagt er, ich war doch jetzt ein paar Mal bei den Proben, also ich glaube an euch wie an … wie an …

An was, hmmm?, freut sich Brenda, der es Spaß macht, wenn Michael nach Worten ringt, weil das so selten vorkommt.

Wie an Fischertechnik, sagt er. Zufrieden?

Am Straßenfest-Samstag lacht die Sonne über dem Helmholtzplatz, allerdings nur bis ungefähr 12 Uhr, danach fängt es an zu nieseln, später schauert es sich immer stärker durch den Tag. Richtiges Zuhausebleib-Wetter, mault Julia, und Frederike will auch am liebsten gleich wieder einpacken. Beide schönen Schwestern haben ihre Freunde aus den USA wieder, mit dem Effekt, dass sie weniger Lust auf Proben und mehr auf Sofakartoffelndasein haben. Um fünf Uhr spielt auf der hohen, mit weißem Zeltstoff behängten Bühne Charly's Crash, eine Punkband, deren Mitglieder alle mindestens Ende 30 sind, und Conny bemerkt: Mensch, erwachsene Männer sollten sich wirklich etwas gesetzter benehmen! Wat solln dit heißen, fragt ein grünhaariger Mittdreißiger-Irokesenschnitt, der neben Conny und Brenda steht, wat bist du denn für 'ne spießige Alte. Ich meine doch nur, rechtfertigt sich Conny, dass ich persönlich das einfach nicht mehr so extrem attraktiv finde, wenn ein Mann Ende 30 die paar übrig gebliebenen Haare oben zusammenklebt und Scheißsystem! schreit. Auch wenn das System scheiße ist. Der Punk rülpst herablassend und trollt sich.

Danach, direkt vor der Beat Bande, singt und pustet eine Obertongruppe, aber keine echten Mongolen, sondern eine Frau und zwei Männer, die sich in einem Gesangsseminar kennen gelernt haben, das erzählt die Frau vorher in einem zähen, zehnminütigen Sermon. Der Obertongesang klingt zwar, als ob eine Großkatze ihre Abenteuer schildert, verjagt aber auch noch die letzten wackeren Regentrotzer weg von der Bühne und unter die überdachten Caipirinha- und Bulettenstände.

Die Beat Bande ist natürlich nicht Headliner, darf aber auf der Verstärkeranlage des Hauptacts spielen. Während der Bühnentechniker ein bisschen umbaut, stöpselt Brenda, schon in schwarzem Rock und weißer Bluse, um kurz vor sieben ihre Orgel und Frederikes und Nathalias Gitarren ein, kneift ein kleines Mikrophon an das Saxophon, hört draußen schon ein paar Leute «whuhuhu!» rufen und gleichzeitig die Schritte eines der Jungs von Big Time, der Hauptband, näher kommen. Was macht denn die Stewardess hier?, fragt der gleich darauf mit einem Giftschlangen-Unterton den Bühnentechniker. Ich treffe unsere Musikvorbereitungen, antwortet Brenda förmlich und mindestens genauso kalt. Wer bistn du?, fragt der Big-Time-Mann. Eure Vorband, also ein Teil davon, sagt Brenda. Ist das 'ne Schuluniform?, fragt der Mann weiter. Ganz genau, sagt Brenda, und der Mann lächelt plötzlich und sagt: Wie süß! Also ich meine, toll. Dann fragt er noch, ob er irgendetwas helfen soll, aber Brenda ist mit allem fertig und denkt, während sie von der Bühne klettert und sich verärgert die Nase rubbelt, wir hätten uns doch «Tittenbonus» nennen sollen. Wenn das nur nicht doch wieder die falschen Leute aufs Parkett rufen würde!

Es regnet immer noch, aber als Conny, Brenda, Nathalia, Julia und Frederike sich um viertel nach sieben nervös in Position stellen, leuchten ihre weißen Blusen durch den grauen Nieselvorhang und locken sofort ein paar Neugierige unter den Büdchen-Regendächern hervor. Brenda schluckt, drückt ein A und sagt in ihr Mikrophon, guten Tag, wir sind die Beat Bande! Da reißt Conny auch schon ihren linken Arm hoch in die Luft, schlägt mit dem rechten Stick auf den Snarerand und zählt dazu ein, One, and two, and beat baby, beat! Und Nathalia haut den ersten verzerrten «The Stripper»-Akkord in ihre Gretsch-Gitarre, sodass auch im etwa 1000 Meter entfernten Ristorante «Bei Luigi», das noch nicht ganz so voll von Touristen ist, wie es wenige Jahre später sein wird, die Menschen aufhorchen.

Ein Triumph ist dieser erste Berliner Auftritt, das merken die Mädels bereits auf der Bühne. Immer mehr Menschen lassen sich freiwillig nass regnen, um die Beat Bande genau sehen zu können. Die Schritte klappen fast alle, es verspielt sich nur Julia, und das geht im Livekrach ziemlich unter, und ab dem dritten Stück tanzen vorne ein paar Frauen und klatschen so frenetisch, als ob eine Boygroup aufträte. Brenda, die größtenteils auf ihre

Tastatur guckt und nur hochlinst, um ihre Backgroundgesänge ins Mikrophon zu schreien («Mascara!», «Boak Boak Boak Boak Boak», «Strip me!», «Ohhhhhhhhhh – Squaaaaaaaw!», «Have love will travel»), sieht, dass Michael in der ersten Reihe steht und so sehr grinst, dass seine Amalgamfüllungen funkeln. Neben ihm zucken noch zwei andere Männer im Takt und schreien ihm hin und wieder etwas ins Ohr.

Die Beat Bande spielt fast bis halb neun, ihr gesamtes Programm plus eine Wiederholung («Mascara!»). Eigentlich dürften sie nur bis acht, aber «Ihr wollt uns, stimmt's?», brüllt Julia in ihr Mikrophon, und das nasse, in der feuchten Luft langsam nach Bier und Hunden duftende Publikum schreit «Jaaaaaa!». Falls irgendjemand vielleicht sogar «oh Gooooooooott!» schreit, kann man es nicht heraushören. Also gibt es Zugaben, und um zwanzig nach acht steigen fünf zufriedene Damen von der Bühne, hauen sich gegenseitig auf die Schulter und brüllen durcheinander: «Hahaaa!», «Ich kann gar nicht fassen, dass keiner Ausziehen gebrüllt hat!», «Conny, ich will dich küssen!» und «So schmeckt also Ruhm!».

Für den Auftritt gibt es 250 Mark, von denen nach Abzug der Kosten (Michael, Döner, Aftershow-Bier) noch 200 übrig bleiben. Für jede also 40 Mark. Die Welt is dit nun wahrlich nicht, stellt Julia später fest. Sie hat natürlich Recht. Aber die Übungsraummiete ist immerhin drin, Frei-Tampons sowieso.

Bis zum Oktober, in dem die nächsten Auftritte anstehen, sind es fünf Wochen. Die nutzt die Band zum Proben, Julia und Frederike nutzen sie, um ein paar Tage mit ihren Freunden auf Pärchentour nach Usedom zu fahren, Conny, um sich heimlich dreimal den «Dazed and Confused»-Led-Zeppelin-Live-Film anzugucken, Nathalia, um die Musik für ein neues, wieder sehr spärlich besetztes (und besuchtes) Theaterstück zu schreiben, und Brenda, um ein neues Regal in ihre Wohnung zu bauen, auf das man Platten oder Stiefel stellen könnte, Brenda weiß noch nicht genau, was eher einen Platz braucht. Außerdem trifft sie sich geschäftlich ein paar Mal mit Michael, und falls es ihr wirklich noch nicht klar war, so ist es jetzt eindeutig: Er steht auf

Brenda wie die Feuerwehr, und Brenda steht auf Michael wie die Heilsarmee. Zum ersten Mal erlebt sie es, mit einem Mann ganz offen zu flirten und trotzdem nicht wirklich zu Potte kommen zu wollen, aus bandpsychologischen Gründen.

Denn das gäbe ein beschissenes Betriebsklima, das sag ich dir, seufzt sie, als sie an einem Donnerstagnachmittag mit ihm an ihrem Küchentisch sitzt, um angeblich ein paar Kleinigkeiten wegen der Verträge durchzugehen. Ich hab noch ganz viel zwischen die Zeilen geschrieben, hatte Michael am Telefon gesagt und wirklich mit spitzem Bleistift Dinge wie «B. Böhm verpflichtet sich, mindestens viermal die Woche Michael G. zu treffen» und «Spätere Körperkontakte nicht ausgeschlossen» zwischen die Schreibmaschinen-Buchstaben gekritzelt. Du bist reizend, sagt sie. Trotzdem: Das ist jetzt einfach die falsche Zeit, stell dir vor, wir fangen etwas an, streiten uns, dann kriegt das doch die ganze Bande mit, und es gibt Geratsche und böses Blut, wir müssen doch vor allem fair miteinander arbeiten …

Du hast ja Recht, Michael ist jetzt geknickt, stimmt ja alles. Ich weiß! Du bist so vernünftig. Ach Scheiße. Wie die beiden Königskinder.

Beide seufzen und himmeln sich ein bisschen an. Früher beim Trampen, fällt ihr ein, habe ich mal ein Mädchen getroffen, die hatte als Prinzip fürs In-fremde-Autos-Steigen: Keine Amis, keine Brummis. Und wir müssen uns eben immer wieder vorsagen: Kein Sex im Büro …

Er lacht und streicht sich etwas verloren über den nackten Oberarm. Übrigens hab ich noch eine ganz konkrete Sache, sagt er dann, hätte ich fast vergessen vor lauter Himmelei, klingt sehr viel versprechend: Ein Studienkumpel von mir ist bei einer ziemlich großen Werbeagentur in Frankfurt gelandet, und rate mal, was der gerade für eine Kampagne macht!

Ähm, sagt Brenda, irgend so eine Autowerbung, bei der Entchen über die Fahrbahn laufen? Oder Waschmittel-fünfziger-Jahre-Quatsch?

Neiiiin, sagt er, eine internationale Kosmetikfirma möchte eine neue Wimperntusche herausbringen, und die wollen das in so ’nem poppigen Szene-Ambiente bewerben, mit einem Song als Corporate Identity. Ich hab natürlich gleich an euch gedacht! Also an «Mascara!».

Du spinnst ja total, murmelt Brenda, wir sind doch viel zu trashig!

Aber ihr wärt nicht die erste Band, die durch Werbung berühmt geworden wäre …, wirft er ein und schubbert sich ein bisschen an sie ran, sodass sie seine Haare riechen kann.

Muss mal die anderen fragen. Sie rubbelt sich ein bisschen die Nase, um sich abzulenken. Also prinzipiell habe ich jeder Art Werbung gegenüber erst mal ein schlechtes Verhältnis, und Conny auch, soweit ich weiß.

Auch, wenn so viel Geld winkt, dass man darin ersaufen könnte?, fragt er.

Also wirklich, bevor da nichts Konkretes ist, sagt sie, oder gibt’s schon ein Angebot?

Naja, ich habe Marc von euch und dem Song erzählt, er fand das prinzipiell interessant, und jetzt käme es drauf an, das Stück so schön aufzunehmen, dass man damit hausieren gehen kann.

Aufnehmen in einer guten Qualität fänd ich auch vernünftig, sagt Brenda. Ich hab da neulich mit Conny und Nathalia drüber gesprochen, und Nathalia kennt jemanden, mit dem sie zusammen auf der Musikakademie war, der hat ein kleines Studio hier, das wäre ganz billig …

Studios gibt’s wie Sand am Meer, stimmt Michael zu. Ich würde vorschlagen: Die Gage für eure nächsten beiden Gigs investiert ihr in einen oder zwei Studiotage. Und dann bannen wir den Zauber auf Band. Er nimmt ein Radiergummi, das auf der Fensterbank neben dem Tisch in einer kleinen Plastik-Schreibtisch-Utensilien-Box liegt, und radiert die Kommentare zwischen den Zeilen weg. Habt ihr Radiergummis früher auch immer Ratzefummel genannt?, fragt er Brenda.

Klar, sagt sie, und apropos Fummeln: Sind wir uns denn jetzt einig, dass wir den Körperkontakt aufschieben, bis die Band sich wegen Erfolglosigkeit aufgelöst hat oder du von den Beastie Boys weggekauft worden bist?

Einig würde ich das nicht nennen, seufzt er und nimmt ihre Hand, was sie im ersten Moment ganz kitschig findet, dann aber doch sehr angenehm. Sie seufzt auch und windet ihre Hand so zurecht, dass es wie ein geschäftiges Händeschütteln aussieht, und sagt: Also, versprochen. Wir stutzen unsere lodernde Leidenschaft zu einem verlangenden Schwelen zurück, okay?

Okay, sagt Michael.

Die Beat-Banden-Auftritte im Oktober sind durchwachsen, auf jeden Fall aber denkwürdig: An einem Samstagabend spielt die Band als Anheizer der Tempelhofer Swing Cats, eines 14-köpfigen Orchesters, bestehend aus schnell gealterten Herren, im Saalbau Neukölln vor 120 sitzenden Swing-Liebhaber-Pärchen, die höflich klatschen, aber deren festgesprayte Föhnfrisuren man bei mehr als 65 Dezibel empört knistern hört. Sie dürfen sich ruhig bewegen, Sie sind ja größtenteils noch am Leben, rutscht es Brenda raus, die gerade das nächste Stück ansagen will. Sie erntet ein paar scheele Blicke.

Ich meine, versucht sie das Ruder herumzureißen, wir würden uns freuen, wenn unser Rhythmus Ihnen so richtig in die Beine fährt, wenn Sie sich nicht auf den Sitzen halten können … ähem … Sie sind doch alle Hot Chicks und Swing Cats, sehe ich das richtig? Allerdings, mit der Betonung auf Hot!, murrt eine Stimme hinter dem Schlagzeug hervor.

Bei «Mascara!» wagen sich, Skandalös!, raunt Brenda lautlos Conny zu, zwei Damen zusammen auf die Tanzfläche, um eine Art verkrachten Paartanz hinzulegen. Na sehen Sie, sagt Brenda danach, jetzt brennt doch sozusagen die Luft … Eine Zugabe will keiner, und die Beat Bande schaut sich auch nicht mehr den ganzen Auftritt der Tempelhofer Swing Cats an, deren Bläser zwar eins a spielen und die wunderbare Stücke im Repertoire haben, aber ansonsten eher so hot sind wie Kartoffelsalat. Nu ja, sagt Nathalia kopfschüttelnd, als die Beat Bande sich später am Abend, nachdem sie ihre Instrumente reingetragen hat, vor dem Übungsraum trennt. Wenn man auf möppelige Männer mit Schnäuzer steht … Und noch nicht oft genug «In the Mood» gehört hat …, fügt Julia hinzu.

Am darauf folgenden Freitag erleben die Damen in der «Korn» in Hannover genau das Gegenteil: 200 Leute grölen schon vor Beginn des Konzerts vor der Bühne herum. Die Beat Bande spielt als Erstes «Have Love Will Travel», von Brenda mit den Worten «Jetzt ein Song von einer der grandiosesten Punkbands der Welt» angekündigt. «XTC!!!!!», schreit einer aus dem Publikum. Fast, tönt Brenda zurück. Beim zweiten Refrain (mit Saxophonsolo) ruft immerhin einer «Lauter!!», und Nathalia dreht sich daraufhin trotzig (und gar nicht im einstudierten Schritt) in seine Richtung und bläst ihm ihr Horn um die Ohren. Eine Gruppe Exploited-Fans (mit silberfarbenen Logos auf den Lederjacken) fängt bei «Brainwashed» an zu pogen und pogt sich ungerührt durch das ganze Set, sogar durch das langsamste Stück, den «Carwash Blues». Doch dann schmeißt ein Mann, den Brenda später «den ältesten Punk der Welt» nennt, denn er trägt einen sehr dünnen, von anfangender Tonsurglatze gebeutelten Iro, eine leere Hansapils-Dose auf die Bühne, als Brenda das letzte Stück ansagt. Das verstehe ich jetzt mal als bedauernde Geste, schnarrt Brenda würdevoll in ihr Mikrophon.

Außerdem spielt Brenda einen kompletten Refrain in einer falschen Tonart. Als sie es merkt, weil Julia und Frederike zu ihr rübermarschiert kommen (immer noch im Addicted-to-Love-Step), fängt ihre Nase vor Scham an zu jucken, und beim Kratzen verspielt sie sich gleich noch einmal. Und Conny verpatzt zwei ihrer Lieblingsbreaks und klöppelt drüber weg wie ein Blechtrommler, was allerdings weder dem Publikum noch dem Veranstalter auffällt. Nach dem Gig tapert der nämlich mit einer Kiste Bier backstage und erklärt der Beat Bande, wie prima er das Konzert fand. Da bist du aber der Einzige, sagt Julia sauer, deren blonden Kopf die Dose um zwei Zentimeter verfehlt hat. Die sind einfach noch nicht reif für euch, versucht es der Veranstalter, die haben so etwas noch nie gesehen, wir machen hier sonst nur hundertprozentige Punkkonzerte. Wie reif kann man denn 1994 für Musik aus den Sechzigern noch werden?, bellt Julia zurück.

Julia ist so eingeschnappt, dass sie am liebsten am gleichen Abend noch nach Berlin zurückfahren möchte, aber die anderen haben keine Lust. Komm, Julia, ich schenke dir ’ne volle Dose Hansapils, und dann gehen wir schön ins Hotel und gucken noch ein bisschen Z.E.N., damit du dich wieder beruhigst, sagt Brenda, aber Julia ist nicht nach Scherzen zumute.

Noch sauertöpfischer guckt das Beinahe-Dosenwurf-Opfer, als sie erfährt, dass die Band gar nicht im Hotel, sondern in einer extra Bandwohnung untergebracht ist. Die Bandwohnung ist ein Einzimmerapartment in einem Arztpraxen-Gebäude, in dem normalerweise Atemkurse für schwangere Frauen stattfinden.

Guck dir das mal an, sagt Brenda kichernd zu Conny, als sie um zwei Uhr angeschickert in dem mit Matratzen ausgelegten Raum stehen, in dem sie übernachten sollen: An den Wänden hängen Fötenbilder in verschiedenen Stadien und Comics von Frauen in Gymnastikstellungen. Wehe, es hechelt heute Nacht eine zu laut, sagt Conny, und Nathalia frotzelt: Oder eine Fruchtblase platzt. Aber im Großen und Ganzen liegt es sich recht gut auf den Atemkurs-Matratzen, obwohl Conny beim Hinlegen prustet: Hilfe, da sind Pockendecken!

Auch wenn Julia es nicht zugeben möchte, hat das Ganze doch stark etwas von einer Nacht im Schullandheim. Oder im Mädcheninternat. Vor allem, weil Nathalia und Conny noch bis halb vier Gruselgeschichten erzählen: vom toten und trotzdem immer wiederkehrenden Schlossbutler, dessen Holzbein aus der Gruft geklaut wurde. Von dem Mann, der in einem dunklen Zimmer immer wieder über einen mysteriösen Stuhl stolpert, aber das Licht nicht finden kann. Von dem Pärchen, das auf der Autobahn waghalsig überholt, kurze Zeit später einen schrecklichen, tödlichen Unfall hat, aber dennoch jahrelang nachts auf den Autobahnen gesichtet wird … Das ist der Fliegende Holländer als moderner Mythos, sagt Brenda schlaftrunken zu Conny, von der die Geschichte kommt.

Hört doch mal auf zu schnattern, sagt Julia, und das klingt schon wieder so schön schullandheimmäßig, dass alle kichern müssen, auch Julia. Jetzt hab ich mich wieder ein bisschen wach gekichert, sagt Brenda. Okay, dann erzähl ich jetzt noch ganz kurz die Geschichte, wie der liebe Gott den Rochen erfunden hat, will die einer hören? Julia und Frederike simulieren lautes Schnarchen, Conny kichert und Nathalia sagt, naaaa gut, aber kurz, damit wir danach endlich schlafen können.

Also, bei der Erschaffung der Erde ruhte der liebe Gott bekanntlich am siebten Tag, sagt Brenda, und stopft sich ihr weißes Kopfkissen hinter den Nacken, er lag auf einer Matratze im Paradies, genau wie ich jetzt hier auf meiner kleinen Schwangerenliege, und da lag er so, kuschelte sich an sein Kissen, stopfte es sich gemütlich zurecht, und plötzlich dachte er: Mein Gott ... Das hat er ja wohl nicht gedacht, oder?, kichert Conny. Er dachte also, erzählt Brenda ungerührt weiter, er dachte, bei meinem Barte, das IST aber auch gemütlich hier mit diesem Kissen, also SO was Gemütliches, vielleicht sollte ich einfach mal ein Wesen erschaffen, das aussieht wie ein Kopfkissen. Und boing, sagt Brenda und macht eine erschaffende Handbewegung, kurze Zeit später erschuf er den Rochen und ließ ihn genauso aussehen wie ein Kopfkissen. Und darum sieht der Rochen von unten aus wie ein flauschiges, weißes Kopfkissen und benimmt sich auch so.

Und dann sah er, dass es gut war, brummelt Nathalia, der Brenda gar nicht so viel Bibelfestigkeit zugetraut hat. Gute Nacht. Gute Nacht, John-Boy, sagt Brenda, Conny antwortet, gute Nacht, Elizabeth, und von Julia und Frederike kommt nur noch echtes, ungekünsteltes, undamenhaftes Schnarchen, ein Schnarchen, das mindestens die Mauern von Jericho einstürzen lassen würde und verantwortlich dafür ist, dass Brenda in dieser Nacht das erste und bislang einzige Mal in ihrem Leben von Sex auf einer lauten Schiffswerft träumt.

Der letzte Gig im Oktober findet in einem kleinen Jazzclub in Wiesbaden statt, und Michael hat sich bereit erklärt, als Fahrer mitzukommen, ohne dass ein zusätzliches Honorar am Frei-Tampons-Budget kratzen könnte. Brenda freut sich einerseits darüber, andererseits macht sie sich Sorgen. Auf dem Weg zum Übungsraum, vor dem Michael um 10 Uhr morgens mit dem Bullen-Bulli (der mittlerweile protestlos zum Beat-Banden-Bulli mutiert ist) wartet, summt sie «Temptation» von Heaven 17 vor sich hin, ein Stück, an das sie seit einem colabauchigen «Formel 1»-Nachmittag 1983 nicht mehr gedacht hat. Sie summt kongenial beide Stimmen, hoch «Adorable creatures …», tief «Temptation!», hoch «…with unacceptable features …», tief «Temptation!» und so weiter.

Der Bulli steht halb auf dem Fußweg, Conny und Nathalia laden gerade schwer atmend die Bassdrum ein und sagen, na Frollein, und Brenda singt ihnen, nur um das peinliche Temptation! aus dem Kopf zu bekommen, Jetzt fahr'n wir übern See, übern See, jetzt fahr'n wir übern … entgegen.

Obwohl ja gar kein See zwischen hier und Wiesbaden ist, oder?, fragt Michael, der aus dem Keller kommt, in der einen Hand die Standtom, in der anderen Brendas schicke Kabeltasche. Wenn du das nicht weißt, Fahrer, kichert Brenda, ich habe einen Orientierungssinn wie ein Grottenolm.

Brauns möchten gerne zu Hause abgeholt werden, erklärt Michael, die haben vorhin angerufen. Das ist zwar nicht gerade auf dem Weg zur Autobahn, bemerkt Brenda, aber von mir aus … Also ich muss auch mal sagen, dass mir diese Extrawürste doch auf den Zeiger gehen, sagt Conny, aber Brenda erwidert, jetzt hör mal auf, kurz vor dem Gig herumzulästern bringt gar nichts und fräst nur steile Ärgerfalten in die Stirn.

Ein wenig entgeistert ist sie kurz darauf doch, denn die schönen Schwestern kommen nicht zu zweit die Treppe hinuntergelaufen, sondern zu viert: Zwei Brauns und zwei braun gebrannte Braun-Freunde. Unsere Boyfriends wollten uns sooo gerne mal live sehen, sagt Julia, wir konnten uns heute Morgen einfach nicht trennen.

Das kommt jetzt etwas überraschend, sagt Brenda, obwohl wir natürlich auch nie über das Thema «Freund auf Tour» geredet haben, also …

Mir ist's Wurscht, sagt Conny, wenn die reinpassen … ist nämlich ziemlich eng. Mir ooch, sagt Nathalia, die mehr gähnt als versteht. Michael sagt, na ja, cateringmäßig ist das eh okay, und mit dem Hotel, da müssen wir mal gucken … wir haben ein paar Doppelzimmer, soviel ich weiß … Er schaut Brenda von der Seite an, aber die versucht gerade, unauffällig ihre Tüte mit den zwei Paar Ersatzstiefeln zu verstauen, und sieht darum nicht hin. Also kommt ihr mit, sagt Frederike fröhlich zu ihrem Freund, und Brenda denkt, na ja, im Endeffekt kann man die beiden eh nicht mehr ausladen, ohne als fiese alte Beat-Hexe dazustehen. Aber nicht, dass ihr Yoko-Ono-Allüren bekommt und mit auf die Bühne wollt, sagt sie zu Uwe und Roger, um dann ganz laut «Juuuulia!» zu schreien und auf einem nicht angeschlossenen Keyboard herumzuklimpern. Quatsch, sagt Roger, wenn, dann schrei ich sowieso «Frederiiiiike!». Aber keine Angst.

Ansonsten mag ich Yoko Ono ja, erzählt Brenda später Conny, die eng neben ihr sitzt, denn der Bulli ist nun pickenpackenvoll: Vorne fährt Michael, neben ihm drängen sich Julia, Uwe und Nathalia auf einem Doppelsitz, hinten haben sich Roger und Frederike auf die erste Bank, neben den Orgelverstärker und Brendas

Stiefeltüte, geklemmt, in der zweiten Reihe hocken Brenda und Conny, halb verdeckt von mehreren Schlafsäcken zwischen Minus-30°-Celcius-Arktis-Qualität bis hin zu «lieber nur bei einem Picknick als Unterlage zu benutzen». Falls die Bettwäsche nicht reichen sollte.

Ist doch gemütlich hier, meint die optimistische Conny und kramt einen Groschenroman aus ihrer Handtasche. Hier, sagt sie zu Brenda, ist meine neue alte Leidenschaft: Nachtschwester-Ingeborg-Heftchen.

Du spinnst doch!, sagt Brenda. Das ist doch das Grottigste auf Gottes grüner Erde! Ja, sagt Conny, irgendwie ja, aber die hab ich früher immer meinem Ex vorgelesen, die sind so doof, das ist schon wieder amüsant.

Dieses Phänomen wollte mir nie so richtig einleuchten, sagt die in diesen Dingen puristische Brenda, wie kann etwas den Schlechtheits-Peak überrunden beziehungsweise noch unterwandern und dann wieder gut werden? Ich meine, Wein wird doch auch zu Essig, und das war's dann, dann kann man ihn nur noch wegkippen.

Nicht unbedingt, man muss nur wissen, was man mit dem Essig anstellen kann, sagt Conny weise. Ich lese diese Nachtschwester-Scheiße nicht, weil ich etwas über das Leben, die Liebe, medizinische Berufe oder Moral lernen will. Sondern nur, weil sie Fast Food sind, das mich relaxt, wenn ich eine anstrengende Zeit habe. Das ist so kopfentspannend, fast wie schlafen, wenn man wach ist.

Ich mag auch kein Fast Food, sagt Brenda entrüstet. Aber gib doch trotzdem mal eins her, vielleicht kannst du mich ja anfixen.

Und so erfährt sie bis Erfurt, wie die scheue, wunderschöne und herzensgute Nachtschwester Ingeborg dem einsamen, aufbrausenden und schicksalsgeplagten jungen Oberarzt bei einer Herzoperation assistiert und leise, ohne dass sie es müsste, die Blutsauge-Tampons mitzählt, die bei der OP im Patientenbrustkorb landen. Darum fällt ihr beim Zunähen auf, dass ein Tampon unbemerkt im Brustkorb stecken bleibt, und obwohl die garstige, böse und hässliche Oberschwester, die es eigentlich selber auf den jungen Oberarzt abgesehen hat, ihr nicht glauben will, fasst sich Nachtschwester Ingeborg ein Herz und besteht darauf, dass der Patientenleib noch mal aufgestemmt wird. Der Tampon wird entdeckt, entfernt, das Leben des Patienten gerettet, und Nachtschwester Ingeborg bekommt zum Leid der garstigen Oberschwester am Ende … aber das ist ja klar.

Vor Erfurt will Brenda mit Conny tauschen, die hat das Heftchen darüber, wie Nachtschwester Ingeborg einem kleinen, einsamen, lungenkranken Jungen das Leben rettet, der in einer stürmischen Nacht von seiner herzlosen Stiefmutter vor dem Krankenhaus abgesetzt wird, aber noch nicht beendet. Ich brauche Nachschub, ruft Brenda darum, und die Beat Bande hält an der Raststätte Erfurt, wo es Brenda vor dem Groschenheftchen-Regal aber dann doch so peinlich ist, eines der schrecklichen Werke zu kaufen, dass sie sich schnell ein Magnum-Eis grabscht und wieder hinausstürmt.

Vielleicht sollte ich ein paar aktualisierte Arztromane über invasive Chirurgie schreiben, sagt Brenda, als sie nach dem Raststättenstopp vorne bei Michael sitzt und ihm von den Groschen-Abenteuern erzählt, weil Nathalia sich ein bisschen «goddrich» fühlt und sich hinten hinlegen möchte. Heutzutage werden ja keine blutstillenden Tampons mehr in Herzpatientenkörpern vergessen. Da kann höchstens mal die Sonde dreckig sein.

Oder der Arzt bekokst, stimmt Michael zu, oder Wechselstrom im Beatmungsgerät.

Soll ich eigentlich mal fahren?, fragt sie. Quatsch, er guckt sie freundlich an, das ist nett, aber ich will mich heute so richtig als Tourbegleiter aufspielen. Wir sind auch bald da.

Der Jazzclub in Wiesbaden heißt «Miles» und der Veranstalter «Mike», er führt die Beat Bande gleich ins Hotel und sagt: Isch hab gedacht, ihr seids zu sechst, isch hab drum vier Dobbelzimmer genomme, aber mit Achten, das müsst halt auch gerad klappe, oder?

Na ja, sagt Brenda. Julia und ihr Uwe, Frederike und ihr Roger, und wer darf mit Michael? Müssen wir das jetzt klären, fragt Nathalia, der es immer noch ein wenig klebrig im Magen zumute ist und die sich vor dem Soundcheck ausruhen will.

Nö, sagt Brenda, und ihre Nase beginnt auf einmal zu jucken, als ob sie eine Obstschüssel voller Pusteblumensporen einatmete. Wir können ja nachher drum losen oder so. Innerlich schreit es in ihr, trouble is coming, Temptation!, it's just the high cost of loving, Temptation!, du dumme Nuss, jetzt lass es doch nicht so weit kommen, nachher zieh ich die Michael-Karte, und dann? Hände festbinden?

Aber dann hakt Conny sie auch schon unter und sagt, komm, wir gucken uns jetzt ein bisschen Wiesbaden-City an, und um halb sechs machen wir einen Soundcheck, der sich gewaschen hat.

Wiesbaden-City ist ziemlich aufregend, weil Brenda und Conny erstens ein paar Beat-Banden-Plakate entdecken, und das ist natürlich immer gut fürs Gemüt, und zweitens verrät Conny Brenda, als sie sich mit einem Prosecco-Aperol (den Conny «Spritz» nennt, was Brenda sich aber nicht traut, bei der Bestellung zu sagen, um keine Aufmerksamkeit zu erregen) in ein Straßencafé setzen, dass ihr langjähriger Ex-Freund, mit dem sie immer noch regelmäßig telefoniert, gerade zu Besuch in Wiesbaden ist.

Echt, fragt Brenda, und heute Abend stürmt der die Bühne und will dich wiederhaben?

So weit kommt das noch, sagt Conny, aber Brenda kennt ihre Schlagzeugerin inzwischen besser. Ihr seid doch quasi noch so gut wie zusammen, oder wie würdest du das ausdrücken?, fragt sie. Nein, wir sind nicht mehr zusammen. Aber wir lieben uns eben einfach, sagt Conny würdevoll. Dafür muss man ja wohl keine Beziehung haben. Ich habe früher auch jahrelang Lex Barker geliebt, ohne mit ihm eine Beziehung zu haben.

Na ja, fängt Brenda an, aber es kann durchaus was haben, mit einem Mann zusammen zu sein, den man liebt, das weiß sogar ich.

Das ging bei uns einfach nicht mehr, sagt Conny, das hab ich dir alles schon mal erklärt: Wir hatten unterschiedliche Pläne, und wenn ich nicht nach Berlin gegangen wäre, dann wäre ich Junkie in Stuttgart geworden …

Was zweifelsohne die zweitschönste Stadt nach Zürich ist, um Junkie zu werden, kichert Brenda.

Guck ihn dir an, sagt Conny, ich denke schon, dass er heute Abend vorbeikommt, dann kannst du ihn ja mal abchecken. Und sag es nicht den anderen.

Immerhin wärst du jetzt nicht hier, jedenfalls nicht als Schlagzeugerin, wenn er nicht wäre … sinniert Brenda, vielleicht hätten wir dich aber auch auf dem Autostrich auf der A7 aufgegabelt, wo du deinen jungen Körper feilgeboten hättest, um an Kohle für einen Schuss polnische Suppe zu kommen.

Mach dich nur lustig, das war grässlich da unten, sagt Conny, und ich hab immer noch Albträume von dem Sambalehrer. Dieser schreckliche Süden! Hier ist's doch auch schon wieder so: Wetten, gleich kommt der Kellner und ist ganz furchtbar freundlich?

Conny guckt den Keller zornig an. Der guckt weg.

Süddeutschland ist auch nicht mehr das, was es mal war, seufzt Conny.

Der Gig am Abend ist ein voller Erfolg, in dem kleinen, verrauchten Laden brennt die Luft, und zwar fast buchstäblich: Es ist so heiß, dass Brenda, Conny und Nathalia beschließen, nun sei absolut die Nacht zum Wildsein gekommen, und ihre weißen Blusen über dem Bauch genauso zusammenknoten wie die schönen Schwestern, sodass die Beat Bande aussieht wie ein Diana-Rigg-Fanclub. Die Waffen einer Frau, raunt Conny frivol ins Mikrophon, als sie die Blusenbindeaktion zwischen «Squaw» und «Chicken Rhythm» einschiebt. Und wehe, auch nur einer ruft «Ausziehen!», sagt Brenda, natürlich hört man sofort zwei Stimmen «Ausziehen!» grölen, und Brenda fragt, wie bitte? Ähhh, einziehen!, schreit einer zurück, und darüber muss die Beat Bande lachen und verpatzt fast Connys «Beat, baby, beat!»-Einzähler zu «Chicken Rhythm».

Brenda ist sogar mit ihren eigenen Soli zufrieden, ihre Finger gleiten auf der Tastatur umher, als ob Jerry Lee Lewis «Breathless» spielt, und am Ende von «Brainwashed» setzt sie sich sogar spaßeshalber kurz auf die Tasten zwischen dem dreigestrichenen C und dem dreigestrichenen H. Nathalia spielt so gut, dass Brenda und Conny sich anerkennende Blicke zuwerfen.

Nach dem Auftritt, Michael steht schon seit einer halben Stunde in einer Ecke und unterhält sich mit einem Mann in Trainingsjacke, schmeicheln mindestens fünf Groupies um die Bühne herum, männliche sogar, aber die schönen Schwestern lassen keine Knutschchance mit ihren Freunden aus, Brenda und Nathalia verhandeln mit dem Veranstalter die Gage (es gab diesmal zusätzlich zu einer geringen Festgage Eintrittsbeteiligung), und Conny umarmt einen großen, schweren, breitschultrigen Mann. Es sieht fast so aus, als ob sie auf seine Turnschuhe steigt, um ihm näher zu sein. Guck mal, Natti, sagt Brenda und stößt Nathalia an, das ist Connys angeblicher Ex-Freund, Betonung auf Freund. Sieht doch nett aus, sagt Nathalia, die ihre Magenschmerzen ausnahmsweise mit Bier weggetrunken hat und (noch) bester Laune ist.

Ein paar Stunden später verabschiedet sich Conny von Brenda und sagt: Also ich geh mal mit zum Jan, ich komme morgen um 12 ins Hotel, okay? Okay, viel Spaß, grinst Brenda, und Jan sagt, mei Bier ist jetzt all. Meins is auch all, sagt Conny in genau dem gleichen Tonfall, wie Brenda feststellt. Die beiden schunkeln eingehakt aus dem «Miles».

Brenda fällt ein, dass die pikante Hotelschlafzimmer-Situation damit sozusagen unblutig geklärt ist: Jetzt können sie und Nathalia in einem Doppelzimmer schlafen, die schönen Schwestern mit ihren jeweiligen Freunden in einem, und Michael bekommt eins für sich alleine. Mist. Oder gut. Oder Mist.

In diesem Augenblick setzt sich Michael auch noch so nah neben sie, dass ihre Armhärchen kollidieren, das Gefühl hat sie jedenfalls. Hast du den Typen gesehen, mit dem ich mich beim Auftritt unterhalten habe?, fragt er. Klar, sagt sie, der mit dem schnieken Trainingsanzug. Das ist der, von dem ich erzählt habe, aus der Werbeagentur mit dem Wimperntusche-Spot, sagt er, ich wollte das vorher nicht sagen, weil ich nicht wusste, ob euch das vielleicht nervös macht … Waaaaaas, sagt Brenda, das war der Typ? Menno, was sind denn das für Methoden, schimpft sie, wir sind doch keine fünf mehr, meinst du, du kannst uns so im Unklaren lassen darüber, was du einfädelst, oder wie? Eigentlich will sie sich gar nicht so aufregen, aber Michaels weiche Armhärchen machen sie nervös, außerdem juckt die Nase.

Ja, ich weiß, sagt Michael, ich wusste auch nicht genau, ob er's heute Abend hierhin schafft, jedenfalls: Marc war hier, und er fand euch dermaßen genial, dass er euch am liebsten vom Fleck weg engagieren würde für diesen Werbespot. Und jetzt pass auf: Nicht nur als Band, die den Soundtrack zu einem Spot liefert, sondern richtig aktiv im Clip …

Was heißt das?, fragt sie. Das heißt erstens, mein Häschen, sagt Michael, dass ihr mit etwas Glück in persona in dem Spot herumspringen und mit euren pro Nase fünf Zentimeter langen Wimpern wedeln werdet, und weil dieser Spot zu jeder unmöglichen Tages- und Nachtzeit in jedem verdammten Fernsehprogramm laufen wird, seid ihr danach so verdammt bekannt, dass ihr allein schon für den verdammten Soundcheck Geld nehmen könnt …

Also diese Kraftausdrücke, ich muss doch sehr bitten, sagt Brenda, noch ganz verwirrt und geblendet von den gleißenden Aussichten, die ihr Michael gerade in der dunklen, verrauchten Barecke gemalt hat. Nun kipp doch nicht gleich den Hund mit der Pfanne aus, oder wie das heißt.

Das heißt ausnahmsweise mal anders, werte Brenda. Michael ist richtig in Fahrt. Ich sage dir: Der Typ haut jetzt in seiner Agentur für euch auf die Pauke, und sobald ihr ein Demo aufgenommen habt, und ich würde mal sagen, dass das spätestens nächste Woche gemacht werden sollte, knallt er das auf den Tisch, und die Sache läuft! Mit etwas Glück. Nun ja. Michael nimmt einen Schluck Bier und sagt, darauf einen …

Dujardin!, kichert Brenda, jaja, die Werbung, du siehst ja, wie's funktioniert!

So liegen in vier kargen Zimmern in einem kleinen Hotel in Wiesbaden (das Bands die Zimmer zu äußerst anständigen Konditionen vermietet UND auch noch kleine, dünn eingepackte, klebrige Schokoladentäfelchen auf den Kopfkissen hinterlegt hat, was alle gemerkt haben außer Nathalia, die mit der Schulter das Täfelchen zu weichem Schokomatsch geschlafen hat) in dieser Nacht sieben aus ganz unterschiedlichen Gründen ganz unterschiedlich zufriedene Menschen mehr oder weniger allein im Bett: Brenda und Nathalia teilen sich ein Doppelzimmer, die Schwestern kuscheln ohnehin mit ihren Gspusis, und Michael sehnt sich in seinem Singlebett.

Am Dienstag nach dem erfolgreichen Wiesbaden-Gig beraumt Brenda ein Bandessen ein, auf dem ein wichtiger zukunftweisender Schritt geklärt werden soll: Wie verfährt die Beat Bande in Sachen Demo-Tape, und wie steht sie zu Werbespots? Man trifft sich diesmal bei den Schwestern, die ein großes Wohnzimmer haben, mit einem Erker in Richtung Sonne, der von einem unbenutzten Fitnessgerät okkupiert wird. Die Schwestern nennen es «das Mahnmal», weil sie jeden Tag mehrere Male reuig daran vorbeischleichen und sich daran erinnern, dass sie regelmäßig Sport machen wollten. Alle bestellen Pizza, weil keine Lust hat, etwas zu kochen, und weil der Pizzabringdienst erstens eine Flasche Wein umsonst bietet, wenn man mehr als vier Pizzen bestellt, und zweitens die Pizza der Woche «Shag-a-lag-a-Ding-Dong» heißt. Das, findet die Beat Bande kollektiv, ist eine wirklich positive Verbesserung gegenüber früher, wo wilde Pizzen höchstens mal «Mafia» oder «Fantastico» hießen.

Ob das Jerücht mit dem Pizzabringdienst stimmt, fragt Julia kauend die anderen, der vor ein paar Jahren 'ne Tüte Koks und 'ne Margherita für 100 Äppel jebracht hat, wenn du «'ne Pizza Surprise» bestellt hast?

Bestimmt, sagt Brenda trocken, und irgendwann hat dann der Abschnitt 17 der Verkehrspolizei eine falsche Lieferung bekommen. Aber von wegen 100 Äppel oder mehr: Ich wollte noch etwas mit euch besprechen. Wir haben jetzt im Bühnenschweiße unserer Angesichter 1200 Mark zusammengespielt, und ich habe mal ein bisschen herumgefragt: Im Studio von Nathalias Kumpel könnten wir zwei bis drei Tage lang aufnehmen, mischen und so weiter, am Ende hätte man ein anständiges Demo mit vielleicht so fünf, sechs Stücken, hab ich gedacht. Und er hat Ende der Woche Zeit, denn ihm ist eine Band abgesprungen. Der Typ klingt am Telefon zwar so, als ob er mit Daumenabdrücken voll gepatschte Rundbrillen und Motörhead-T-Shirts trägt und seit dem Flaschendrehen in der Vierten nicht mehr geküsst hat, aber die meisten anderen Studios wären teurer oder sind ausgebucht, von daher plädiere ich dafür.

Woher kennst du Heiko?, fragt Nathalia verwundert, du hast ihn hervorragend beschrieben! Aber er ist sehr nett.

Nichts dagegen, sagt auch Conny, und die Schwestern nicken ihr Okay. Also abgehakt, ruf den Heiko-Fritzen doch gleich morgen früh an, sagt Brenda zu Nathalia. Der wird sich freuen. Sag ihm, er soll uns zu Ehren sein schönstes Motörhead-Shirt raussuchen.

Brenda pustet die Backen auf, eine relativ neue Übersprungshandlung, die sie ein bisschen aussehen lässt, als ob ein freundliches Pferd versucht, «Hot House» von Dizzy Gillespie nachzuspielen.

Jetzt aber die andere Sache, sagt sie. Meine lieben Damen: Michaels ehemaliger Studienkollege Marc arbeitet bei einer großen Frankfurter Werbeagentur, so richtig eine mit koksenden, innerhalb weniger Monate ausgebrannten Werbefuzzis, die Designer-Trainingsanzüge tragen und Trendforschung betreiben.

Nathalia guckt verdattert. Auch die Schwestern können noch nicht folgen.

Jedenfalls, fährt Brenda fort, der Typ hat uns in Wiesbaden gesehen, also Michael hat ihn eingeladen, weil er wusste, dass die Agentur gerade einen Act sucht, der eine neue Wimperntusche bewerben soll, eine junge, poppige, coole Tusche, sozusagen. Und was soll ich euch sagen, er fand uns grandios. Und Michael sagt, wir hätten eine realistische Chance, dass er «Mascara!» als DEN Song für DIE Tusche haben will. Also quasi so 'ne Art Imagekampagne. Was sagt ihr nun?

Oh Gott oh Gott, sagt Conny, oh Gott. Der will, dass wir Werbeträgerinnen für Wimperntusche werden? Mit meinen roten Stummeln?!

Hmmmm, macht Nathalia, was kriegt man denn für so eine Nummer? Die schönen Schwestern rufen sofort: Toll, ist doch spitzenmäßig! Dit klingt nach 'ner spitzenmäßigen Jeschichte!

Ich meine, sagt Brenda und pustet zwischendurch nochmal die Backen auf, man sollte sich jetzt nicht zu viel versprechen: Erst mal sehen, was der Typ sagt, wenn er unser Demo hört. Aber prinzipiell, ich meine, würdet ihr Werbung für Wimperntusche machen wollen, das ist doch wohl die Frage hier.

Szene-Tusche, sagt Conny trocken. Genau, Szene-Tusche, sagt Brenda. Ich muss ehrlich sagen, ich fand ja immer mit Neil Young «Ain't singing for Pepsi, ain't singing for Coke» …

Jaaaa, singt Conny und versucht, so angestrengt wie Neil Young zu gucken, «ain't singing for nobody, makes me look like a joke!».

Nathalia nimmt einen Schluck von dem Callapizza-Wein, verzieht das Gesicht und sagt: Ihhhh, verkorkt! Mist!

Erklär doch nochmal, was wir da machen müssten, sagt Conny.

So genau weiß ich das eben auch noch nicht, sagt Brenda und zwirbelt sich ein paar Sekundenlocken in die Haare, es geht wohl darum, einen schönen Tusche-Song zu liefern, und jetzt meinte der Typ in Wiesbaden, wir sollten vielleicht auch noch mitmachen bei dem Spot …

Wie mitmachen, als Make-up-Models?, fragt Conny. Das glaubst du doch wohl selber nicht. Da kann man ja gleich Inge Meysel fragen.

Na nu schließ ma nicht gleich von dir auf andere, wa, sagt Julia gut gelaunt.

Nee, nicht als Models, sagt Brenda, glaub ich nicht, eher als Band oder so … Das kann man ja immer noch sehen. Die Frage ist ja nur, hättet ihr denn überhaupt Interesse an so einem Auftrag? Denn ich bin mir noch gar nicht sicher, ob ich Werbung machen will für so 'n dämliches Produkt …

Also ick find dit super, sagt Julia, und Frederike stimmt ein: Klar würd ick dit machen! Wieso denn nicht! Ist doch fast wie Sponsoring! Willst du vielleicht lieber «Vileda Wischmop präsentiert: Die Beat Bande!». Oder «Die Beat-Banden-Tampon-Tour»?

Nathalia trinkt selbstvergessen nochmal was von dem Korkwein und merkt es diesmal gar nicht. Also mir ist das ziemlich egal, sagt sie, ich hätte schon Lust, mal ein bisschen Geld zu verdienen mit dem Scheiß. Ich mache das schon so lange, und nie kommt was dabei rum.

Conny kraust die Stirn und guckt Brenda an. Ich find das komisch, sagt sie, also tief im Inneren glaube ich, dass Werbung dumm und blöd macht und außerdem von vorne bis hinten lügt, und dass man sich als Künstlerin nicht dem schnöden Mammon zuliebe an irgendeine Marke verkaufen sollte.

Ach Conny, ruft Julia, und was, wenn diese Mascara jetzt wirklich die beste der Welt wäre und aus kurzen Stummelwimpern lange, seidige Modelblickaugen machen würde? Würdste dit dann machen? Denn würdste ja nicht mehr lügen!

So was gibt es nicht, sagt Conny. Und darum geht es auch nicht!

Brenda nickt. Ich weiß schon, was du meinst. Man möchte doch eigentlich viel lieber sozusagen auf ehrliche Art und Weise bekannt werden. Und euch ist ja wohl klar, wieso uns nicht «Demeter Naturjoghurt» oder «Rosenkosmetik ohne Tierversuche» oder so ansprechen: Die haben nämlich kein Geld für so ’n Imagescheiß. Geld haben nur die Bösen, Großen, Globalen.

Jetzt hör aber mal auf, sagt Frederike, seid doch nicht so verdammte Hardcore-Hippies, das ist ’ne einmalige Chance, und wir sollten es auf jeden Fall versuchen!

Julia sagt, weißt du denn, ob für die Szene-Tusche Tierversuche nötig waren? Wie heißt denn die Marke überhaupt?

Metropolitan, sagt Brenda. Von denen hab ich schon mal was gehabt, ruft Conny, so ’n Lippenstift, der war ganz okay, in Lachsrosa.

Ick kenn die auch, sagt Julia, blauer Kajal, is Jahre her. Igitt.

Brenda denkt an das Metropolitan-Logo und versucht sich zu erinnern, ob irgendwo auf den Produkten ein kleines, zitterndes Kaninchen abgebildet ist, mit einem Aufdruck: Ohne Tierversuche. Sie weiß es nicht mehr. Naja, stimmt schon, sagt sie schließlich, es ist ja überhaupt nicht klar, ob dieser Michael-Kumpel und seine blöden Werbekollegen unser Demo nicht sofort kreischend in den Mülleimer werfen. Oder uns vielleicht den Song für teures Geld abkaufen, aber uns auf gar keinen Fall herumzappeln lassen wollen.

Hast Recht, Conny streckt den Nacken und rollt die Schultern nach hinten, um ihre Rückenmuskeln zu lockern, das wäre schon ein bisschen feige, sich nicht mal zu bewerben. Wenn die das gut finden, kann man ja immer noch den Konzern unterwandern, nachgucken, ob die blutjunge Mädels unterbezahlt in Gebäuden ohne Klimaanlage in China schuften lassen und ob sie lang bewimperten Kaninchen Säure in die großen roten Augen tropfen, damit uns das später nicht wehtut …

Auuuuuu!!, schreien die anderen Mädchen.

Und damit wird fast einstimmig, jedenfalls nur zu einem Bruchteil zögerlich, beschlossen, erstens das verdiente Geld in ein beeindruckendes Demo zu stecken, und dieses zweitens unter anderem auch Michaels Werbekumpel in die Hand zu geben.

Die Aufnahmen finden am nächsten Wochenende statt, in einem kleinen 16-Spur-Studio in den Kasematten der Kreuzberger Hochbahn, in dem es riecht wie in einem Gefängnis für inkontinente Roboter, wie Conny bemerkt. Am ersten Tag spielen Conny, Julia und Nathalia sechs Stücke ein: Conny trommelt fehlerlos und voller Elan eines nach dem anderen runter (Ich will schnell wieder raus aus diesem Flaschengrab, sagt sie mit gerümpfter Nase), Nathalia spielt die Rhythmusgitarre direkt in das Mischpult, ohne sie dabei aufzunehmen, denn Heiko will sie lieber am nächsten Tag «overdubben». Julias Bassverstärker hat er dagegen auf das Klo gerollt, da ist der Sound einfach super, behauptet er. Ein Mikrophon steht davor, und sowohl den Schlagzeugsound als auch die Gespenstergitarre und den Bass haben die drei Frauen auf ihren Kopfhörern und können sich so aufeinander einspielen.

Nathalia und Conny sehen extrem professionell aus, beide haben schon mal Aufnahmen gemacht und gewöhnen sich schnell an die Kopfhörer und die etwas komisch klingende DI-Gitarre (Direct Injection, hört sich nach Junkie an, sagt Julia missbilligend). Mit Julias Klo-Bass-Sound ist es etwas schwieriger, denn Julia hat eine andere Vorstellung von Sound als Heiko, der Tonmann, und verspielt sich einfach, wenn ihr etwas nicht passt.

Ick will dit weniger trocken, mehr uffn Punkt, sagt Julia. Heiko schleicht um die Ecke in den Aufnahmeraum (es gibt keine Gegensprechanlage im Studio) und baut sich vor Julia auf: Willst du klingen wie Level 42?, fragt er.

Nein, schreit Brenda aus der Abhöre, das will sie nicht, sie will klingen wie der Bassist bei Otis Redding! Julia, versucht es Brenda dann selbst, wir können an deinem Sound noch stundenlang herumschrauben, wenn wir das Ganze mischen ... Wir haben nicht so lange Zeit, wir sind nicht die Stones, die «Sympathy for the Devil» aufnehmen!

Aber Julia ist noch nicht zufrieden. Heiko rollt den Bassverstärker von der einen Ecke der Toilette in die andere, dann unter das kleine Fenster, dann unter das Waschbecken, schließlich direkt an die Kloschüssel. Und da gefällt Julia der Sound plötzlich. Nicht mehr so trocken, sagt sie, irgendwie viiel besser!

Heiko murmelt etwas, das in Connys lautem Trommelwirbel untergeht. Die ersten fünf ausgewählten Stücke haben die drei am zweiten Nachmittag eingespielt, beim sechsten gibt es fast einen Eklat, weil ein Freund von Heiko, der vorbeikommt, «um zu kieken, wat die Schwestern so machen», natürlich nicht weiß, dass es in «Squaw» einen wunderbaren Schlagzeugbreak gibt, in dem alle anderen Instrumente für fast zwei Minuten ruhen, während sich Conny in Rage trommelt. Ausgerechnet in diesem Break geht der Heiko-Freund zur Toilette, in der der Bassverstärker gerade schweigt, stellt sich an die aufgeklappte Schüssel (wenn der Idi sich hingesetzt hätte, wär dit nicht passiert, dann hätte man dit nicht jehört, zetert Julia später) und versaut den schönen Take mit seinem Strahl, der von dem Mikrophon als plätscherndes Störgeräusch mit auf dem Masterband verewigt wird.

Aber am frühen Abend können Nathalia, Brenda und Frederike anfangen, die Gitarren- und Orgel-Overdubs zu machen. Nathalia hat sich am besten vorbereitet, sie hat ein wunderbares Saxophonsolo für «Have Love Will Travel» einstudiert und spielt ohnehin einen Sound, der Brenda (und sogar dem stoischen Heiko) die Tränen in die Augen treibt. Brendas Orgel abzunehmen ist ebenfalls kein großes Problem, Leslie klingt klasse, Brenda ist zwar nicht wirklich zufrieden mit allen Orgelsoli, das war schon mal sexier, sagt sie zu sich, viel sexier, denk doch mal an Jimmy Smith, nicht immer an «Whiter Shade of Pale». Sie verbietet sich aber musikalische Eitelkeit und lässt irgendwann einen Take stehen. Im Hintergrund schrammelt Frederike währenddessen recht timingfest ihre Riffs herunter, und es klingt «klasse altmodisch», behauptet Heiko, er hat ihr extra einen alten Röhrenverstärker hingestellt und weist jede Stunde einmal kurz darauf hin, wie brillant der Klang sei.

Am letzten Abend singt die Beat Bande die Backgrounds ein, besser gesagt, Brenda kauft eine Kiste Crémant-Sekt (ich wollte eigentlich Eierlikör mitbringen, kichert sie Conny an), und nach der halben Kiste schreien, jammern und gackern die Damen, als ob sie ihr Leben auf der Bühne hinter James Brown verbracht hätten: «Mascara!!» wird in der höchsten Tonart gepiepst, «Have Love Will Travel» klingt, als ob eine Aufreißer-Crew auf große Fahrt geht. Auf dem breiten, schwarzen Masterband sind nun «Mascara!», «Have Love Will Travel», «The Stripper», «Squaw», «Brainwashed» und «Chicken Rhythm» in Spitzenversionen. Klasse, sagt Heiko, der während der drei Tage kaum mehr als Vier-Wort-Sätze herausgebracht hat, das hat echt Power. Das ist super. Wette, ihr werdet 'n Hit.

Ob wir mehr eigene Songs hätten nehmen sollen?, fragt Brenda Conny später, als Nathalia, Frederike und Julia schon nach Hause gegondelt sind und Heiko noch ein paar Kabel zusammenrollt und dabei etwas vor sich hin zu summen scheint, was mit etwas Phantasie wie Nathalias geniales Gitarrenriff aus «Squaw» klingt. Brenda leert den Rest Crémant aus der letzten Flasche in zwei fettige Plastikbecher. Hab ich auch schon gedacht, sagt Conny, nicht, dass wir uns als so 'ne blöde Coverband verkaufen … Aber die Songs sind gut!

Stimmt, sagt Brenda. Pass auf, wir stoßen jetzt an, und wenn's nicht klingt, wendet sich alles zum Besten, in jeder Beziehung.

Okay, sagt Conny und hebt ihren Becher. Es macht ein fast unhörbares «Plock», als die beiden Campinggläser zusammenstoßen. Uijuijui, kichert Brenda, am besten, ich besorg mir schon mal 'ne größere Wohnung, sonst weiß ich nachher gar nicht, wohin mit dem Geld …

Gib's mir, sagt Conny, ich spende das dann Waisenhäusern und dem Grabmal des unbekannten Seemanns. Und für den Rest kauf ich dir Stiefel.

Die beiden singen zur Feier des Tages eine Strophe von «War einst ein kleines Segelschiffchen, das fuhr noch nie, nie, nie, noch nie zur See, ohee ohee». Sie fassen nochmal bewundernd das Masterband an. Sieht aus wie in deinem Beatles-Recording-Book, sagt Conny. Dann raffen sie sich auf und gehen beziehungsweise nehmen die U-Bahn nach Hause. Und der letzte Witz, der in Brendas ausgelaugtem und trotzdem auf wundersame Weise mit Musik gefülltem Hirn entsteht, ist der, dass sie «Ich fahr schon mal vor!» zu Conny sagt, als sie sich auf den U-Bahn-Sitz vor Conny fallen lässt.

Drei Wochen später, an einem windigen Dienstagmorgen, als Brenda gerade zum zehnten Mal in ihrem Leben einen Abi-Albtraum hat (sie ist mit Bravour durch das Abitur gekommen, und trotzdem hat sie regelmäßig diesen Traum, in dem sie viel zu spät in ihrer Schule auftaucht, um festzustellen, dass sie keinen einzigen der Kurse, die sie hätte nehmen müssen, je besucht hat, der Stundenplan vor ihr wimmelt von unauffindbaren Räumen, und außerdem rennt die Uhr wie auf einem Magritte-Bild), an diesem unschönen Dienstagmorgen wird Brenda von dem Drringdrring ihres alten Telefons geweckt. Michael ist dran und schreit gleich los: Breeendaa! Marc aus Frankfurt hat mich gerade angerufen! Seine Werbeagentur fand euer Demo super, die haben ein Konzept entwickelt, bei dem ihr auch mitmachen sollt, als Darstellerinnen, jedenfalls, das klingt alles unglaublich!!

Brenda rubbelt sich schlaftrunken die Nase, dann zwirbelt sie sich eine Haarsträhne, und dann fängt auch schon ihr eben aufgewachtes Bein an zu zucken.

Also nochmal langsam, für eine alte Frau, sagt sie, die fanden das gut? Und jetzt sollen wir ins Fernsehen?

Lass uns mal treffen, dann reden wir über alles, sagt Michael, ich komme gleich zu dir, okay? Halbe Stunde, sagt Brenda, die Angst hat, die Kontaktlinsen nicht schnell genug in ihre kleinen

Morgenaugen quetschen zu können. Okay, sagt Michael und legt auf. Fünfzehn Minuten später klingelt er schon, weswegen Brenda noch in einem weiten «Rude Girls»-Ska-Schlaf-T-Shirt und mit ihrer ollen Kurzsichtigen-Brille auf der Nase die Tür öffnet. Na, du siehst ja lustig aus, sagt Michael als Begrüßung, wie 'ne sexy Sekretärin, die bei einem von The Selecter aufgewacht ist.

Ich wäre aber lieber bei einem von den Specials aufgewacht, gähnt Brenda, bei Terry Hall zum Beispiel.

Das ist ein schönes Thema, sagt Michael, aber soll heute mal nicht unseres sein. Pass auf, Häschen: Marcs Agentur lädt uns, dich als Vertreterin der Band und mich als euren Manager, ein, um über einen Vertrag zu verhandeln: Sie nehmen eure Version von «Mascara» für ihre Wimperntusche-Werbung, und ihr spielt im Werbespot mit. Und das heißt: Wir müssen bald über 'ne richtige Plattenveröffentlichung nachdenken, wenn das Ganze läuft. Damit ihr mit dem Stück auch in die Charts einsteigt!

Warte doch erst mal, sagt Brenda und setzt eine Kräutertee-Mischung auf, die «Katerkiller» heißt, nicht so schnell, wir waren uns in der Band noch nicht mal einig, ob wir überhaupt für Szene-Tusche werben wollen. Das kommt jetzt ein bisschen schnell …

Brenda, sagt er, kneifen geht jetzt nicht, du hast ja noch gar nicht gehört, was die anbieten.

Nee, sagt sie, hab ich noch nicht. Sie schüttelt profimäßig ihre braungelb verfärbte Teesocke aus, um ganz ruhig zu wirken, kann aber nicht verhindern, dass vor Aufregung ihre Nasenflügel beben.

Halt dich fest, sagt Michael. Nur für eure Coverversion von dem Song wollen die schon mal 50 000 Öcken zahlen, 50 000 für die Ausstrahlung in Deutschland! Und dann gibt's noch was, falls das mit dem Werbespot klappt.

Brenda muss sich setzen, so früh über so viel Geld zu verhandeln ist nichts für ihren Kreislauf. 50 000 klingt natürlich extrem viel, sagt sie, ich hab aber keine Ahnung, ob das ein normaler Preis ist … ich meine, du bist doch hier der Kommunikations- und Marketing-Checker, ist das eine normale Summe für einen Song?

Also das ist schon normal, sagt er, wobei auch schon mehr gezahlt wurde, aber das ist ja kein eigener Song von euch, und die Rechte an dem Song liegen nicht bei euch, sondern bei Top Records. Da waren The Champs nämlich damals, Marc hat sich schon erkundigt. Ihr verkauft denen ja quasi nur die Rechte an dem Cover. Ich hab keine Ahnung, was Metropolitan schon an Top Records zahlen musste. Ich glaube, die wollen das irgendwie so deichseln, dass sie nur für die Musik zahlen und nicht für den Text.

Welchen Text, sagt sie, reden wir über das gleiche Stück? «Mascara!» beziehungsweise «Tequila!» sind doch wohl Instrumentals …

Ja, aber genau darum geht es, um den Refrain: Metropolitan will den Deal machen, weil sie sagen, das, worum es in dem Stück geht, das übernehmen sie schließlich nicht, sondern das wollen sie von euch.

Und wieso lassen sie nicht einfach ein paar Studiomusiker den Song einspielen und «Mascara!» brüllen? Ist doch bestimmt noch billiger, fragt sie misstrauisch.

So einfach ist das nicht, sagt Michael, und so billig auch nicht, und außerdem wollen sie euch richtig als Band featuren, wie ich das verstanden habe.

Puh, sagt Brenda und verbrennt sich die Zunge am Katerkiller-Tee. Ich meine, das ist natürlich eine Ehre, ich fühl mich geschmeichelt, 50 000, mannomann, da muss eine alte Frau lange für stricken … Aber andererseits, das ist ja genau das, worüber wir uns neulich unterhalten haben: Die Beat Bande, sponsored by Metropolitan Cosmetics. Und dann womöglich auch noch Fake-Aussagen von uns im Werbespot, ich benutze den Extreme Lash Mascara Nummer drei in Ultramarinbleu, oder wie?

Ich glaube, so macht man Imagekampagnen, nickt Michael.

Ach Micha, sagt sie, würdest du das machen? Für eine Rasierklinge deine Fresse auf ein Plakat drucken lassen?

Am Ruby Club hängen drei verschiedene Getränkewerbungs-Wimpel, sagt er, was meinst du, was ich schon die ganze Zeit mache …

Aber das ist doch nicht das Gleiche, wie persönlich für etwas den Kopf hinzuhalten, sagt sie. Die Bier- und Whiskey-Fahnen am Ruby Club machen doch Sinn, schließlich trinken alle genau die Plörre. Ich benutze aber gar keine Metropolitan-Produkte!

Und da denkst du, du bescheißt den Verbraucher, fragt er mit einem sarkastischen Unterton.

Brenda seufzt und denkt an ihren unbenutzten Hormocenta-Cremetiegel im Bad. Ich komme mir vor wie ein alter Ökodiktator, der keine Fischstäbchen isst, weil Iglo Wale tötet, sagt sie. Irgendwie hab ich wirklich was gegen diesen Image-Schmu mit der gekauften Hipness und Jugendlichkeit, von wegen «Wir haben die coolste Frauenband und sind darum auch die coolste Make-up-Firma».

Mensch, Brenda, den Satz schick ich gleich Marc, genau so was suchen die, grinst Michael.

Ich rede mal mit den anderen, sagt sie, ich kann das alles ohnehin nicht jetzt und alleine entscheiden. Okay?

Okay. Er gießt sich endlich auch einen Tee ein und nimmt dann Brendas Brille in die Hand. Ich schätze mal, zwei Komma fünf und drei, stimmt's?, fragt er neckisch. Drei und drei Komma fünf, seufzt sie und kann das unangenehme Gefühl nicht unterdrücken, das entsteht, weil Michaels und ihre Meinung das erste Mal richtig weit auseinander klaffen.

Um sich abzulenken und in Ruhe nachdenken zu können, besucht Brenda am Nachmittag einen der wichtigsten Männer in ihrem Leben: den Schuster. Der Schuster nennt sich «Absatzkönig», das hat er jedenfalls auf das gelb-orangefarbene Schild an der Werkstatt in der Katzbachstraße drucken lassen, und ist ein junger Türke aus einem Dörfchen in der Nähe von Antalya, in dem es ungefähr dreizehn Autowerkstätten gibt. Brenda weiß das, weil sie mindestens einmal pro Monat, manchmal öfter,

Stiefel dort abgibt, und sehr gerne dabeibleibt, wenn er sie repariert. Sie ist jedes Mal fasziniert davon, wie konzentriert der junge Mann arbeitet. Er wirbelt hinter der kurzen Ladentheke herum, bedient mehrere nach Terminator-Presse aussehende Maschinen gleichzeitig, schleudert ein Paar dunkelbraune, neu besohlte Männerhalbschuhe auf ein Ablageregal, prüft mit der rechten Hand nach, ob die Leiste an einer türkisfarbenen Plateau-Sandale schon trocken ist, und presst zwischendurch eine Schuhspitze mit 120 Atü zusammen. Das alles mit so sparsamen, graziösen Bewegungen, dass eine von Übersprungshandlungen gebeutelte Grobmotorikerin wie Brenda vor Neid Nasejucken bekommt. Während der vielen Stiefelreparatur-Besuche hatte sie oft genug Zeit, die Wände in dem klitzekleinen Lädchen zu inspizieren: Neben der Eingangstür hängt eine Schuheinlegesohlen-Werbung von 1965, auf der sich ein Kotelettenmann, der aussieht wie Gunter Sachs, eine Einlegesohle vor die Nase hält und sagt: «Mmmmmh, diese Geruchsfresser, einfach phantastisch!» Daneben baumeln ein paar verstaubte Fahrradschlösser, etwas weiter unten ist ein Regal mit Schuhcreme angeschraubt, die «Schottenglanz-Schuhwichse» heißt. Und genau in Nasenhöhe hinter die Theke hat der Absatzkönig einen Kalender gepinnt, der, seit Brenda denken kann, auf der «Januar 1988»-Seite aufgeschlagen ist. Das Foto zeigt einen kitschigen Sonnenuntergang über einer steppenartigen, dunklen Gegend. Eigentlich kann man nicht viel erkennen.

Mein Dorf, hatte der Absatzkönig Brenda aber schon beim zweiten Besuch stolz aufgeklärt und mit einer dramatischen Geste auf das Foto gedeutet. Um das Motiv herum sind Autowerkstättenwerbungen gedruckt, auf Türkisch, aber man versteht, worum es geht, weil bei drei der Anzeigen kleine, kaputte Autos zu sehen sind, mit gemalten Gesichtern auf den Kühlerhauben, die traurig und verwundet gucken, über einem weht sogar eine türkische Flagge.

Macht denn bei euch im Dorf jeder in Autoreparaturen?, hatte Brenda damals gefragt. Ja, fast alle, hatte der Absatzkönig erklärt, nur meine Cousin hat Schuhmacherei. Darum musste ich dort weg. Konkurrenz. Aha, hatte sie etwas irritiert genickt und zugeguckt, wie der Absatzkönig sich wieder seinen rätselhaften Maschinen zuwandte und konzentriert mit rechts an einer Kurbel kurbelte, damit der Absatz an ihren weinroten Wildlederstiefeln ein paar weitere Winter überstehen kann.

Seit ihren ersten Besuchen ist sie ein großer Fan vom Absatzkönig, sie hat außerdem gemerkt, dass sie hervorragend nachdenken kann, wenn er still vor sich hin werkelt, dazu leise ein türkischer Mittelwellensender plärrt und hin und wieder die plötzlichen Maschinengeräusche, die Presse oder der Schleifsound der rotierenden Bürsten die Atmosphäre würzen.

Heute zieht Brenda ihre Sorgenkinder an, die alten, gelben Knautschlederstiefel, und schlendert damit zum Absatzkönig. Ein Problem mit Knautschleder ist, dass es ohnehin keine lange Lebensdauer hat, und Brenda hat diese Stiefel vor fünf Jahren gebraucht gekauft, das bedeutet, dass sie mindestens ein Vierteljahrhundert auf dem Schaft haben. Das andere Problem ist die Größe: Eigentlich sind ihr die Stiefel um etwa eine halbe Nummer zu klein, Stehstiefel nennt sie so etwas, man kann sich hin und wieder hineinquetschen, aber dann nur einen Abend darin verbringen. Wie Aschenbrödel, denkt sie, um Mitternacht ist der Spuk vorbei, die Kutsche wird wieder zu weißen Mäusen und 'nem Kürbis und ich muss raus aus den Schuhen … Weil Knautschleder so empfindlich ist, leidet es besonders unter Brendas stattlichen 42er-Füßen, und da, wo die großen Zehen sitzen, platzt die zarte Naht zwischen Leder und Sohle regelmäßig auf.

Sie hockt sich auf den Barhocker an der Theke, zieht die Stiefel aus, legt sie neben die alte Registrierkasse und sagt, hallo, einmal wie immer, bitte! Hallo, sagt der Absatzkönig würdevoll und schmeißt mit einer eleganten Bewegung einen soeben glatt polierten Damenpumps zielgenau auf das Brett, isch hab gedacht, du bist mir untreu … bestimmt fünf Wochen nicht hier gewesen!

Nee, antwortet sie, ich hatte bloß zu tun, aber keine Angst, solange ich da bin, wirst du bestimmt nicht arm …

Brenda (ganz links mit Triangel) in ihrer ersten Damenformation bei einer Aufführung von Rachmaninovs Klavierkonzert No. 2 in c-Moll (1975)

Die schönen Schwestern Julia (links) und Frederike (bemerkenswert: die Bass-Melodica) 1982

Conny war bereits mit zweieinhalb Jahren unglaublich timingfest

*Nathalia (rechts)
bei ihrem ersten Auftritt
in der Ex-DDR*

*Brenda
in ihrer kurzen
Boogie-Woogie-
Phase
bei einer Neu-
interpretation
von «Honey-
suckle Rose»*

Beat Bande

1.1.1997 live im Freien Theater Berlin

21 Uhr, AK 9 DM

gesponsert von: Metropolitan Cosmetics

Das Plakat zum letzten Beat-Banden-Konzert
(nur noch sehr selten zu finden heutzutage!)

Tja, sagt der Absatzkönig, aber auch nicht reisch, ha … Er lacht trocken, guckt sich die Stiefel an, schaut einmal kurz und ein wenig resigniert zu ihr rüber und macht sich schweigend an die Arbeit. Sie verschränkt die besockten Füße hinter der Fußlehne des Hockers und guckt sich im Laden um. Ach ja, unterbricht sie der Absatzkönig, isch hab neue Service für Kunden: Uonsaisfitsoll-Schuhe, damit du kannst herumlaufen, willst du? Er hält ein paar grau gewaschene Hotellatschen hoch, aber Brenda sagt, ach nee, schon gut, ich sitz ganz gerne hier und warte.

Der Schuster zuckt die Achseln und macht weiter. Sie lehnt sich an die Geruchsfresserwerbung, rubbelt sich ein bisschen die Nase und denkt über das Gespräch mit Michael nach. Einerseits, überlegt sie, ist so etwas doch wirklich DIE Chance des Jahrtausends. Wenn man mit einer Band Geld verdienen möchte, dann muss man schließlich in die Öffentlichkeit, und das heißt ab in die Glotze. Aber andererseits, verdammt, in so 'nem dämlichen Szene-Tusche-Werbespot mitmachen? Wer weiß, wie die uns da haben wollen … Dann versucht sie sich zu erinnern, wann dieses leicht unangenehme Gefühl anfing, das mit der Uneinigkeit zwischen ihr und Michael zusammenhängt. Mensch, Brenda, du bist aber auch eine Heulsuse, sagt sie sich, oder ist das Harmoniesucht? Du streitest dich doch so gerne normalerweise! Aber da geht's um was anderes, Wichtigeres, widerspricht ihr eine unsichtbare, gewissenhafte Geister-Brenda, was willst du mit 'nem Typen, der deine Band für eine verdammte Wimperntusche verkaufen will, bei der noch nicht mal geklärt ist, wie viele Karnickel schon ihretwegen geweint haben.

Jetzt reicht's aber, raunt der pragmatischere Brenda-Teil, man weiß überhaupt noch nichts Genaues, nun nimm dieses Angebot doch erst mal als Chance und reg dich auf, wenn's so weit ist. Und Michael schlägst du dir jetzt sofort aus dem Kopf, denn: Kein Sex im Büro! Hände weg vom Manager.

Sie seufzt und greift in ein verstecktes Fach unter dem Tresen, in dem der Absatzkönig immer ein paar Bücher für die Kunden aufbewahrt, die ihre Schuhe abgeben und im Laden warten, bis sie fertig sind. Sie ist jedes Mal erstaunt über die Literaturauswahl in der Schusterbibliothek: Einmal hat sie «Die Kinder von Torremolinos» von James Michener hier angefangen, ein anderes Mal «Über die Liebe» von Charlotte Brontë. Heute zieht sie «Crash» von J. G. Ballard aus dem Fach. Auf Englisch. Sie beginnt zu lesen, und eine halbe Stunde später, im fünften Kapitel, als der Protagonist mit seiner Freundin Catherine mit 90 Meilen über eine nächtliche Avenue brettert und Unfälle sucht, sagt der Absatzkönig: So, fertig, und stellt die gelben Stiefel auf den Tresen. Man sieht nichts mehr von der aufgeplatzten Naht, das zerfledderte Knautschleder hat er vorsichtig wieder an die Schuhspitze geklebt, außerdem hat er die Sohlen erneuert.

Wenn ich dich nicht hätte, sagt Brenda und überlegt zum hundertsten Mal, dass sie im nächsten Trödelladen mal nach dem Buch «Die roten Schuhe» gucken muss, um es ihm in das Bücherfach zu stellen. Macht acht Mak fünfzig, sagt der Schuster, und Brenda denkt, Mann, jetzt hat er über eine halbe Stunde gewerkelt und kriegt bloß acht Mark fünfzig dafür … Und wir sollen für dieses dumme Stück, das noch nicht mal von uns ist, 50 000 bekommen … Aber der Gedanke blitzt nur kurz auf, denn ihr Hauptgedanke ist die Freude über ein paar alte, verbrauchte Stiefel, die schon über so manches Pflaster geschlendert sind und die man gerade noch einmal vor dem Wegwerfen gerettet hat.

Sie legt die Münzen auf den Tisch und zieht ihre Stiefel wieder an. Tschüs, sagt sie, bis bald. Auf dem Nachhauseweg ist sie besserer Laune, das muss ein Zauber sein, denkt sie, den der Schuster heimlich mit einem praktiziert. Irgendwie gehe ich da immer gut gelaunt raus. Ich glaube, ich versuch's bald sogar mal mit Liebeskummer.

Wie nennt man, fragt Brenda am übernächsten Freitag Conny, eigentlich das Phänomen, wenn einem eine bestimmte Sache, oder auch ein bestimmter Mensch, an die oder den man jahrelang nicht gedacht hat, plötzlich innerhalb einer kurzen Zeit andauernd begegnet?

Ich weiß, was du meinst, ruft Conny eifrig und lässt sich neben ihr auf den S-Bahn-Sitz plumpsen. Die beiden wollen an diesem regnerischen Tag in den Botanischen Garten fahren, denn da ist heute bestimmt nichts los, hatte Brenda am Telefon gesagt, und das ist eine dieser Sachen, die man als Berliner sonst nie macht!

Stimmt, hatte Conny geantwortet, genau wie in dieses komische Theaterstück gehen, «Ich war es nicht, Adolf Hitler ist es gewesen», oder in das Wühlmäuse-Kabarett.

Oder zu «Joe am KuDamm», oder zum Wannsee, hatte Brenda gesagt.

Da war ich schon ganz oft, hatte Conny dagegengehalten, zum Schwimmen!

Iiih, hatte Brenda sich geschüttelt, ich finde, der riecht nach Leichen!

Um zumindest den nicht nach Leichen duftenden Botanischen Garten mal von der Liste zu streichen, haben sie sich am S-Bahnhof Yorckstraße verabredet. Außerdem möchte Brenda Conny von den Verhandlungen mit der Frankfurter

Werbeagentur erzählen, die in der letzten Woche stattgefunden haben.

Also dieses mysteriöse Wiederbegegnungs-Phänomen würde ich mal «mysteriöses Wiederbegegnungs-Phänomen» nennen, schlägt Conny jetzt gut gelaunt vor, ich hatte das neulich mit dem Ausdruck «den starken Max machen». Den hab ich seit meiner Kindheit nicht mehr gehört, und plötzlich benutzen ihn gleich zwei Leute im Gespräch, und ich les ihn auch noch in einer Zeitung!

Ich hatte das vor ein paar Tagen mit Kefir, sagt Brenda, ich denke sonst nie an Kefir, und Montag steht ein leerer Kefir-Becher vor meiner Haustür, am gleichen Tag ruft mein Bruder an und erinnert mich, wie ich früher mal einen Kefirpilz in einer dunklen Küchenschrankecke vergessen habe, das war vielleicht mal eklig, als meine Mutter den nach vier Monaten gefunden hat, der stand nämlich hinter dem stark entölten Kakao, den man ja auch nie benutzt. Jedenfalls, in dem russischen Roman, den ich gerade lese, trinken die gerade auch jede Menge Kefir.

Tja, auf dem Balkan gibt es viele Hundertjährige, sagt Conny, und das haben die alles dem Kefir zu verdanken.

Die Frage ist doch jetzt, sagt Brenda, hat man das Bild vom Kefir so deutlich im Kopf, dass andere das merken, also zum Beispiel mein Bruder, oder sucht man sich dann unbewusst Romane, die in Kefirländern spielen? Lach nicht, stupst sie Conny an, ich glaube das ja auch nicht!

Du meinst, wie in diesem Vincent-Price-Film, sagt Conny, in dem sich das Abbild des Mörders auf den Pupillen des Opfers eingebrannt hat, und so kann der Inspektor den Mörder dingfest machen. Mach doch mal die Augen auf! Sie dreht sich zu Brenda um, und die reißt ihre Augen so weit auf, dass die Kontaktlinsen ganz erstaunt aufatmen. Und, ist da ein Bild von Dr. Phibes, fragt Brenda, oder steht da «Müllers Kefir»?

Neiiinnnn, nicht ganz, sagt Conny, aber ich sehe einen Becher Ayran …

Conny und Brenda kichern, und Brenda klappt ihre Augen

schnell wieder auf normale Größe zurück, bevor die Linsen Staub anziehen können. Ich glaube, philosophiert Brenda, dieses mysteriöse Wiederbegegnungs-Phänomen ist genau das Gegenteil von diesem anderen Phänomen, bei dem plötzlich allen Leuten in einem Raum kollektiv ein Wort oder ein Name nicht mehr einfällt, so wie bei uns letztens das Wort «Koprolalie», erinnerst du dich?

Was bist du heute vergeistigt, sagt Conny, ich glaube, bei «Koprolalie» war das neulich eher so, dass außer dir Hobby-Exotik-Krankheiten-Ärztin noch nie jemand davon gehört hat. Außerdem darfst du mich jetzt nicht weiter auf die Folter spannen! Wie war's denn nun in Frankfurt?!

Gut und schlecht, beziehungsweise gut und super und trotzdem, ach Conny …

Der Zug hält, und auf dem Weg zum Botanischen Garten und ungefähr bis zur Höhe des italienischen Gartens, durch die gesamten Sumpfschlingpflanzen und das Tropenhaus hindurch erzählt Brenda von dem Gespräch mit der Werbeagentur und Metropolitan Cosmetics.

Also wir sind da hingeflogen, erster Klasse, Fläschchen Schampus und freie Radiosenderwahl, fängt sie an. Am Flughafen hat Marc uns abgeholt und in sein Büro gefahren. Außer Micha und Marc und mir waren da noch zwei andere Leute, alles todschick in so 'ner Büroetage, ich würd das mal «lichtdurchflutet» nennen, samt bakterienverklebtem Wasserspender, automatischen Rollläden und allem Pipapo, wie sich's gehört eben. Marc, Micha, dann noch einer von der Agentur und ein komischer Grauhaariger mit langen Nackensträhnen von der Kosmetikfirma. Keine andere Frau hier, hab ich gleich gedacht.

Kann doch auch 'n Vorteil sein, sagt Conny.

Weiß nicht, sagt Brenda. Jedenfalls gab's erst mal Kaffee und Kekse und Komplimente, wie toll ihnen unser Demo gefallen habe und wie super unsere Cover-Idee sei, und Marc, den ich ja echt 'n büschen komisch finde, kriegte sich gar nicht mehr ein darüber, wie super wir doch live seien …

Na, der Mann hat Geschmack!, ruft Conny und dann: Hey, Lurchi, schleich dich!, denn sie tritt fast auf einen kleinen Feuersalamander, der vor ihr den Gartenweg kreuzt. So soll das sein!

Wart's ab, sagt Brenda. Dann also Tacheles. Sie hätten sich mit den Rechteinhabern des «Tequila»-Songs geeinigt, wir dürften davon eine Bearbeitung machen, so nennt man das wohl.

Geeinigt finanziell? Oder was heißt das?, fragt Conny.

Denke schon, antwortet Brenda, aber über den Preis haben die nichts gesagt. Aber, jetzt such dir schon mal 'ne Parkbank zum Hinsetzen: Für eine Bearbeitung würden wir 50 000 Mark Bandhonorar bekommen, abzüglich Michas 15 Prozent. Und eine weitere Summe geht an eine Plattenfirma, mit der wir das Stück aufnehmen würden, um es später zu verkaufen.

Conny bleibt direkt neben einer merkwürdigen, großen Pflanze mit Namen Anthurium Cubense stehen und kneift Brendas Arm. 50 000?!, echot Conny und stützt sich an der komischen Pflanze ab, um gleich darauf angeekelt die Hand wieder zurückzuziehen. Boah, boah, boah. Sie zündet sich eine Zigarette an und pustet den Rauch an den Anthurium-Cubense-Stamm.

Pass auf, geht noch weiter, sagt Brenda. Die wollen unbedingt, dass wir bei einem Werbespot mitmachen, die wollen für die Scheißtusche einen Videoclip mit uns zusammenstoppeln, bei dem man uns als Band sieht und halt hin und wieder nah unsere toll geschminkten Augen, und natürlich den Song hört.

Unglaublich, murmelt Conny, dass das so klappt, das kann doch gar nicht sein!

Jetzt sag mal, Brenda zieht Conny unter einen Baum, denn es beginnt zu regnen, was meinst du, sollen wir das alles so machen?

Klaaaaaar!, schreit Conny, klar machen wir das! Mensch Brenda, ich hab mir die ganzen letzten Tage Gedanken gemacht über die Moral von der Geschicht, und weißt du was? Das ist einfach 'ne Riesenchance, wir verkaufen nicht uns, sondern unsere Musik, so wie wir das vorhatten, und wir wären dumme kleine Heulsusen und Totaldeppen, wenn wir da nicht ja sagen! Abgesehen davon, dass wir doch auch gar keine andere Wahl haben –

oder hat eine von uns vielleicht einen Megajob, den sie dafür aufgeben müsste? Hmm?

Brenda seufzt. Ja, ich weiß, sagt sie. Ich hab übrigens nach Tierversuchen gefragt, das war 'n bisschen peinlich, und der Firmenvertreter hat gemeint, wir sollten uns keine Sorgen machen, die Inhaltsstoffe dieser Tusche seien schon «ausgetestet», und kein Karnickel müsste unseretwegen weinen.

Mann! Conny hört gar nicht mehr richtig zu. Lass uns mal sofort die anderen anrufen und 'ne Kiste Sekt kalt stellen! Was sagt denn Micha zu der Geschichte?

Tja, Brenda fängt ganz plötzlich an, sich wie verrückt die Nase zu rubbeln, außerdem wird sie rot und bläst die Backen auf. Der wusste das natürlich schon und ist begeistert.

Sag mal, Herzchen, fragt Conny, was ist denn eigentlich nach dem Treffen passiert? Ihr seid doch erst 'n Tag später zurückgeflogen, stimmt's?

Ja, frag mich mal, was passiert ist, murmelt Brenda, sich noch stärker die Nase rubbelnd.

WAS IST PASSIERT, hmmmm???, macht Conny.

Frag mich nicht, stöhnt Brenda. War doch wohl klar: Wir haben danach gefeiert, uns total gefreut, haben so 'ne nette kleine Rockabilly-Bar in Frankfurt gefunden, saßen da fast die ganze Nacht, und, was soll ich sagen, knodge knodge, knick-knack, am nächsten Morgen bin ich im falschen Hotelzimmer aufgewacht.

Hihihiiii!, kichert Conny, hihi! 1000 Mal berührt, singt sie, 1000 Mal ist nix passiert, 1000 und eine Nacht, und es hat Zoom gemacht! Wie war's denn?

Ach Conny. Brenda legt ihre Stirn an Connys feuchten Oberarm, denn inzwischen hat der Regen das Baumdach durchnässt, und es tropft in dicken, kühlen Tropfen auf ihre Köpfe. Das Laub fängt an, in seinem feuchten Zustand so frisch zu duften wie ein Wunderbäumchen.

War natürlich super, sagt Brenda gequält und trotzdem lächelnd. Das war einfach – so wie's sein soll. Habe absolut nichts auszusetzen! Stell dir das so vor wie in einem kitschigen Liebesfilm mit Ralph Fiennes oder so, sich in Laken krallende Hände, die gesamte Palette! Aber am nächsten Morgen war's komisch beziehungsweise peinlich, beziehungsweise, ich hab gedacht, das durfte einfach nicht passieren, nicht, wenn es jetzt so losgeht mit der Band. Und im Übrigen möchte ich drauf hinweisen, dass du erstens wie ein Massengrab schweigen musst, und zweitens, wenn du noch einmal in meiner Gegenwart Klaus Lage zitierst, kannst du dir 'ne andere Freundin und Organistin suchen.

Hihihi, Conny grinst immer noch. Ich sag nichts, keine Angst. Ich vertraue darauf, dass ihr eure Gefühlsduseleien schön aus dem Proberaum und dem Büro fern haltet. Das schaffst du schon, Brenda, du bist doch cool!

Ich weiß ja noch nicht mal, was daraus wird, sagt Brenda und guckt Conny mit einem Blick an, um den sie jeder Mime beneiden würde, so viele verschiedene Empfindungen machen sich darin breit. Ich weiß einfach nicht, was jetzt passiert.

Natürlich passiert eine Menge in den nächsten Wochen. Erstens unterschreibt die Beat Bande einen Vertrag mit einer Frankfurter Werbeagentur über die Bearbeitung des Millionenhits «Tequila!» von The Champs, 1958 monatelang Platz eins der R&B- und Pop-Charts und Wegbereiter einer jahrelang anhaltenden Instrumental-Welle, die außer den Champs noch Bands wie Johnny and the Hurricanes, Link Wray and His Raymen und Sandy Nelson hervorbrachte. Ihre Version des Songs wird «Mascara!» heißen und in einem Werbespot für eine neue, wasserdichte und Wimpern verlängernde Wimperntusche der Firma Metropolitan Cosmetics («Extra-Volumen-Mascara») laufen. Das Cover wird die Beat Bande im Januar 1995 mit der Plattenfirma Circle Records aufnehmen, einem kleinen, feinen Label mit Sinn für olle Kamellen, wie sich der Chef ausdrückt, Circle Records will natürlich eine ganze CD mit der Beat Bande herausbringen, damit, falls «Mascara!» durch den dazugehörigen Werbespot ein grandioser Megahit wird, man schnell eine Platte nachschieben kann.

Und zweitens ruft Michael Brenda ein paar Tage nach ihrer verbotenen Liebesnacht an, um sich mit ihr zu treffen. Vielleicht am besten an einem neutralen Ort, schlägt sie vor, weil sie Angst hat, wie eine Stummfilmschönheit ohnmächtig zu werden, wenn er sich ihr in ihrer oder seiner Wohnung (in der es natürlich ein Bett gäbe ...) nähert und seine moschusartigen Suchtstoffe ausdünstet. Gut, sagt er, acht Uhr in der Cafeteria der Urania? Da ist unten gerade eine Raumkreuzer-Ausstellung drin, die ist umsonst ...

Super, sagt sie etwas kläglich, das wollte ich mir ohnehin angucken.

Um kurz nach acht schlendern Brenda und Michael nebeneinander zwischen Modellen von futuristisch-realistischen Raumschiffen umher, vorsichtig, immer darauf bedacht, sich nicht aus Versehen zu berühren. Trotzdem gerät ihr Körperflaum jedes Mal in Aufruhr, wenn sie einander riechen oder so nah kommen, dass sie die Gegenwart des anderen spüren. Möchte gerne wissen, was ein Kinesiologe sagen würde, wenn er das beobachten würde, fragt sich Brenda. Ob der begriffe, was zwischen uns passiert ist?

Sie stehen vor einem Modell von einem Transportsatelliten, der ein bisschen aussieht wie eine stark vergrößerte Filzstiftkappe. Er könne laut Beschreibungstäfelchen «vielleicht schon in diesem Jahrhundert dazu eingesetzt werden, auf der Erde als Sondermüll deklarierte Abfälle in den Weltraum zu verklappen». Das ist also die Zukunft der Müllhalde, sagt Michael. Schockierend, sagt Brenda. Stell dir vor, du bist Alpha-Centauri-Bewohner und machst eine kleine Spritztour, und dann rammst du einen Klumpatsch radioaktiven Erdmist ...

Michael lacht. Wer weiß, sagt er, was bei uns strahlender Erdmist ist, könnte irgendwo auf Alpha Centauri ja auch als Diamanten gelten!

Sie reden höflich und ängstlich noch ein bisschen weiter dummes Zeug über Ersatzthemen, bis er sagt: So, Brenda, ich fass mir jetzt ein Herz und spreche es an. Was war das mit uns in Frankfurt, und was soll daraus werden?

Menno, sagt sie, menno, ich weiß es doch auch nicht. Ich denke, es war prima und es darf nicht sein, oder? Wir hatten doch abgemacht, dass eine Beziehung, oder wie du so was auch immer nennen willst, also dass jegliche Art von Verhältnis innerhalb der Band erstens dumm und zweitens gefährlich ist …

Wieso denn eigentlich?, fragt er und kratzt mit dem Finger ein wenig an dem Filzstiftkappen-Satelliten, ich fand's auch ausgesprochen prima, um nicht zu sagen, ich hab so etwas noch nie erlebt.

Brenda guckt ihn an und will am liebsten direkt drauflosküssen. Darum geht's aber hier nicht, sagt sie. Ich meine, wir kennen uns doch gar nicht gut genug, um schon genau zu wissen, was wir voneinander zu erwarten haben, und in so einer Situation wie dieser, wo es schließlich vor allem um Geschäfte gehen soll …

Oh Brenda, ruft Michael pathetisch und umarmt sie plötzlich etwas ungeschickt. Sie legt den Kopf an seine Schulter und versucht, mit ihren Lippen nicht aus Versehen in die Nähe seines Mundes zu kommen, weil sie davon überzeugt ist, dass das den gleichen Effekt hätte wie bei diesen kleinen, magnetischen Kusspuppen, die sie mal in einem Zauberbedarfs- und Spielzeugladen gesehen hat: In den gespitzten Lippen der kleinen Püppchen sind Magneten eingebaut, sodass sie auf einer glatten Fläche wieder und wieder aufeinander zu wackeln und ihre Münder aufeinander pressen. Wenn man sie voneinander lösen will, strecken sie verzweifelt die Köpfe nacheinander aus.

Micha, murmelt Brenda in seine Schulter, die ein ganz kleines bisschen nach Kneipe und Zigaretten duftet, jetzt mal ganz realistisch: Aufgeschoben ist doch nicht aufgehoben, oder wie das heißt. Ich glaube, du verwirrst mich wirklich zu sehr, als dass ich es riskieren will, jetzt so 'ne Art Verhältnis anzufangen.

Du bist so vernünftig, sagt Michael, lässt sie aber nicht los. Also wenn's sein muss … Ich meine, du läufst mir ohnehin ständig im Kopf herum, ob ich dich jetzt nie wieder anfassen darf oder nicht.

Ihr Herz wird ganz flatterig, und kurz ist sie deswegen erschrocken und denkt an eine Herzrhythmusstörung. Dann fällt ihr aber wieder ein, dass das beim Verliebtsein manchmal so ist.

Nach diesem Nachmittag benehmen sich die beiden so, wie es sich für ein anständiges Bandmitglied-Manager-Verhältnis ziemt: platonisch-herzlich. Obwohl es ihnen sehr schwer fällt und beide alle naselang voneinander träumen, Brenda sogar recht plastisch, sodass sie mehr als einmal schamesrot im Gesicht aufwacht und froh darüber ist, dass diese ganzen Science-Fiction-Geschichten mit den sichtbar gemachten Träumen nur dumme Hollywood-Phantasien sind.

So richtig kommt Brenda jedoch nicht dazu, sich im Schmachten zu verlieren. Es gibt genug zu tun für die Band: Michael hat eine kleine Tournee durch Süddeutschland organisiert, und Anfang Dezember folgen drei Auftritte in Polen, einer in der Schweiz und einer in Österreich. Wieso Polen, fragt Julia irritiert, wieso nicht Côte d'Azur? Oder England, da möcht ick viel lieber hin …

Was hast du denn gegen Großdeutschland?, grölt Conny und bekommt dafür einen bösen Blick von Nathalia zugeworfen, die so etwas gar nicht lustig findet.

Das ist halt nicht so einfach mit den Connections, sagt Michael, in Polen kenne ich einen Veranstalter, mit dem hab ich mal studiert. In England will jede Band spielen, die haben aber gerade überhaupt kein Interesse an deutschen Bands, die finden unseren Akzent bekloppt, und wenn Deutsch gesungen wird, verstehen sie das nicht.

Aber wir singen doch gar nicht, sagt Frederike, wir shouten doch nur 'n bisschen.

Ich bleibe ja dran, sagt Michael, ich geb mein Bestes. Wenn ihr erst mal in der Glotze mit den Wimpern geklimpert habt, dann reißen sie mir euch aus den Händen, dann besorg ich euch 'ne Tour mit Groupies und beheiztem Jacuzzi inklusive …

Und auf den Catering Raider schreiben wir «fünf Flaschen zehn Jahre alten Jamaica-Rum», kichert Conny, und «frische Cranberries zu jeder Jahreszeit».

Es ist ein Dienstagabend im Oktober, der Keller-Übungsraum wird immer kälter, sodass Brenda, die sich bei den Proben noch am wenigsten bewegt, ihre fast kahle Siebziger-Jahre-Pelzjacke neben der Orgel deponiert hat und jetzt beim Spielen aussieht wie Anita Pallenberg. Das behauptet jedenfalls Conny. Michael kippelt auf einem kaputten Gitarrenverstärker und bespricht mit der Band, was in nächster Zeit passieren soll. Anfang Januar ist der Aufnahmetermin mit Circle Records, sagt er, die sitzen in Kreuzberg, die haben da zwei schöne Studios, und ich hab auch schon mit dem Tonmann gesprochen: Beyer heißt er.

Beyer, Brenda wird ganz blass, Roman Beyer? Ja, sagt er, wieso, kennst du den?

Puh, sie rubbelt sich die Nase am Pelzärmel, allerdings kenn ich den. Von meiner Tontechnikerausbildung.

Soso, sagt Conny, und was war mit dem, meine liebe, plötzlich so blasse Brendamaus?

Nix war mit dem, murmelt Brenda, der ist nett.

Also kannst du nun mit dem arbeiten oder nicht?, fragt Michael eine Spur zu unhöflich. Jaha, sagt Brenda, klar, warum soll ich das nicht können.

Tja, weiß ich ja auch nicht, sagt Michael, und wenn er ein Mädchen wäre, würde man den Ton «schnippisch» nennen.

Beyer jedenfalls arbeitet schon lange für Circle, und der nimmt eure Stücke auf und produziert auch alles. Es sei denn, ihr möchtet jemand anders.

Er guckt Brenda nochmal an. Also mir ist das Wurscht, sagt sie, klingt doch alles gut.

Die anderen nicken. Mitte Januar soll auch schon der Werbespot produziert werden, erklärt Michael weiter, und dann, ab dem Frühjahr – dann geht's ab!

Die schönen Schwestern klatschen, Conny trommelt einen kleinen Wirbel, und Brenda schreit dazwischen: Wehe, es ruft jetzt jemand «Wuhuhuhuuu!!!» Ich hasse es doch so, wenn Menschen plötzlich «Wuhuhuhuuu!» rufen, um sich zu feiern …

Wuhuhuhuuu!, ruft Conny natürlich sofort, und Brenda schmeißt mit einer leeren Zigarettenpackung nach ihr. Wuhuhuhuuu, rufen auch Nathalia, Frederike und Julia, und Brenda tut so, als ob sie sich unter der Orgel verstecken will. Aber eigentlich ist sie trotz ihres unordentlichen Herzens, trotz der Aussicht, bald jemanden wieder zu treffen, den sie sich so schön weggeixt hatte, trotz Sich-Verkaufens und Szene-Tusche verdammt aufgeregt und glücklich. Schließlich steht man nicht alle Tage an der Schwelle zu Ruhm und Reichtum.

Doch bekommt Brenda in den nächsten Wochen erst mal ihre geliebte, jährliche Herbstmüdigkeit. Sie mag die Jahreszeit, denn sie trägt lieber schicke Übergangsmäntel und Rollkragenpullis als klebrige Sommer-Nichtse, und auch ihre Stiefelsammlung erweist sich im Winter als effizienter. Nach den paar Monaten eines auch nur mittelmäßig heißen Sommers hat Brenda meistens richtig Lust, wieder ein bisschen zu frieren. Ihr alter Freund Thomas hatte ihr vor ein paar Jahren sogar mal eine Dose «Quick-Gefrier-Spray» aus dem Baumarkt geschenkt, mit dem man eigentlich Baumaterialien vereist, damit man sie besser brechen kann.

Vor allem liegt Brenda im Herbst gerne im Bett, hört Musik und spannt in ihrem Hinterhof in die Wohnungen der Nachbarn. Zwar stehen die meisten Fenster bei kühlerem Wetter nicht mehr offen, aber Brenda findet gerade die Tonlosigkeit der Beobachtungen interessant. Wetten, wenn ich verstehen würde, was die sagen, dann würden sich mir sofort die Fußnägel hochrollen, erklärt Brenda Thomas, der sie eines dämmrigen Morgens dabei ertappt, wie sie, mit einem Fernglas bewaffnet, den Fuß zu einer Gun-Club-Platte wippend, die Fensterfront gegenüber absucht.

Thomas hat Brenda besucht, um die nächsten Beat-Banden-Termine, bei denen die Gruppe den Bullen-Bulli braucht, abzusprechen. Er freut sich über die momentan rechte hohe Auftrittsfrequenz, weil so hin und wieder ein bisschen Mietgeld ins Haus flattert. Sag mal, sagt er jetzt zu Brenda, deren Profil fast ganz hinter den Haaren verborgen ist, während sie auf dem Bett sitzt und das Fernglas an die Augen presst, braucht ihr jetzt bei der längeren Tour nicht mal jemanden, der nüchtern bleibt? Ich würde wohl gerne nochmal als Fahrer mitkommen, wenn ihr da so ganz alleine mit meinem Bulli durch Polen gurkt …

Bloß keine latenten Rassismen, sagt Brenda, ohne das Fernglas abzusetzen, dein Bulli ist mit uns in Polen genauso sicher wie anderswo. Oh, wie schrecklich, der Bettelstudent von gegenüber sitzt schon wieder an seinem Computer, dabei ist es gerade erst halb zehn, ich wette, der macht das nur, damit ich ein schlechtes Gewissen kriege!

Lass mal sehen, sagt Thomas, und sie hält ihm die geschliffenen Gläser vor die Augen, sodass er zugucken kann, wie ein junger Brillenträger in einem kleinen, kahlen Zimmer verloren auf seinen Computer starrt. Der geht gleich auf ein paar Sex-Seiten, wart's nur ab, feixt Thomas, das gibt es jetzt auch schon: Sex im Internet.

Was, sagt sie, deren eigene alte Macintosh-Möhre immer noch nicht online ist, meinst du? Um diese Zeit? Ach ja, Männer wollen ja morgens immer … Na dann bleib ich mal am besten dran und versuche, mir ein paar Tipps abzuspicken.

Thomas lacht und holt sich eine Tasse Tee aus der Küche. Aber ich hab das ernst gemeint, sagt er, wie isses mit Polen und euch und mir als Fahrer?

Tja, also ich fänd das ganz gut, sagt Brenda, im Prinzip musst du unseren Manager fragen, ob das Geld reicht, denn darauf käme es an. Und dann muss ich mit den anderen besprechen, ob die bereit sind, auf ein bisschen zu verzichten. Aber red doch erst mal mit Michael.

Sie schnappt sich das Fernglas und guckt wieder aus dem Fenster in die Studi-Bude. Hey, ruft sie, jetzt ist wirklich irgendetwas Buntes auf seinem Bildschirm, warte mal, das sieht aus wie was Hautfarbenes …

Ehrlich, fragt Thomas, Mann, lass mich doch auch mal gucken!

Da sind jede Menge nackte Frauen mit ganz extrem riesigen Möpsen, sagt Brenda, und der Typ holt jetzt sein Ding aus der Hose und legt es auf den Computertisch, boah, boah, das geht fast durchs ganze Zimmer …

Sie muss grinsen, und Thomas kapiert und sagt, ach, du spinnst ja. Er nimmt ihr das Fernglas ab und guckt selber. Von wegen, sagt er, veräppel mich doch nicht, das auf dem Bildschirm sieht aus wie Barbiepuppen, Mensch, das sind Barbiepuppen! Iiih, ein Perverser!

Oder ein Mattell-Mitarbeiter, kichert Brenda, oder vielleicht schreibt er auch gerade eine Semesterarbeit über die tradierte antifeministische Generierung beim Umgang mit Mädchenspielzeug oder so.

Brenda und Thomas stoßen klangvoll mit zwei Teetassen an, und dann bleibt Thomas noch so lange, dass er durch das Fernglas miterleben kann, wie eine Frau in der Wohnung neben dem Barbie-Studenten ihrem Ficus eine Standpauke zu halten scheint, jedenfalls vermuten Brenda und Thomas das, bis sich hinter dem Ficus plötzlich etwas bewegt und der Umriss eines kleinen Kindes sichtbar wird, das mit gesenktem Kopf aus dem Zimmer schleicht. Blöde Kuh, murmelt Brenda, man kann kleine Kinder doch nicht so anbrüllen.

Sind so kleine Hände, summt Thomas, und sie ruft, jetzt reicht's aber, ich glaube, wir haben alles besprochen, oder? Dann kann ich ja jetzt endlich duschen und mich wieder ins Bett legen. Ciao!

Ciao, sagt er und trappelt die Treppen hinunter.

Brenda lässt das Fernglas sinken, liest die Prägung «Made in Hong Kong» darauf und erinnert sich daran, dass sie als Kind mal einen Zeichentrickfilm über eine kleine Made gesehen hat, die eine lange Reise bis nach Hongkong unternahm. Und um ihren Verwandten, der Madenfamilie, mitzuteilen, dass sie wirklich dort angekommen war, ließ sie diesen Stempel in jede Menge Gebrauchsgegenstände pressen. Die Bilder des Films hat Brenda nur noch schemenhaft im Kopf, sie weiß manchmal nicht mehr genau, ob sie ihn wirklich gesehen oder die Geschichte nur geträumt hat. Aber die Begründung für die Prägung erschien ihr als Kind stets plausibel.

Dann setzt sie sich an den Küchentisch, schneidet einen schönen, rotwangigen Schneewittchen-Herbst-Apfel in mundgerechte Stücke und liest dazu einen Zeitungsartikel über einen Versuch, bei dem Menschen wochenlang im Bett liegen bleiben müssen, damit Forscher an ihnen den Einfluss von Schwerelosigkeit auf den menschlichen Organismus untersuchen können. «Bedrest» heißt dieser Versuch, und momentan, das erfährt Brenda mit wachsendem Interesse, lümmeln gerade fünf Männer und zwei Frauen in einem Labor in Utah in ihren weichen Betten herum und stellen damit ihren Körper der Raumforschung zur Verfügung, für ein angemessenes Handgeld. Ob es zu spät ist, dort mitzumachen, überlegt Brenda, ich habe doch noch einen ganz jungen Körper. Und hätte so viel mehr Lust auf Ausruhen, anstatt wochenlang auf Bühnen herumzuhoppeln.

Sie beschließt, bei nächster Gelegenheit mal in diese Richtung zu recherchieren, es ist schließlich nicht gesagt, dass die «Mascara!»-Idee wirklich so einschlägt, wie es alle um sie herum zu glauben scheinen.

Der Rest der Band allerdings glaubt fest an eine Zukunft in Saus und Braus. Auf dem Weg nach Schaafheim bei Aschaffenburg, der ersten Station der kleinen Süddeutschland-Tournee, sprechen die schönen Schwestern über nichts anderes.

Ick würd am liebsten jetzt schon den blöden Kellnerinnenjob kündigen, erklärt Julia. Das kannst du doch nicht machen, sagt Brenda, nicht, bevor die Aufnahme im Kasten ist und das Geld auf dem Konto!

Ja ja, sagt Julia, keene Bange. Frederike und ick haben uns aber mal in so 'ne Statistenkartei aufnehmen lassen, vielleicht springen da ein paar Fernsehjobs raus, man weiß ja nie.

Stimmt, sagt Conny, vielleicht dürft ihr ja noch bei der Neuverfilmung vom «Doppelten Lottchen» mitmachen?

Haha, sagt Julia, sehr witzig. Dit hab ick jehasst, dit Buch. Ick ooch, sagt Frederike. Alle kamen uns immer mit dem «Doppelten Lottchen», dabei sind wir noch nicht mal Zwillinge … dit hat jenervt! Und sooo unrealistisch, die eene mag nur Geschnetzeltes und die andere nur Pfannkuchen …

Ja, sehr unrealistisch, sagt Brenda, ich mag auch beides. Sie sitzt vorne und fährt, denn weder Thomas noch Michael hatten Zeit, bei diesen drei Auftritten mit dabei zu sein, und Brenda ist eigentlich ganz erleichtert, dass sie nicht die ganze Zeit neben Michael schmachten muss. Conny, die auf dem Beifahrersitz thront und die Füße auf das Armaturenbrett gelegt hat, guckt Brenda an, als ob sie Gedanken lesen könnte. Na, fragt sie leise, vermisst du unseren Manager? Brenda stellt den Autokassettenrecorder, aus dem Georgie Fame kühn «This Guy's in Love With You» behauptet, ein wenig lauter, damit die anderen drei von dem Gespräch nichts mitkriegen. Ach, Conny, sagt sie, das ist nicht gerade einfacher geworden in den letzten Wochen …

Habt ihr euch noch mal alleine getroffen, nach der Aussprache in der Urania?, fragt Conny.

Klar, wir haben uns zweimal nachmittags zusammengesetzt, wegen dieser Tour und so weiter. Da ging das auch immer, wir haben uns in Cafés getroffen, und weißt du, wenn Leute um uns herum sind, fällt es mir leichter, ihn nicht die ganze Zeit anzuhimmeln. Aber vorgestern Abend nach der Probe, weißt du noch, als jede von uns drei halbe Liter Urquell getrunken hat …

Klar weiß ich das noch, sagt Conny trocken, ich sah gestern Morgen aus wie Janis Joplin jetzt.

Tja, und ich dumme sehnsüchtige Nuss bin auf dem Nachhauseweg noch kurz am Ruby Club vorbeigefahren, sagt Brenda, und da saß Michael natürlich alleine am Tresen, hat mich gesehen und mir zugewunken, und ich hab mich nicht getraut, abzusteigen, weil ich dachte, ich schaff das jetzt nicht, dem zu widerstehen … Dann hab ich aus Liebesfrust meine ganze Scott-Walker-Kollektion durchgehört, und dazu noch zwei Dosen nach Kebab stinkendes Kindl ausgebechert, die ich unten im Imbiss gekauft hab, mir ging's vielleicht mal beschissen am nächsten Tag …

Conny zieht die Luft durch die Zähne. Ach Brenda, sagt sie, das ist ja noch schlimmer, als ich dachte … Brenda nickt und starrt stumm ein bisschen auf die Straße. Aber du willst es ja nicht anders, sagt Conny, du bist, glaube ich, vielleicht einfach ein bisschen zu hart zu dir selbst. Wenn dir jemand diese Geschichte erzählen würde, meinst du nicht, du würdest sagen, ach Kinder, seid fruchtbar und mehret euch?

So 'n blöden Bibelspruch würd ich bestimmt nicht machen, mault Brenda und hupt einen lahmen Trabbi vor ihr an, damit der sie überholen lässt. Los, du Pfeife!, schreit sie, mach hinne!

Komm, sagt Conny, wir spielen was, um dich abzulenken. Wie wär's mit «Gründe für Holland»?

Wie geht das?, fragt Brenda. Conny macht Georgie Fame leiser, der gerade im Siebenachteltakt vom siebten Sohn singt, und fragt nach hinten, wer spielt mit uns eine Partie «Gründe für Holland?» Hä, fragt Julia, und Nathalia, die ein Buch über Filmmusik liest, guckt verdattert hoch.

Das geht so, dass man, möglichst ohne nachzudenken, drei Gründe für ein bestimmtes Land aufschreiben muss, das der Schiedsrichter vorgibt, und der Schiedsrichter vergibt dann Punkte für die besten Gründe, erklärt Conny.

Komisches Spiel, mault Julia. Ich bin Schiedsrichterin, ruft Nathalia, mir fallen eh keine Gründe ein, ich war noch nicht in so vielen Ländern! Nee, sagt Brenda, darf ich nicht lieber Schiedsrichterin sein, ich fahre doch und kann darum sowieso gerade nichts aufschreiben.

Ooookeee, sieht Nathalia ein, und so notieren Nathalia, Julia, Frederike und Conny auf Brendas Kommando ein paar «Gründe für Holland». Nach zehn Minuten sammelt Brenda die Zettel ein und liest sie vor, einen nach dem anderen, ohne die Hand vom Lenkrad zu nehmen.

Erstens Tulpen, zweitens Hasch, drittens die lustige Sprache. Na ja, sagt Brenda, ein paar arg touristische Gründe. Sie guckt auf den zweiten Zettel: Erstens Hasch, zwotens Lakritz, drittens keine Gardinen, liest sie laut, aber ob ich «keine Gardinen» gelten lassen kann? Ist das nicht eher ein «Grund gegen Holland»? Spießerin, ruft Frederike, ick denke, du spannst selbst immer in anderer Leute Fenster?!

Das steht hier nicht zur Debatte, winkt Brenda schnell ab. Sie greift nach dem dritten Zettel: Erstens Rudi Carrell, zweitens die

Schlümpfe, drittens Nico Haak, na, da gibt es für Nico Haak ordentlich Punkte, kichert Brenda, aber leider für die Schlümpfe und Carrell ordentlich Punktabzug! Nathalia ruft, wer ist denn Nico Haak?

Ich sing dir gleich was von ihm vor, sagt Brenda, erst mal das Geschäftliche: Erstens Vla, zweitens Tulpen, drittens Holzschuhe, entziffert sie vom letzten Zettel. Endlich mal ein triftiger Grund! Das ist knifflig, extrem knifflig, da gibt es fast einen Gleichstand zwischen Nico Haak und Vla, aber ich gebe 40 Punkte für den Vla-Zettel, 30 für den mit Nico Haak, wegen des Punktabzugs für Carrell und die Schlümpfe, und je 20 für die mit dem Hasch, sagt sie. Nathalia ruft: Viktoria!, und Frederike fragt, wat soll denn dit sein, Vla?

Vla, das lass dir mal von einer Siegerin gesagt sein, die fast noch nie aus Deutschland herausgekommen ist, erklärt Nathalia, Vla ist holländischer Pudding, meistens in Vanille, aber der dollste Pudding der Welt, sozusagen. Brenda ruft über ihre Schulter: Den essen die Götter im Olymp! Das ist so lecker, da muss man fast weinen!

Pöh, sagt Julia missmutig, dummes Spiel, woher soll man dit denn kennen? Und außerdem: Seit wann sind die Schlümpfe holländisch? Ick dachte, nur Vadder Abraham ist Holländer? Singen die Schlümpfe vielleicht mit holländischem Akzent, oder was?

Bitte jetzt nicht anfangen, das Schlumpflied zu singen, fleht Brenda, bitte nicht, bitte nicht!

Aber natürlich lässt es sich Conny nicht nehmen. Schagt mal, wou kommt ihr denn her?, fragt sie gönnerhaft, und Julia und Frederike quäken zurück: Aus Schlumpfhausen, bitte sehr!

Brenda ruft, ich fahr in'n Graben, ich fahr jetzt gleich in den Graben, Autobahn-Selbstmord einer jungen, hoffnungsvollen Band wegen Vadder Abraham, ich warne euch!

Ist ja schon gut, kichert Conny, kommt, wir spielen noch 'ne Runde, und jetzt darf Nathalia mal Schiedsrichterin sein, und Brenda, du sagst mir einfach deine Gründe, und ich schreibe sie wortgetreu auf, okay?

Prima, sagt Nathalia, dann findet doch mal … «Gründe für Ghana»!

Oh, zu schwer, schreit Julia, das ist doof mit afrikanischen Ländern!

Wieso, sagt Nathalia, das heißt doch nicht: «Gründe für Westeuropa», oder? Aber gut, okay, ich mach was anderes. Ähm … … dann nehm ich … «Gründe für Polen».

Ja, das passt, kichert Brenda, da wollen wir ja nun auch bald hin.

Zehn Minuten lang sagt keine etwas, Georgie Fame müht sich an seiner «Mellow Yellow»-Version ab, Brenda versucht verzweifelt, «Das Lied der Schlümpfe» aus dem Ohr zu bekommen, indem sie Nico Haaks «Schmidtchen Schleicher» vor sich hin murmelt, und dann ruft Nathalia, Zeit ist aus, Zettel bitte!

Warte mal kurz, sagt Brenda, beugt sich ein wenig zu Conny und flüstert ihr etwas ins Ohr. Conny kritzelt alles nieder und gibt die Zettel an Nathalia.

Oh, sagt Brenda, ich glaube, wir müssen die Auswertung verschieben: Hier ist unsere Abfahrt! Der Bulli blinkt und rollt von der Autobahn mitten in eine kleine Postkarten-Landidylle hinein.

Auf einem Schild an der nächsten Kreuzung steht: Schaafheim 12 Kilometer, und bis dahin ist die Band damit beschäftigt, eine Setliste für den Gig am Abend zu machen und sich ein bisschen darüber zu streiten, wer die Liste viermal abschreiben muss. Du hast die schönste Handschrift, Brenda, schleimt Julia, die sich schon bei den letzten Gigs immer ums Abschreiben drücken konnte. Ich geb dir gleich die schönste Handschrift, sagt Brenda, ich merk schon, woher der Wind weht: Nein, nein, dieses Mal kann die Liste echt jemand anders abkritzeln! Und überhaupt, Julia, du hast damit angefangen, und du hast das doch noch nie gemacht … Ach Mann, mault Julia und guckt so, wie sie immer guckt, wenn sie sich verspielt oder wenn sie keine Lust mehr auf Proben hat. Genau, sagt Nathalia, hör auf zu jammern, du schreibst jetzt die Liste ab!

Komm schon, Julia, sagt Frederike, kiek ma, für uns brauchst du nur eene, wir hängen sie so, dass wir sie beede sehen können, okay?

Ich geb dir auch meinen total schicken Nackichte-Kerle-Kuli, kichert Conny. Sie schmeißt Julia einen Kugelschreiber in den Schoß, auf dessen Unterteil das Foto zweier kotelettentragender Sechziger-Jahre-Männer gedruckt ist, deren Unterhosen wie durch Zauberhand unsichtbar werden, wenn man den Kuli senkrecht hält. Scharf, oder?, fragt Conny.

Ja, toll, mault Julia, ick mach ja schon. Da schreibt's sich ja um Längen besser, mit so 'nem Haufen Familienjuwelen in der Hand. Sie muss ein bisschen grinsen, wider Willen.

Und weil Julia so brav ist, sagt Conny, deren gute Laune durch den Bulli flattert wie ein Schmetterling, erzähl ich euch noch kurz die Geschichte von unseren armen Nachbarn. Also: Unsere armen Nachbarn damals in dem kleinen Kaff bei Stuttgart, die waren so arm, die konnten sich keine eigene Fernsehzeitung leisten. Darum schickten die Alten ihre drei Blagen immer Anfang der Woche zu uns rüber, und die mussten dann das Fernsehprogramm mit der Hand abschreiben …

Waaaas, unglaublich, rufen die Damen durcheinander, das gibt's doch nicht!

Doch, nickt Conny, das waren harte Zeiten! Aber glücklicherweise gab es ja noch nicht so viele Programme, eigentlich nur das Erste und das Zweite. Der jüngste Sohn, der war damals sieben oder so, der musste dann auch mit, als das Dritte dazukam.

Du spinnst, kichert Brenda, aber eine super Geschichte. Hast du denn das abgeschriebene Programm mal gesehen? Ich hätte ja nur die Sachen abgepinnt, die mich interessieren. Sie stellt sich eine kleine, mit niedlicher Kinderschrift und voller Rechtschreibfehler handgeschriebene Liste vor, auf «liniertem Papier No. 4», dem Grundschulheftpapier, bei dem zwei Hilfslinien den Mittelteil der Buchstaben definieren sollen: 18 Uhr sesamstrase, 18.30 Uhr Raumpatrulje, 19 Uhr Därik …

Nee, sagt Conny, aber die Kinder taten mir wirklich Leid. Ich glaube, denen wäre das heute noch total peinlich.

Ich find das süß, sagt Nathalia, ich würde auch gerne so ein selbst geschriebenes Fernsehprogramm haben, in dem jemand nur die schönsten Sachen für mich rausgesucht hat. Das ist doch wie so 'ne Art Vorkoster. Ein Vorgucker eben.

Da hast du allerdings Recht, sagt Brenda.

Julia ist mit dem Kopieren der Setliste fertig, und Brenda hat darüber den Club in Schaafheim gefunden.

Roll on, girls, sagt sie, als sie mit dem Bulli schwungvoll in die Auffahrt neben einem kleinen, dunklen Häuschen einbiegt, an dem ein altes Holzschild mit der Aufschrift «Destille» hängt. Vor dem Häuschen lungern ein paar Jungs herum und starren den Bulli mit aufgerissenen Augen an.

Guck mal, Dorfdeppen, kichert Conny. Ach was, potenzielle Stagehands, sagt Brenda, pass mal auf, die helfen uns gleich mit Vergnügen beim Reintragen!

Das fängt ja an, richtig Spaß zu machen, murmelt Frederike, als sie ihren schweren Marshall-Verstärker ein wenig später mit einem Lächeln an zwei aufgeregte Jungs delegiert.

Der Abend in Schaafheim ist musikalisch ein riesiger Erfolg (wenn man bedenkt, dass der Club mit seiner doppelbettgroßen Bühne eher übersichtlich ist, jedenfalls), und die Bande übernachtet in fünf Hexenhaus-niedlichen Einzelzimmern einer nahe gelegenen, mütterlichen Pension. Nathalia knutscht gleich an diesem ersten Abend, nach dem profimäßig wilden Gig, komplett mit Körper- und Zungeneinsatz mit einem Fan herum, einem etwas schlichten, kaum zu verstehenden lokalen Discjockey. Sie ist darüber sehr verwirrt, schiebt alles auf zu viel Gin Tonic, wird während der restlichen Tourneetage aber trotzdem gnadenlos von ihren Kolleginnen gepiesackt.

Na, Nathalia, schmachtest du immer noch, kichert Julia, als die Band am dritten Tag auf dem Weg von Ansbach (bei Nürnberg) nach Dießen (mehr oder weniger bei München) über eine leere, von wie gemalt wirkenden Bauernhäuschen gesäumte Landstraße rollt. Du hattest deinen Lappen ja schneller bei ihm im Mund, als der «a zünft'ge Musi» sagen konnte, feixt Conny. Ich komm da gar nicht drüber weg.

Mensch, wenn wir dit gefilmt hätten, dit könnten wir jetzt als nicht jugendfreies Video auf dem Flohmarkt verticken, kichert Julia, Sex live on stage in Bavaria, hihi …

Hört doch mal auf, das war noch Hessen, sagt Nathalia etwas unglücklich. Ich weiß auch nicht, was in mich gefahren ist …

Ich schon, trompetet Julia anzüglich, hört hört …

Ich hab doch schon gesagt, jammert Nathalia, da war gar nix, ich habe zwar einen Blackout, aber ich glaube, ich bin mit ihm zum Knutschen rausgegangen, und dann musste ich kotzen, und dann war's das …

Wieso stand der dann mit Hundeaugen vor dem Hotel, als wir gestern früh gefahren sind?, fragt Frederike.

Das musst DU gerade sagen, murmelt Nathalia und spielt damit auf die drei Ansbacher Galane an, die am gestrigen Abend nach dem Auftritt kaum vom Tisch der schönen Schwestern wegzubekommen waren.

Jetzt mal Themawechsel, sagt Brenda, die nicht in der Stimmung ist, über anderer Leute Küssereien zu frotzeln, während sie selbst so gerne küssen will. Ich habe vorhin bei dem Veranstalter in Dießen angerufen, wir sind heute nicht die einzige Band: Wir spielen zusammen mit den Ammerbeach Babes.

Hu, die Ammerbeach Babes, kichert Frederike, wer ist denn das? Kennt die eener?

Alle schütteln die Köpfe. Dann hört doch mal zu, sagt Brenda, der Veranstalter, sofern ich seinen Dialekt richtig verstanden habe, hat erklärt, dass die Ammerbeach Babes eine Frauen-Surfband aus der Gegend sind, also aus der Gegend des Ammersees.

Wow, das wird viellei ah fehds, grinst Nathalia. Ich übersetze mal eben, sagt Conny: Nathalia meint, das könnte lustig werden.

Sind wir denn Hauptact oder Vorband?, fragt Julia.

Na ja, sagt Brenda, also immerhin haben wir noch keine Platte draußen, und Micha hat diese ganzen Gigs allein mit unserer Demokassette gebucht, diese Ammermädels haben anscheinend schon eine CD und eine Maxi-CD gemacht, ich würde mal annehmen, die sind der Topact.

Phhö, sagt Julia. Ist doch lustig, sagt Conny, ein feiner Damenabend!

Der Bullen-Bulli rollt pünktlich zur Soundcheck-Zeit auf eine Wiese, wo bereits ein paar weitere Autos parken. Am hinteren Ende steht eine große Scheune, die in Kopfhöhe mit Plakaten bepflastert ist: DAMENABEND in der Dießener Popscheune! Heute live: The Ammerbeach Babes! Support: Die Beat Bande (B). Freier Eintritt mit Bastrock.

Sehr rustikal, sagt Brenda, ich hoffe, eine von euch kann uns aus dem Stroh ein paar Röckchen häkeln …

Beim Soundcheck bekommt die Beat Bande noch nichts vom Topact zu sehen, auch niemanden in Baströckchen.

Ah freilich ham die Babes scho a Soundcheck g'macht, erklärt ein netter Tonmann namens Rudi, die spuieln dann, wenn's alle da sind.

Um kurz nach neun klettert die Beat Bande auf das wackelige Bühnenpodest und legt vor ungefähr 13 Gästen los, fünf davon gehören zur Scheune. Der Sound ist prima, die Damen fahren ihre ganze, frische Routine auf, alle geprobten Tanzschritte, den Bus Stop, den Shimmy, lustige Ansagen zwischendurch, Conny macht die Phil-Rudd-Nummer, aber das Publikum scheint unbeeindruckt.

Nun ja, sagt Brenda nach dem letzten Stück, einer besonders gelungenen Version von «The Squaw» und rubbelt sich verloren die Nase, es war uns eine Ehre und ein Vergnügen, vor euch zu spielen, vor euch allen 13, und wir wünschen euch weiterhin viel Spaß mit the one and only: The Ammerbeach Babes!

Da kommt das erste Mal Leben in die Scheune, aus dem Publikum wird vereinzeltes Juchzen und Klatschen laut. Eine Viertelstunde später hört die Beat Bande, die sich etwas verdattert an einer Bierbude zur Nachbesprechung eingefunden hat, draußen ein Geknatter, als ob Hamburgs gesammelte Hell's Angels heranfahren. Das Tor geht auf, und ungefähr hundert Männer und Frauen in Hawaiihemden, Baströckchen und mit Stoffblumenketten um den Hals kommen hereingestürmt. Drei davon klettern auf die Bühne und hängen sich ihre Instrumente um. Die Menge kreischt.

Mir sin die Ammerbeach Babes, ruft eine große Frau mit

blonder Perücke und Sonnenbrille und kaut, die Mundwinkel nach unten verziehend, an einem Kaugummi. Die Bassistin ist etwas kleiner und hat ein wirres Tattoo am Oberarm, aus der «Bravo» geklaut und mit Spucke aufgeklebt, raunt Conny Brenda zu. Das dritte Babe ist ein Mann am Schlagzeug. Der zählt laut ein: One, two, three, four, und dann hauen die große Blonde und die Kleine mit dem Fake-Tattoo in die Saiten, dass Brendas Ohren schlackern. Sie spielen, das hört die Beat Bande nämlich nach zwei Minuten mit Bestürzen, einfach furchtbar. Die Gitarre ist zum Bass mindestens um einen ganzen Ton verstimmt, schreit Nathalia mit einem fast ängstlichen Gesichtsausdruck Brenda zu, und die nickt: Das ist nicht zu überhören. Die Gitarristin fisselt planlos auf den Saiten herum, und Conny ruft Brenda ins Ohr, findest du nicht, das klingt wie die Trimmdich-Musik!! Jaaa, grinst Brenda, und zwar in Moll! Die Bassistin lächelt derweil abwesend und zupft ihren eigenen Takt, der weder mit der Gitarre noch mit dem Schlagzeug übereinstimmt. Und der Schlagzeuger hat anscheinend bei einer Blaskapelle gelernt: Er trommelt wild auf der Snare herum, lässt aber fast alle Toms unberührt. Dann nähert sich die Gitarristin dem Mikrophon und macht ihren Mund auf, und mit Entsetzen stellt Brenda fest, dass sie «Have Love Will Travel» zu singen scheint. Allerdings auf einem Ton.

Uuoh, stöhnen Frederike und Julia, und Conny hält sich die Ohren zu. Was ist DAS denn? Nach dem ersten Stück gibt es tosenden Applaus, und so geht das bis halb zwölf, als die Ammerbeach Babes ungerührt noch ein Dick-Dale- und zwei Link-Wray-Stücke in einer grässlichen Stars-on-45-Version verheizen, das heißt, der Drummer trommelt einfach einen lahmen Marschrhythmus durch, und darüber spielen die beiden Frauen verschiedene Figuren, die mit viel Phantasie an «Run, Chicken, Run», «Branded» und «Watusi Jo» erinnern. Kurz vor dem letzten Song verlangt die Gitarristin, dass ihr jemand ein anderes Stimmgerät bringe, denn durch die Hitze würden sich ihre Saiten verziehen, und ihr eigener Tuner sei kaputt.

Allerdings ist das, was kaputt, stöhnt Conny und schüttet Bier in sich hinein. Das ist ganz, ganz schrecklich, sagt Nathalia erschüttert nach dem Konzert. Die Babes stehen noch auf der Bühne, und die Menge tobt.

Was lernen wir daraus?, fragt Brenda am nächsten Morgen in die Runde, als die Beat Bande verschlafen und noch einigermaßen schockiert auf dem Rückweg nach Berlin im Bullen-Bulli hockt. Es kommt anscheinend doch nicht darauf an, wie man es macht, sondern wie man dabei aussieht, sagt Julia.

Na ich weiß nicht, sagt Brenda und reibt sich mit einer Hand die schmerzenden Augen, ich würde mal sagen, wir lernen daraus, dass es durchaus kleine Nischen für komische Trash-Surf-Bands gibt, und wenn wir mit unserem astreinen, glockenhellen und tonal einwandfreien Spiel nicht weiterkommen, machen wir auch so 'ne Bikini-Jahrmarkt-Nummer.

Conny schüttelt mit einem verzweifelten Grinsen den Kopf. Weißt du, sagt sie zu Brenda, die neben ihr ruhig den Bulli steuert, ich habe das Gefühl, dass es sogar besonders gut ankommt, wenn eine Frauenband schlecht spielt. Das erwarten doch alle, das finden sie charmant!

Komm, jetzt mal den Tittenbonusteufel nicht an die Wand, sagt Brenda. Ich glaube, die Ammerbeach Babes sind eine Ausnahme.

Hoffentlich hast du Recht, stöhnt Conny und schmeißt den Holzstiel ihres Capri-Eises aus dem Fenster, direkt in den gerade aufgetürmten Bau einer fleißigen Ameisen-Kolonie, die nun von vorne beginnen kann.

Die Dezember-Auftritte in Polen und der Schweiz reißt die Beat Bande profimäßig wie Grateful Dead herunter: Beim Gig in Lublin, einem kleinen, katholischen Städtchen in Ostpolen, in dem der Papst 24 Jahre lang Ethik unterrichtet hat (das merkt man, lästert Brenda, die orthodoxe Atheistin, hier pfeifen ja sogar die Spatzen geistliche Lieder), kommen sie so gut an, dass sie noch ein zweites Set spielen müssen, und die schönen Schwestern schreiben jede Menge Autogramme auf niedliche, selbst gebastelte polnische Beat-Banden-Flyer.

In Warschau lacht Brenda sich eine Kontaktlinse heraus. Sie geht nämlich mit Michael, der wieder als Tourbegleiter mitgekommen ist, an einem Day-off-Nachmittag ins Chopin-Museum. Und ausgerechnet dort, vor der pastelligen Zeichnung des nervösen, schwindsüchtigen jungen Genies, klingelt Michaels neues Handy mit einer Melodie, die er vorher ganz stolz der Restband vorgespielt hat: Chopins Walzer Opus 18 in Es-Dur, der «Grande valse brillante». Gleich fällt das Bild von der Wand, kichert Brenda, und kriegt sich gar nicht mehr ein, sei froh, dass wir nicht gerade an Chopins Grab stehen, wir würden sonst hören, wie er im Sarg rotiert!

Michael bekommt einen Schluckauf und schafft es außerdem nicht, sein Handy aus der engen Jeanstasche herauszufriemeln, darüber lacht sie noch mehr, wischt sich ein paar Tränen aus dem linken Augenwinkel und dabei leider auch die linke Kontaktlinse. Nach ein paar Minuten, es nähert sich schon eine böse guckende, schwergewichtige Museumsdame, haben Brenda und Michael sich ein bisschen beruhigt und beginnen, auf dem Boden nach der Linse zu tasten. Die Museumsdame wird schneller, baut sich vor Brenda auf, die auf den Knien sitzt und die flache Hand in Zwei-Zentimeter-Abständen aufs Parkett legt, und fragt: Co pani porabia?

Brenda sagt, äh, ähm, my contact lense fell out, ähm, Kontaktlinse, contact lense is gone, Micha hilf mir doch mal! Michael hat schon das Wörterbuch herausgeholt, blättert hektisch in den Seiten, und sagt, Kontaktlinse steht hier nicht, ich guck mal bei blind ... Guck lieber mal bei Entschuldigung, sagt sie unglücklich. Die Museumsangestellte redet derweil weiter auf sie ein, sie stampft dabei immer wieder mit ihrem platten, mit einer Daisy-Duck-Sandale beschuhten Fuß auf, und Brenda ruft, don't, please stop! Mann, ich komm mir vor wie in 'nem Woody-Allen-Sketch!

Soczewica?, sagt Michael, soczewica? Worauf die Museumsangestellte noch irritierter guckt. Was heißt das?, fragt Brenda. Linsen, murmelt er, aber natürlich weiß man nicht, ob das jetzt nur für die Hülsenfrüchte gilt ... Der Museumsangestellten scheint es zu reichen, sie klopft Brenda nachdrücklich auf den Arm und ruft, to juz chyba koniec swiata!, und das klingt nicht sehr freundlich. Brenda steht auf, zeigt auf ihre Augen und versucht, mimisch darzustellen, wie eine Kontaktlinse herausfällt. Doch die Museumsangestellte macht ein Gesicht wie sieben Tage Flutkatastrophe, deutet auf den Ausgang und ruft, tedy, tedy! Brenda ist den Tränen nahe. Michael nimmt sie an der Hand und führt sie aus dem Museum. Aber meine Linse, verdammt nochmal, ruft sie noch. Die findest du doch nicht wieder, sagt er, außerdem ist das gemeine Museumspferd bestimmt schon draufgestampft.

Mann, das war filmreif, sagt sie und hockt sich völlig geschafft auf eine kleine Treppenmauer neben dem Museum. Ich kann's noch gar nicht fassen, wie wenig man sich da gerade verständlich machen konnte, das war wie bei «Planet der Affen», wo Charlton Heston eine Wunde in der Kehle hat und darum von den Affen für einen stummen Idioten gehalten wird.

Tja, so war das wohl, sagt Michael, das liegt alles am Turmbau zu Babel, aber die Frage ist: Was machen wir jetzt? Wie kriegen wir eine neue Linse für dich, du Arme? Und wie viel Zloty muss man dafür berappen?

Ich bekomme zu Hause eine Ersatzlinse, sagt Brenda, und wir haben ja nur noch den Gig heute Abend, ich würde mal sagen, das schaffe ich auch so ...

Bist du sicher, fragt er, also ich würde mich ohne meine Brille auf keine Bühne trauen, nachher verwechselt man die Richtungen und fällt runter.

Wär doch spektakulär, meint sie, und ihre Laune steigt trotz der verlorenen Kontaktlinse wieder etwas, weil Michael sich so reizend um sie bemüht und sie außerdem innerlich noch ganz beschwingt davon ist, wie er sie gerade an der Hand nach draußen geführt hat.

Der Auftritt mit der halb blinden Brenda bleibt allen noch sehr lange im Gedächtnis, denn – wie Michael vorausgesagt hat – es ist wirklich gar nicht so einfach, die Tasten der Orgel in dem schummerigen Warschauer Bühnenlicht richtig zu erkennen, sodass sie sich vor jedem Stück wie der Klavier spielende Muppets-Hund über das Instrument beugt, um die Augen möglichst nahe an die Tastatur zu bekommen. Das Spielen geht aber ganz gut, denn sie hat mittlerweile Routine und kann die meisten Akkorde auswendig, ohne hinzusehen. Nur ihre Soli sind an diesem Abend besonders wild. Und den größten Lacher erntet sie, als sie bei «Chicken Rhythm» anfängt, wie Stevie Wonder mit dem Kopf hin und her zu pendeln und dann zweimal extra ihr «Boak, Boak!!» genau neben das Mikrophon singt. Hey, ihr seid doch die Five Blind Girls from Alabama, frotzelt Michael, als sich Brenda von der Bühne getastet hat, kann ich ein Autogramm haben? Hier bin ich!

Später am Abend, als Brenda bereits einige Zywiec (ihr neues Lieblingsbier) getrunken hat, verläuft sie sich auf dem Weg zur Toilette, was einerseits an ihrer halb verschwommenen Wahrnehmung, andererseits aber auch an dem schwierigen Intelligenztest liegt, den die polnischen Clubbetreiber ihren Gästen zumuten: An den Klotüren hängen zur Männlein-Weiblein-Unterscheidung Symbole, ein Kreis und ein auf dem Kopf stehendes Dreieck. Brenda denkt so scharf nach, wie es trotz Bier und Augenfehler geht. Das Dreieck könnte die Scham sein, überlegt sie, und der Kreis der Sack. Ach nee, das ist zu schmutzig ... Das Dreieck könnte ein ganz breitschultriger Mann sein und der Kreis eine nudeldicke Deern. Nee, das wäre ja auch fies. Wenn das Dreieck gleichschenklig wäre, schwingt sich ihr Verstand zu Bungee-Höhen auf, dann könnte es auf einen Nobelpreis in Mathematik hinweisen, der vielleicht irgendwann mal nach Polen ging ... Ach Mann, ich muss!

Sie schiebt die Tür mit dem Kreis auf. Vor dem Spiegel steht eine Frau und malt sich etwas auf die Lippen, sodass es aussieht, als hätte sie gerade ein fettiges Hähnchen gegessen. Sie lächelt Brenda zu und sagt etwas, das sehr freundlich klingt. Djekuje, sagt Brenda, danke, ich nehm das einfach mal als Kompliment ...

Nachts um halb vier fläzt sie sich gähnend auf ihr Hotelzimmerbett, verflucht das Zähneputzen und wünscht sich mal wieder, endlich so alt zu sein, dass sie ihre Zähne einfach abends nur komplett rausnehmen und in einen Becher mit Reiniger schmeißen muss. Da klingelt das Telefon.

Sie chaben bästellt Nacktputzerr, sagt eine Stimme leicht undeutlich, aber mit starkem Osteuropa-Akzent.

Ich chabe bästellt Aspirin fir morgen frih, sonst nichts, kichert Brenda. Michael seufzt am anderen Ende der Leitung. Ich bin nur zwei Zimmer entfernt von dir, sagt er. Sie seufzt so tief, dass fast ihr oberster Blusenknopf aufplatzt. Ich weiß, sagt sie. Dreh das Messer doch nicht in der Wunde.

Ich würd lieber was anderes ganz woanders drehen, wenn ich mal 'n büschen schmuddelig werden darf, Baby, sagt er mit Pornostimme.

Ach Micha, flötet sie ins Telefon. Ich bin doch jetzt schon verkatert.

Schnapskater ist besser als Muskelkater, sagt er. Außerdem wärst du morgen eher verküsst.

Ich zähl das jetzt mal an den toten Mücken ab, die hier neben meinem Bett auf der Fensterbank liegen, sagt Brenda. Sollen wir, sollen wir nicht, sollen wir, sollen wir nicht, sollen wir, sollen wir nicht. Tut mir Leid!

Ich fang dir noch eine, ruft Michael, mit Geduld und Spucke … fängt man eine Mucke …

Geh mal ins Bett, sagt sie, wir sind doch beide kriminell besoffen. Dann sitzen wir da morgen im Bus schlecht gelaunt und kopfbrummig und schämen uns.

Ach, du bist so vernünftig, sagt er langsam. Ich leg dann mal auf. Tschüs, meine wackere kleine Bastille oder wie das heißt. The unsinkable Brenda Böhm.

Auf der Rückfahrt findet Brenda die «Gründe für Polen»-Zettel von der Süddeutschland-Tournee im Handschuhfach und schüttelt den wehen Kopf, als sie ihre eigenen Gründe liest: Erstens Kuhbonbons, zweitens die Kultur und drittens die lustig klingende Sprache. Vom Bier ganz zu schweigen, denkt sie.

Nach der Polen-Tour folgt ein Auftritt in der Schweiz, der der Band vor allem wegen des köstlichen Caterings im Kopf bleibt (das Buffet wird durch ungefähr eine Million Mini-Schokoküsse abgerundet), und ein gemütlicher Österreich-Gig mit einer Menge Heurigem. Und dann hat schon das neue Jahr begonnen. Brenda kauft sich das erste Mal in ihrem Leben einen riesig großen Wand-Terminkalender mit viel Platz für Notizen und pinnt das Zeitposter ganz professionell über ihren Küchentisch. Die Termine für die CD-Aufnahmen bei Circle Records trägt sie dort ein, auch die Werbeclip-Produktion, dann noch, weil der Kalender sonst so leer wirkt, alle Band-Geburtstage plus die Geburtstage von Michael, Thomas, ihrem Bruder, ihren Eltern, Marvin Gaye, Julie Driscoll, Jane Birkin und Kenny Burrell, und, weil das immer noch nicht nach Arbeit aussieht, ein paar Ausstellungseröffnungen, zu denen sie gehen möchte, jede Musik-Dokumentation, die im Fernsehen kommt, und ihren eigenen Geburtstag. Kann ja sein, denkt sie sich, dass jemand mich besucht und dann zufällig auf den Kalender guckt. Und schon kriegt man wieder ein Geschenk mehr.

Die CD-Aufnahmen beginnen in der ersten Januarwoche. Der treue Thomas holt die Instrumente und die Damen mit dem Bulli aus dem Übungsraum ab, fährt alle in das Kreuzberger Studio, und gerade als Brenda zusammen mit Conny ihre Orgel aus dem Kofferraum hebt, sagt jemand hinter ihr, na, das kann ich doch gar nicht mit ansehen, wenn eine so reizende Dame so schwere Sachen schleppt.

Zwei braun gebrannte Arme fassen um Brenda herum die Orgel an, und sie sagt, ach Roman, alter Charmeur, immer noch die alte Nummer?

Tja, grinst der, da fahr ich gut mit. Er ist blond, mittelgroß und trägt ein T-Shirt mit einem aufgebügelten Bild von den «Drei Engeln für Charlie».

Tolles Shirt, sagt Brenda. Ich fand immer Jill am besten. Aber eigentlich sind die ja alle drei bekloppt.

Du hast dich kein Stück verändert, sagt Roman und lächelt sie immer noch an. Wir sehen uns gleich oben, Brendamaus. Dann zieht er Conny die Orgel einfach aus den Armen und schleppt sie alleine die Treppen zum Studio hoch.

Wow, sagt Conny, lecker, wenn ich das mal so bemerken darf.

Ach hör bloß auf, sagt Brenda, das ist alles nur Politur.

Und der wollte nicht mehr, oder wie war das nochmal?, fragt Conny neugierig.

Ich hab's dir doch erzählt, quält sich Brenda, das war das mit dem Restaurant …

Ach ja, zusammen oder getrennt, jetzt fällt's mir wieder ein, ach, arme Brenda, so ein Kostverächter!

Das ist vorbei, denkt Brenda, über Roman, der nur eine Kurzgeschichte war, bin ich so weg wie Liz Taylor über Richard Burton. Kurz stürmen ihr aber doch ein paar Erinnerungen durch den Kopf, und ihre Nase beginnt, in gewohnter Art zu jucken.

Das war ja eigentlich alles ganz nett mit Roman am Anfang, erzählt sie Conny, die immer noch mit mitleidigem Gesichtsausdruck vor der geöffneten Bullitür steht, ein paar Wochen lang hat das echt Spaß gemacht, zum Beispiel haben wir zusammen Bücher gelesen …

Klingt ja toll, sagt Conny trocken. Euch gegenseitig vorgelesen?

Nee, sagt Brenda, weil er immer nachts als Toningenieur gearbeitet hat und ich meistens am Tag, haben wir das gleiche Buch einfach zu verschiedenen Zeiten durchgeackert, er am Tag und ich am Abend. Wir hatten zwei unterschiedliche Lesezeichen, und jeder hat versucht, schneller zu lesen als der andere.

Intellektuellen-Pärchen, schnaubt Conny, und am nächsten Morgen gab's dann amtliche Nachbesprechungen, was?

Na ja, sagt Brenda, du weißt ja nicht, welche Bücher … Roman steht total auf Fantasyquatsch. «Der Robot-Regent» und so was.

Igitt, sagt Conny. Genau, stimmt Brenda ihr zu, ich musste mich auch ganz schön überwinden. Aber das war trotzdem lustig.

Sie schnappt sich die Tasche mit dem gesammelten Kabelkram der Band und stapft die Treppen hinauf. Lassen wir das Thema, ruft sie zu Conny hinunter.

Vielleicht, denkt Brenda ein paar Tage später, tut mir so ein bisschen aufgedrückte Emotionalität ja ganz gut … Die Aufnahmen laufen nämlich spitzenmäßig – jedenfalls was Brenda, Nathalia und Conny betrifft. Die Schwestern tun sich ganz schön schwer mit tonal korrektem Spiel – und das liegt unter anderem an Brendas innovativer und groovy Orgel. Ihre Akkorde und Melodien sitzen meistens schon beim ersten Take, die Soli sind wild und sexy und aufregend, und dass Michael ein wenig mehr als sonst um sie herumscharwenzelt, wenn Roman in der Nähe ist, und Roman dagegen immer dann am charmantesten ist, wenn Michael zuschaut, findet sie ebenfalls amüsant. Komisch, wie einfach Kerle doch gewickelt sind, sagt Brenda am vorletzten Studiotag zu Nathalia, mit der sie gerade ein paar Backgroundgesänge übt. Immerhin hat Roman mir damals aloha gesagt, und jetzt möchte er anscheinend wieder gewollt werden …

Na, mich darfst du dahingehend nicht fragen, stöhnt Nathalia, du kennst doch meine Erfahrungen mit Männern, das geht auf eine Kontaktlinse, um mit deinen Worten zu sprechen. Aber mir ist natürlich nicht entgangen, dass die beiden um dich buhlen wie im Märchen.

Na, buhlen würde ich das nicht nennen, sagt Brenda, ich glaube, das hat eher etwas mit «prinzipiell möglich» und «Revier markieren» zu tun. Ganz ehrlich, Nathalia: So umschwärmt war ich das letzte Mal in der Fünften beim Tipp-topp, als es um die Völkerball-Mannschaft ging …

Am Ende der Woche trifft eine sehr zufriedene Brenda ihre Restband im Ruby Club und lobt gut gelaunt rund um sich her. Bravo, Damen, sagt sie, wir haben jetzt zwölf Stücke, bis auf ein paar wirklich minimale Overdubs sind die fertig, nächste Woche macht Roman die Endmischung, und dann können wir uns kräftig auf die Schulter schlagen, und der Fernsehscheiß beginnt … Ich habe das Gefühl, dass man mit Roman ganz gut arbeiten kann … was lachst du so, Conny?

Conny kichert weiter. Hast ja Recht, Brenda, sagt sie.

Bei der Endmischung, dem Mastern, sitzt Brenda aufmerksam hinter Roman im Abhörraum des Studios und versucht – im wahrsten Sinne des Wortes – sich unauffällig einzumischen, wenn ihr etwas nicht passt. Roman versteht aber genau, was die Band möchte. Wir wollen einen Sound, hatte Brenda vorher erklärt, als ob ein durchgeknallter Millionär mit tollem Musikgeschmack 1966 eine Party mit Frei-Tequila schmeißt und alle so lange tanzen, bis die Beehives wirr runterhängen und die Sohlen von den Schuhen fallen.

Und so klingt das Ganze auch.

Die Beat-Banden-Karriere verläuft weiter wie geschmiert. Anfang Februar ruft Michael bei Brenda an, um ihr mitzuteilen, dass Metropolitan Cosmetics begeistert ist von der «Mascara!»-Version und dass die Filmaufnahmen für den Werbespot möglichst bald stattfinden sollen. Brenda ist nach dem Telefongespräch so glücklich und aufgeregt, dass sie um ein Haar die Katze der Avcis tot trampelt. Die huscht nämlich vor ihr die Stufen hinunter, als sie aus der Tür kommt, um zum Übungsraum zu fahren und der Band die Neuigkeiten mitzuteilen. Na, kleine Katze, sagt sie überschwänglich, trittst du mal wieder die Treppe krumm? Dann hüpft sie durch den Schneematsch in die U-Bahn. Sie denkt daran, wie früher in der Schule immer die gesamte Klasse geschlossen «Yeahhhhh!» rief, wenn eine Stunde ausfiel oder bekannt wurde, dass ein armer Lehrer krank geworden war. Obwohl das Wort «Yeah» bestimmt ansonsten zu niemandes aktivem Wortschatz gehörte. Das musste noch ein Beatlemania-Relikt sein. Probehalber ruft sie später im Übungsraum ebenfalls «Yeahhhh!», nachdem sie der Band alles über die Entwicklung mit Metropolitan Cosmetics erzählt hat. Und die enttäuscht sie nicht: Zumindest Conny und die Schwestern reißen wie auf Kommando die Arme hoch und rufen ebenfalls: «Yeahhhh!» Nur Nathalia schüttelt lachend den Kopf. Gassborrgöbbe, sagt sie.

Am 17. Februar 1995 fliegen Nathalia, Frederike und Julia nach München, wo der Clip gedreht wird. Brenda, Conny und Michael nehmen den Zug, denn Conny leidet unter Flugangst, und Brenda hat sich bereit erklärt, ihr die sieben Stunden Fahrt zu versüßen. Und Michael hat plötzlich behauptet, man könne mit der Zugfahrt noch etwas sparen, und sich an die beiden drangehängt. Das Storyboard zum Werbefilm hat Michael am Morgen vor der Abreise erhalten. Er zeigt es Brenda und Conny, während die drei sich an einen Abteiltisch quetschen. Das Ganze ist im Prinzip fast ein normales Musikvideo, sagt Michael, ihr seht ja: Ihr steht auf dieser Bühne in einer kleinen, niedlichen Bar, spielt eure Instrumente playback zum Stück, das Ganze wird ungefähr neunmal gedreht und dann später schick zusammengeschnitten. Und dann gibt es Nahaufnahmen von euren Augen, wegen der Wimperntusche …

Hu, wie innovativ, lästert Brenda. Aber einem geschenkten Gaul haut man nicht aufs Maul. Was ist das denn, sie zeigt auf ein paar Strichmännchen auf einem der Storyboard-Cartoons, sind das die Lichtleute?

Nee, es gibt natürlich auch noch Statisten, Jungs, die vor der Bühne stehen und schreien.

Nur Jungs?, fragt sie, soll das so 'ne Nummer werden nach dem Motto: Mit der Wimperntusche kriegst du jeden rum?

Ich fürchte, druckst Michael, das ist quasi die Aussage …

Aber ich dachte, da soll's um Frauen und Musik und so weiter gehen und nicht um weibliche Pendants zur Boygroup.

Brenda, die werden sich schon was dabei gedacht haben, sagt Michael. Mach mal hier jetzt noch nicht die Pferde scheu.

Blöder Spruch, murmelt sie, ärgert sich darüber, dass sie gleich so miesepetrig reagiert, aber auch darüber, dass ihr Manager nichts gegen eine solche Klischeevorstellung zu haben scheint, und am meisten darüber, dass sie offensichtlich doch eitel und neugierig und geldinteressiert genug ist, dabei mitzumachen. Ihre Nase juckt, und fast gleichzeitig beginnt es auf ihrer linken, neuen Kontaktlinse zu jucken wie in einem Hagebuttenfeld.

Conny guckt Brenda an und kann mal wieder Gedanken lesen. Du bist immer so hart mit dir selbst, sagt sie, nun nimm die ganze Sache doch einfach mal locker und guck, was passiert!

Hast ja Recht, stöhnt Brenda und zwinkert ein bisschen, hast ja Recht, alte, weise Conny.

Während der weiteren Fahrt spielt sie dreizehn Partien Superhirn mit Michael und gewinnt elf davon, sieben davon in weniger als sechs Zügen. Unfassbar, murmelt Michael, unfassbar. So etwas hab ich noch nie erlebt. Tja, sagt sie und lässt ihren Kopf auf die linke Schulter knicken wie David Niven im Film «Das Superhirn». Gekonnt ist gekonnt. In meinem ersten Leben war ich nämlich die asiatische Frau, die auf der Superhirnschachtel immer hinter dem bärtigen Mann steht. Aber wisst ihr was, ich hab heute meinen Spendierminirock an, ich geb euch ein Pilsner Urquell aus!

Später, als Conny und Michael so bierschwer, wie man nach einem nachmittäglichen Pils nun mal wird (wenn man nicht längst Alkoholiker ist), in den entgegengesetzten Ecken des Abteils vor sich hin dösen, hört Brenda mit, wie ein Mann am Handy einen unsichtbaren Gesprächspartner zur Minna macht, ihn dabei aber immer «Lurchi» nennt. Das kommt absolut nicht infrage, Lurchi, motzt der Mann, ich lass mir das nicht gefallen, wart's mal ab, Lurchi, du kriegst noch richtig Ärger, aber hallo, Lurchi, das kann ich dir sagen: Mit diesem Verhalten hast du dir keinen Gefallen getan. Das war mehr als dumm von dir.

Und so mogelt sich, als Brenda müde in eine Halbtrance wegtaucht, immer wieder ein Salamander in Schnürschuhen und mit einem Riesenhandy in der schwarz-gelben Pfote in Brendas Videoclipaufnahme-Phantasie. Er hockt verängstigt mit seiner Schwester Trine, Pieps der Maus und Hops dem Grünen zusammen auf dem Studioboden und zittert vor der lauten Stimme aus dem Telefon.

Die Beat Bande trifft abends im Büro der Produktionsfirma zusammen, um die nächsten Tage zu besprechen. Morgen früh ist erst mal Kostümprobe, erklärt Sabine, die Aufnahmeleiterin. Die Klamotten hängen am Set, und wir haben ja eure Größen bekommen, das dürfte also erst mal kein Problem sein. Danach machen wir eine Lichtprobe, und wenn wir gut in der Zeit sind, drehen wir nachmittags schon den ersten Take.

Der Set ist ein kleiner Club namens «Peek-a-boo», in dessen größtem Raum eine etwa meterhohe Bühne aufgebaut ist. Dahinter hängen Tausende glitzernde Lamettafäden, die Wände rechts und links sind mit silbernen Glittersternen besprüht, die Decke ist ein schickes, künstliches Lila. Sehr hübsch, murmelt Brenda zufrieden, sieht aus wie ein Siebziger-Jahre-Studentenpuff. Die Kostüme warten in einem Nebenraum und bestehen aus fünf lila-silbernen Badeanzügen mit silbernen Troddeln an der Hüfte, die etwa in Minirocklänge hin und her schwingen. Ähem, sagt Nathalia, ich dachte, das Ganze soll relativ realistisch sein? Also so halb nackt würde ich nie auftreten …

Man sieht euch ja kaum ganz, beruhigt Sabine die Damen, es geht mehr um die Farben und die Glitzereffekte, ihr müsst euch wirklich keine Sorgen machen: Das sieht spitzenklasse aus.

Brenda verzieht das Gesicht, hat sich aber vorgenommen, nicht mehr immer für den Mäkel-Anteil zuständig zu sein, und verkneift sich eine Bemerkung. Abgelenkt wird sie von den zum

Kostüm gehörigen Stiefeln: Fünf Paar silberne, kniehohe Sixties-Stiefel blitzen in der Ecke unter dem Kostümgestell hervor.

Brendaschatz, ruft Conny, guck doch mal: Also allein dafür lohnt es sich doch schon, oder??

Brenda ist stumm vor Freude. Es stellt sich zwar heraus, dass ihr Stiefelpaar natürlich doch ein wenig zu klein ist, das sei eben «eine sehr, sehr kurz ausfallende 42», entschuldigt sich Sabine. Aber für ein Stück geht's, ruckedigu, sagt Brenda, das wäre ja gelacht.

Dann erlebt die Beat Bande die Mysterien einer professionellen Werbespotproduktion. Wann immer der Regisseur «Action!» ruft (woran sich die Beat Bande erst einmal gewöhnen muss, schließlich drehen sie nicht «Conan, der Barbar»), läuft das «Mascara!»-Playback los, und fünf verschiedene Kameras nehmen die Damen und ihre Pseudo-Fans aus unterschiedlichen Richtungen auf. Sie werden dabei mit 20 bunten Lichtern und Spots aus- und angeleuchtet. 23 Statisten spielen mit, alles Männer «mit Tocotronic-Frisur», wie Brenda die traurig ins Gesicht geklebten Ponyfransen trocken nennt, deren Aufgabe darin besteht, wild motiviert vorne am Bühnenrand auf und ab zu springen, die Arme nach der Band auszustrecken, im Takt die Hüften zu schwingen, eventuell sogar Rosen und Unterhosen zu schmeißen, sich eben so zu benehmen, wie sich die Männer bei Beat-Banden-Konzerten noch nie benommen haben.

Nach dem siebzehnten «Mascara!»-Playback zählen die Damen nicht mehr mit, wie oft sie den Song auf ihren nicht angeschlossenen Instrumenten spielen müssen, man hört ohnehin am meisten von der einen Phil-Rudd-Armschlag nach dem anderen heraustrommelnden Conny, und am Ende des ersten Tages sagt Julia zu der Restband: Ich glaube, wir müssen das Scheiß-Stück nach den Dreharbeiten aus dem Repertoire nehmen …

Das geht nicht, winkt Michael ab, der während der Aufnahmen als Manager für alles herumwuselt, Brendas Linsenflüssigkeit aus der Garderobe holt und immer wieder in die Wäschekörbe voller Schokoriegel auf dem Cateringtisch greift, damit Brenda nicht an Unterzuckerung zugrunde geht.

Wenn ich noch ein Mars-Mini esse, sagt Brenda am Abend, dann muss man mich nachher aus dem Badeanzug schneiden. Breitwandformat, grinst Conny.

Die Nacht verbringen Band und Manager in sechs Einzelzimmern (schade, zuckt es Brenda durch den Kopf) einer Drei-Sterne-Hotelkette. Brenda schläft gegen ein Uhr nachts todmüde beim Fernsehen über ihrem mit Schokolade samt Nussspuren voll gestopften Bauch ein, was ihr noch nie passiert ist, und wälzt sich beim ersten Umdrehen in der R.E.M.-Phase offensichtlich so ungeschickt auf die Fernbedienung, dass der Blue Channel anspringt, anbleibt, und am frühen, grauen Münchner Morgen gegen sechs, als Brenda zerknittert erwacht, hört sie als Erstes das laute, falsche Jaaa! Mach's mir!-Stöhnen einer Frau und dazu brünftiges Männerschreien. Sie stülpt sich verschlafen die Brille auf die Nase und linst auf die Mattscheibe. «Kostenpflichtiges Programm nur für Erwachsene. Bitte geben Sie Ihre Zimmernummer ein», steht da auf einem blau flimmernden Feld.

Ein Glück hab ich die nicht im Traum bereits eingegeben, denkt Brenda, knipst den Fernseher aus und schläft noch drei Stunden ohne Pornosound im Hintergrund. Sie schämt sich dennoch, als sie am Morgen beim Türabschließen auf dem Hotelflur das Gefühl hat, die mittelalte, nach Pobackenzusammenkneifen aussehende Nachbarin aus dem Nebenzimmer mustere sie etwas scheel. Wer weiß denn schon, wie dünn solche Hotelwände sind.

Auch der zweite Drehtag geht zu Ende. Nathalia ist dreimal mit einem «Dolly» zusammengestoßen, dem Wagen, der die Kameratechnik herumfährt, und hat beim dritten Mal unter dem Johlen der anderen vergnügt «Hello, Dolly» angestimmt. Die Schwestern haben sich zwischenzeitlich mit ein paar der Pseudo-Fans angefreundet, die Brenda und Conny naserümpfend als «bunch of beaus» bezeichnen. Einige dieser Männermodels sind vor allem dadurch aufgefallen, dass sie sich nicht am gemeinsamen Schokoriegelmassaker beteiligen wollen, aus Gewichtsgründen natürlich. Das finden Brenda und Conny sehr unsexy.

Männer, die weniger essen als ich, das geht schon mal gar nicht, stellt Brenda fest und schiebt sich kopfschüttelnd noch eine Hälfte Twix in den schick geschminkten Mund. Auf das Make-up wurde heute besonders viel Wert gelegt, denn an diesem zweiten Tag werden die Nahaufnahmen gemacht. Dazu müssen alle fünf Bandmitglieder minutenlang vor verschieden dicken Kameraobjektiven mit den durch falsche schwarze Klebehaare verlängerten Wimpern klimpern, müssen wieder und wieder tonlos «Mascara!» rufen, und ich hoffe doch sehr, dass ihr meine gelben Raucherzähne später noch nachweißt, oder?, fragt Conny.

Es gibt noch einige «Close-ups», Nahaufnahmen von Händen, die Gitarren, Bass, Schlagzeug und Orgel bearbeiten, Füße, die im Takt tanzen, und dann, am Abend des zweiten Tages, geht die Bande zusammen mit Michael, der Aufnahmeleiterin Sabine und dem Regisseur feiern. Natürlich ins Peek-a-boo, das an diesem Tag wieder für die Öffentlichkeit öffnet, und weil ein ziemlich bekannter Discjockey zu Gast ist, füllt es sich schnell mit «Bazis», wie Conny die Münchner kollektiv schimpft. Der DJ nennt sich «Dr. Strangelove», den Doktortitel hat der doch vom Woolworth-Wühltisch, unkt Brenda gut gelaunt, aber Julia schäkert so lange und selbstlos mit dem merkwürdigen Doktor, dass er sich bereit erklärt, das frische Demo der Beat Bande einzulegen.

So erlebt die Beat Bande das erste Mal, welchen Effekt ihre Musik auf unvoreingenommene, nichts ahnende Münchner Bazis hat, die einfach nur in der Bar sitzen und sich amüsieren wollen: Am Tisch neben dem Klo wird eindeutig zu «Chicken Rhythm» mitgewippt, flüstert Conny. Am Tresen auch, ruft Julia dazwischen. Und äußerst zufrieden sind die Damen, als Dr. Strangelove ihre «Mascara!»-Version kurzerhand zwischen «Soul Bossa Nova» von Quincy Jones und «La Bamba» von Richie Valens quetscht und keiner die Tanzfläche verlässt. Im

Gegenteil: Es wird geschüttelt, was das Zeug hält. Ein junger Mann mit dichten, kurzen Haaren, die aussehen, als würde das Wasser an ihnen abperlen, kann sich gar nicht einkriegen und lacht jedes Mal so über das «Mascara!»-Geschrei, dass seine Tanzpartnerin, eine klapprige Grazie mit Wedding-Palme auf dem Kopf, naserümpfend in eine andere Richtung tanzt.

Guck mal, der mit der Ottermatte, lallt Conny etwas später zufrieden, der ist richtig, die sind doch okay, die Münchner, und sie kippelt ihr Gin-Tonic-Glas grinsend in Richtung Brenda. Die Bazis haben Geschmack. Die kriegen wir alle. Prost!

Zu Hause in Berlin macht die Beat Bande eine zweiwöchige Probenpause. Urlaub in Bad Meingarten, sagt Brenda zu Thomas, der mal wieder vorbeischneit, weil er mit Brenda ein paar Hardrock-CDs durchhören möchte. Wir waren immer nur in Balkonien, kichert Thomas. Brenda legt «Welcome to Sky Valley» auf, ihre momentane Lieblings-Stonerrock-CD von Kyuss, und sagt zu Thomas: Ich mache uns dann mal einen starken Tee, der uns richtig draufbringt … Thomas winkt ab und holt sein Haschschächtelchen hervor. Also ich kiff lieber was Echtes, sagt er. Er bastelt sich einen ringfingerdicken Joint und qualmt Brendas Wohn- und Schlafzimmer voll. Sie riecht derweil an ihrem Ingwertee und hört zu, wie Josh Homme, der Kyuss-Gitarrist, herumgniedelt, dass einem beim Zuhören die Haare und auch gleich noch ein paar Bandlogos auf den T-Shirts wachsen. Ich hab neulich mal ein Foto von denen gesehen, sagt sie, dieser Josh sieht echt gut aus für einen Rothaarigen. Komischerweise.

Ist mir noch nicht aufgefallen, sagt Thomas und zieht bedächtig am Joint. Er hustet ein wenig beim Auspusten und schiebt hinterher: … aber wir Jungs achten ja auch nicht so aufs Aussehen. Uns kommt's eben mehr auf die Musik an. Dann kichert er ein bisschen bekifft.

Na, das schiebe ich jetzt mal auf die verbotenen Drogen, dass du so einen Quatsch redest, sagt sie. Also erstens, wenn ich mir so Poser-Bands wie Danzig oder Suicidal Tendencies angucke, mit diesen fetten Muskeln und den Angebertattoos, dann denke ich, es kommt doch wohl ganz schön aufs Outfit an. Und außerdem würdest du bei 'ner Mädchenband auch darauf achten, ob dir eine gefällt, stimmt's, oder hab ich Recht?

Er zieht noch mal am Joint und legt den Kopf in den Nacken. Hmmm, sagt er, und wieder legt sich ein breites Kiffergrinsen über sein Gesicht. Also bei euch finde ich jedenfalls dich am hübschesten. Aber meine Kumpels stehen alle auf die Schwestern.

Ach, das habt ihr schon abgecheckt, sagt Brenda, die sich einerseits geschmeichelt fühlt, aber auch ein wenig überrascht ist, weil sie nie gedacht hätte, dass Thomas überhaupt wahrgenommen hat, dass die Beat Bande eine Frauenband ist.

Stimmt schon, sagt er dann, bei Frauenbands guckt man nicht unbedingt zuerst auf die Musik. Da ist man ein bisschen gnädiger.

Ach, so was kann ich gar nicht hören, schimpft Brenda, die Thomas' Kifferruhe nicht teilt. Ich meine, ich weiß ja, wie viele schreckliche Frauenbands es gibt. Aber deswegen würde ich doch meine musikalischen Ansprüche nicht zurückschrauben!

Ähem, manche Männer … schon, sagt er und kichert abschließend ein wenig unmotiviert, bevor er den Joint in einem Plastikaschenbecher ausdrückt, auf dem «Männer wie wir – Wicküler Bier» steht und den sie vor ein paar Jahren in einer niedersächsischen Raststätte geklaut hat.

Verdammt, sagt er dann, ich möchte mal wieder ein paar Tage einfach nur herumhängen, ich hab eigentlich immer viel zu viel zu tun …

Kommt dir das auch nicht nur so vor? Brenda kennt sein Gejammer schon ein wenig. Weil du dir deine Energie regelmäßig wegkiffst?

Klingst ja wie meine Mutter, brummt Thomas. Kann sein. Trotzdem. Ich brauche einfach mehr Zeit, als der Tag zu bieten hat. Wie soll man denn etwas schaffen, wenn alle Ämter um ein Uhr schließen und alle Läden um sechs? Hmm?

Tja, ich kenn das Problem, nickt sie. Sie lässt noch ein wenig kaltgeschleuderten Honig von demokratisch organisierten und ohnehin emanzipierten Arbeiterbienen in ihren Tee tropfen. Ich hab mir ja schon mal überlegt, dass es für solche Fälle einfach ein besonderes Zeitkonto geben müsste.

Er fängt wieder an zu kichern. Was wird denn das jetzt?, fragt er.

Ernsthaft, sagt sie und legt eine alte Black-Sabbath-Platte auf. Man könnte doch versuchen, Zeit zu sparen, also sagen wir mal, wir verzichten heute auf diese drei Stunden Rumgehänge und sparen das auf unserem persönlichen Zeitkonto an. Und wenn wir 24 Stunden zusammengespart haben, bekommen wir einen freien Tag, den Drönstag.

Dröhntag?, fragt er.

Drönstag, das ist ja nur ein Name, erklärt sie. Es geht darum, dass man so effektiver sein könnte. Wenn man zum Beispiel in der Uni oder so ist, wo es garantiert die nächsten zwei Stunden auch noch langweilig bleibt, dann lässt man sich diese zwei Stunden eben gutschreiben. Und wenn man mal eine Stunde braucht, vielleicht wenn man gerade mit jemand besonders Nettem haptische Erfahrungen sammelt und es einfach zu romantisch ist, dann nimmt man sich eine Stunde vom Drönstag-Konto. So können manche, besonders fleißige Menschen sich richtig Urlaube ansparen!

Er krümmt sich lautlos auf Brendas Stuhl zusammen. Wer von uns beiden kifft hier eigentlich?, fragt er.

Thomas und Brenda reden noch ein wenig über Black Sabbath und Ozzy Osbourne, dann spielt sie ihm ihr neues Demo vor, und er ist rechtschaffen begeistert. Um sechs Uhr gehen sie in ein indisches Restaurant essen, denn Thomas hat Lust auf die großen, heißen Brotkissen, und Brenda ist nach «Kuhfladen mit Reis», wie sie ihr Lieblingsgericht, indischen Spinat mit Käse, nennt. Und am Abend, als sie ihn endlich nach Hause jagen kann, rollt Brenda sich mit dem Berliner Stadtmagazin auf ihrem Bett zusammen, lässt im Hintergrund die neue «Star Trek»-Staffel und eine Brian-Auger-Platte laufen, damit sie sich nicht alleine fühlt, und liest – nur aus Quatsch selbstverständlich – die Kontaktanzeigen. Zuerst die unter der Rubrik «Wiedersehen»: «Du, w, Mitte 20, standest beim R.E.M.-Konzert neben mir», liest sie und überlegt, ob das einfach nur Auf-den-Busch-Klopfen sein soll, damit sich überhaupt mal irgendjemand meldet, oder ob das ein Ausschlussverfahren ist: Wer zum R.E.M.-Konzert geht, den möchte man doch wohl auf gar keinen Fall kennen lernen. «Sa, 19.1., Bus 129, ich, M, mit Gipsfuß und Gipsarm, kann dein Lächeln nicht vergessen», das klingt nach Mitleid, denkt sie, da sucht einer eine Krankenschwester. Sie seufzt und guckt bei den «M sucht W»-Anzeigen: «Jg, ehrl. NR sucht liebe Sie zum Festhalten und Fallenlassen», liest sie kopfschüttelnd, was denn nun, «Verschmust. Kater su. unkompl. Sie von Abba bis Zappa». Ihr läuft eine Gänsehaut über den Rücken. Als sie gerade überlegt, ob sie bei der zumindest ehrlichen Anzeige «Suche Frau» anrufen soll, um dem Anzeigenaufgeber zu seiner unverschnörkelten Betroffenheitslyrik zu gratulieren, klingelt das Telefon.

Na, schöne Frau?, sagt Michaels Stimme, und Brenda kriegt, obwohl sie dachte, das längst abgestellt zu haben, einen klitzekleinen Herzraseanfall, was machen Sie an einem solchen Abend denn so?

Ich lese die Kontaktanzeigen in der Zeitung, sagt sie wahrheitsgemäß und denkt zum hundertsten Mal darüber nach, warum sie es nie schafft, eine gewisse mysteriöse Geheimniskrämerei um sich herum aufzubauen. Wieso kann ich nicht einfach sagen, ich habe Besuch oder ich bin gerade «beschäftigt»?, überlegt sie.

Michael scheint sich zu freuen. Echt?, sagt er. Und, meine schon gefunden?

Ja, sagt sie, war ganz klar: «Liebenswerter Brummi sucht nette Frau zum Pferdestehlen, Himbeereis zum Frühstück und …»

«… Rock'n'Roll im Fahrstuhl», sagt er, tja, da hast du mich tatsächlich erkannt. Dann antworte doch mal!

Brenda lacht. Also man fragt sich doch, ob die Leute, die solche Anzeigen aufgeben, wirklich jemanden treffen wollen …

Mach dich nur lustig, sagt Michael, das ist für viele nicht so leicht mit den Kneipen und den Partys und den Kollegen, viele

Menschen finden einfach niemanden und fühlen sich dann irgendwann einsam.

Ich sag ja schon gar nichts mehr, sagt sie. Ich wundere mich eben nur 'n bisschen über die Anzeigen, das darf ich doch wohl, oder?

Jahaaa, sagt er.

Außerdem hab ich gerade meine neue Lieblingsanzeige gefunden, sagt sie, hör mal: «Geiler Mann möchte Fax-Sex mit geiler Frau.» Und dann dieses Fax-Symbol und eine Telefonnummer. Da fax ich gleich einen Zettel mit «Ohhhh, ohhhhhhh!» hin!

Pass bloß auf, daraus entwickelt sich womöglich noch richtig was, gluckst er. Der faxt dann: Uhh, Baby, du bist die Beste! zurück, und schon ist es um dich geschehen!

Ich halte dich auf dem Laufenden, sagt Brenda. Jetzt mal Tacheles: Was gibt's denn?

Außer, dass ich wie immer Sehnsucht habe?, antwortet er, und Brenda sieht in diesem Augenblick zufällig im dunklen Spiegel des Fensters, dass sie daraufhin ganz selig lächelt. Es gibt Neuigkeiten von Metropolitan Cosmetics: Sie haben mir den geschnittenen Werbespot geschickt, die Tonmischung ist allerdings noch nicht fertig, und ich wollte ihn dir mal zeigen!, sagt er.

Wow, Brenda wird ganz aufgeregt, und wie isses so?

Super, sagt er. Also man möchte euch wirklich sofort kennen lernen. Und sich für das erste Date die Wimpern mit diesem neuen Quatsch da schminken. Ihr seht allerprimstens aus, echt hot. Wie total coole, extrem versierte Beat-Mäuse. Toll. Komm doch vorbei, dann führ ich dir den Clip mal eben vor! Und morgen kannst du dann ja den ganzen Bandenrest einladen.

Okay, sagt sie. Nachdem sie aufgelegt hat, ist sie in so guter Laune, dass sie ihre Lieblingsplatte von den Sonics auf den Plattenteller wirft, und während Gerry Roslie, der Sänger mit der heisersten Stimme der Welt, «Hey hey hey hey hey Cinderella, where have you gone, you know I got a glass slipper for you to try on I wanna be your fellow … hey hey hey hey hey Cinderella!!» schreit, hüpft sie haareschleudernd von der Flurtür durch ihr Zimmer zum Stiefelregal und zieht die roten Sixties-Overknees heraus, die sie sehr selten trägt, weil sie ziemlich auffallend und ziemlich aufregend sind. Aber heute fühlt sie sich danach. Na ja, sollst ja auch nicht leben wie ein Hund, sagt sie danach zu der aufgeschlagenen Stadtzeitung auf ihrem Bett und malt ein Strichmädchen mit kleinen Zöpfen, Punkt-Punkt-Komma-Strich-Gesicht und gespreizten Beinen auf ein Blatt weißes Papier. Darunter krakelt sie mit ihrer schönsten Schreibschrift «Gib's mir!» und steckt das Blatt ein, um es aus dem Copyshop um die Ecke an die Telefonnummer aus der Faxsex-Anzeige zu schicken. Sie muss über die Vorstellung sehr lachen, dass der Faxsex-Fan geifernd vor seinem Gerät wartet, während die Kinderzeichnung knarzend und piepsend herausgewackelt kommt.

Zu «The Witch» malt sie sich einen extradramatischen Lidstrich, und erst als sie mit der Sonics-Power im Kopf den Mehringdamm in Richtung Mitte hinunterradelt, fällt ihr auf, wie sehr die Sonics-Songs auch inhaltlich zu ihrer Stimmung passen: Immer wieder das alte Mann-Frau-Ja-Nein-Spiel.

Michael holt zwei Budweiser aus dem Kühlschrank und drückt Brenda eins in die Hand. Komm, darauf, sagt er. Dann gucken sie das Video, dessen Tonqualität zwar noch nicht perfekt ist – es gibt Sprünge, zu manchen Bildern ist der Ton nicht synchron, und ein Werbespruch zur Wimperntusche soll auch noch draufgesprochen werden –, aber Brenda ist baff: Das können doch unmöglich wir sein, sagt sie.

In dem Spot sieht man fünf wunderschöne Frauen in Glitzerbadeanzügen mit Troddeln an den Hüften. Eine schwingt ihre langen, glänzenden Haare über einer schicken, kleinen Orgel, zwei Blondinen hauen im Gleichschritt Gitarren- und Basshals wie die AC/DC-Fraktion in die Luft, eine Kurzhaarige wirbelt wild auf der anderen Seite herum, und eine lockige, rothaarige Schlagzeugerin reißt zwischendurch einen Arm in die Höhe, sodass man ihre sorgsam ausrasierte Achselhöhle sieht (für den Dreh wollte ich eigentlich ein paar Löckchen stehen lassen, hatte Conny gescherzt, dann kriegt man endlich mal lustige Briefe!). Kameraschwenks zeigen eine exaltierte Fanmenge vor der Bühne, die wie auf Trip herumhampelt und der Band entrückt die Arme entgegenstreckt. In einer Szene versucht eine Hand, die silbernen Stiefel einer der beiden Blondinen zu berühren, die stampft aber ungerührt ihren Hacken auf und tritt vom Bühnenrand zurück. Eine Rose wird auf die Orgel geworfen, es gibt Nahaufnahmen von Händen auf der Tastatur und auf dem Gitarrenkörper, und natürlich sieht man perfekt geschminkte Münder, die «Mascara!» rufen, und jede Menge lange, schwarze, klimpernde Wimpern unter glitzerndem Lidschatten.

Boah, sagt Brenda. Boah. Das ist total schick. Aber das sind wir nicht. Zum Beispiel die Frau an der Orgel mit den ewig langen Beinen, soll das meine magersüchtige Tochter sein? Und seit wann spielt eigentlich Esther Williams bei uns Schlagzeug?

Ach, jetzt hör auf, sagt Michael und schiebt ihr noch ein Budweiser hin. Freu dich doch mal ein bisschen! Ein spektakulär hübscher Clip ist das, mit spektakulär talentierten Frauen! Es gibt wirklich Schlimmeres, als eine grandiose Band dabei zu zeigen, wie sie ein tolles Stück interpretiert!

Jahaaa! Brenda hält ihm den Mund zu. Er nimmt ihre Hand und biegt sie sanft nach hinten in Richtung Sofalehne, sie hält zuerst ein bisschen dagegen, kann aber nichts ausrichten. Das kommt vom Bierkistenschleppen, was?, fragt sie darum noch, bevor er sie küsst, als ob es kein Morgen gäbe. Und irgendwie, das denkt Brenda, als sie später mit ihm im Bett liegt und ihre zweite, heiße Nacht mit ihm verbringt, hat ein Teil von mir das ja auch schon geahnt. Der Teil, der heute meinen am wenigsten zerlöcherten, schwarzen Satin-Schlüpfer rausgesucht hat.

Normalerweise trägt sie nämlich original Sechziger-Jahre-Frotteezelte, die zwar todschick sind, aber eben aus Frottee und 30 Jahre alt. Man muss immer an Familienbadezimmer mit Zahnbürstenhalter für Mutta, Vatta, Kind denken, wenn man sie sieht.

Brenda und Michael, im weichen Bett seiner kleinen, aufgeräumten Junggesellenbude, sind wieder da, wo sie eigentlich nicht sein wollten: So nah beieinander, dass ihr jedes Mal kalt wird, wenn er sich weiter als zwei Millimeter entfernt, um beispielsweise zu telefonieren oder auf die Uhr zu gucken (wenn er seine Brille nicht trägt, muss er sich die Uhr wie einen Duschkopf vor das Gesicht halten, um die Zeit abzulesen).

Außer dass Brenda dieses Gefühl genießt, dass sie während längerer Bus- und U-Bahnfahrten blöde lächelt, mitten in Gesprächen plötzlich den Faden verliert und sogar ein wenig unter Appetitlosigkeit leidet (das erste Mal in ihrem Leben kann sie nicht richtig essen, anfangs vermutete sie noch, sie habe sich den Magen verdorben), ärgert sie sich sehr über diese Entwicklung.

Gerade jetzt, wo es losgehen soll, beatbandentechnisch, stöhnt sie, als sie mit Conny an einem windigen Freitagnachmittag zum Ku-Damm-Fest fährt, weil man dort angeblich holländische Pommes frites bekommen kann, mit phantastischer Mayonnaise-Zwiebel-Sauce. Die beiden steigen an der Haltestelle Kurfürstendamm aus. Die breite Allee ist gesperrt, und statt der Autos, Taxen und Busse stehen Jahrmarktswagen und Büdchen nebeneinander, dazwischen drängeln sich dicke Berliner Pärchen (sehen alle aus wie aus Britz, lästert Conny) und staunende Touristen. Brenda sieht die Pommesbude mit den rotweiß-blauen Fahnen als Erste: Komm, dahinten, sagt sie und zieht ihre Freundin auf die andere Straßenseite. Conny bestellt zweimal Pommes in einer spitzen Papiertüte mit «Sauce Spezial», dazu holt Brenda noch zwei Caipirinha im Plastikbecher. Mit gesunden Kartoffelsnacks und vitaminreichen Getränken versorgt, setzen sich die beiden in eine Gondel des Riesenrads «Alt-Berlin», das eine Betreiberfirma an der Ecke Joachimstaler und Ku'Damm aufgestellt hat, und lassen sich 30 Meter über die Dächer hochschaukeln.

Hier wäre genau der richtige Ort, um ein Attentat zu planen, kichert Conny, damit man sicher sein kann, dass einen keiner belauscht! Brenda nickt nur und stochert appetitlos in ihren Pommes herum. Ich kann schon wieder nichts essen, klagt sie, dabei hatte ich vorhin so einen Hunger … Nur die Caipirinha geht rein. Das ist doch nicht normal.

Nee, in deinem Alter kaum, du bist verknallt wie eine Dreizehnjährige in Timm Thaler, stellt Conny fest. Mach dir mal keine Sorgen um die Pommes.

Darum mach ich mir echt wenig Sorgen, sagt Brenda, aber was, verdammt nochmal, mach ich mit dem Mann?

Wieso versucht ihr's nicht einfach mal zusammen? Vielleicht gibt es ja auch gar keinen Stress, bandintern, schlägt Conny kauend vor.

Ach Conny, sagt Brenda, den Stress gibt es doch jetzt schon. Du hast doch mitbekommen, wie spitz die Schwestern immer reagiert haben bei dem Werbedreh, sobald Michael mal irgendwas Nettes gesagt hat.

Allerdings, nickt Conny und schmeißt eine halbe Pommes frites aus 30 Meter Höhe zielgenau auf die Baseball-Kappe eines kleinen Jungen, der unten gerade rüde seinen Kumpel anschreit und sich jetzt verwundert auf den Kopf fasst. Die haben mich ohnehin ganz schön genervt, manchmal, sagt sie. Diese Tussennummer mit den Models …

Furchtbar, winkt Brenda ab. Tja, ich weiß auch nicht, vielleicht macht es die Einsamkeit der Riesenradgondel, dass wir hier jetzt so gemein werden, aber ich habe auch echt ein paar Mal gedacht, ich muss die wirklich anschreien, weil sie sich so dämlich verhalten. Echte Musikdiven! Weißt du, dass Julia drauf bestanden hat, eine Extra-Strumpfhose zu bekommen, weil ihr unser Modell nicht braun genug war? Ihr kamen ihre Beine mit der normalen, durchsichtigen 15-den-Strumpfhose zu weiß vor.

Phhhhh, macht Conny, nä, das hab ich nicht mitgekriegt!

Brenda merkt, dass sich zwei widersprüchliche Gefühle in ihr streiten: auf der einen Seite die Erleichterung, endlich über diese ganzen kleinen Nervereien sprechen zu können, auf der anderen Seite Scham und ein schlechtes Gewissen darüber, den Bandkolleginnen gegenüber nicht loyal zu sein. Ich meine, Julia hat sich bei den CD-Aufnahmen neulich so dermaßen oft verspielt, dass sie an einem Abend zwei Stunden länger dableiben musste, und danach hat Roman noch jede Menge am Sampler getrickst, schiefe Töne mit dem Computer gerade gezogen und ihr Timing perfektioniert, mäkelt sie weiter.

Das wusste ich auch nicht, sagt Conny, und wieder bekommt Brenda einen Schlechtes-Gewissen-Stich, der von einer Woge des Endlich-Erzählen-Dürfens weggeschwemmt wird.

Doch, sagt sie, am nächsten Morgen war ich als Erste da, und da hat er mir erzählt, dass er das Gefühl habe, die Schwestern hätten beide ruhig ein bisschen mehr üben können, die würden sich wirklich oft verspielen, vor allem Julia …

Das stimmt allerdings, ist live ja auch so, nickt Conny, das hör ich immer, wenn der Bass hängt, aber da macht es ja nicht so viel aus …

Nee, weil wir uns alle nach dir richten, sagt Brenda, und du bist schließlich präzise wie ein Stuttgarter Uhrwerk.

Mich hat ja am meisten dieses Tussi-Getue genervt, und immer wieder das Grinsen, sobald ein hübscher Mann in der Nähe ist, ich meine, da sind wir doch wohl drüber weg, oder?, fragt Conny rhetorisch.

Bei gewissen Männern muss ich auch immer grinsen, seufzt Brenda.

Die Gondel ist inzwischen wieder am Boden gelandet, und Brenda und Conny werden von schnatternden kleinen Kindern angegriffen, die sich hereindrängen wollen. Hee, schimpft Conny den Vorboxer der Kids an, wir fahren noch 'ne Runde, lass uns gefälligst hier drin! Der Junge guckt verdattert und setzt den Fuß wieder aus der Gondel. Und jetzt subtrahier dir, kichert Brenda. Der schmierschnauzbärtige, muskulöse junge Kartenabreißer nähert sich und fragt, na, könnt ihr euch nicht trennen?

Wir würden so gerne nochmal fahren, flötet Conny, könnten Sie uns nicht noch zwei Tickets besorgen? Sie drückt dem Kartenabreißer fünf Mark in die Hand, und der lächelt sie durch ein paar Zahnlücken an, dass es pfeift. Aber natürlich, sagt er.

Brenda kichert. Mit den Waffen einer Frau, sagt sie. Wer hat denn gerade noch über das Grinsen bei netten Männern gelästert?

Ertappt. Conny tut so, als sei sie betrübt. Aber nun lass mich doch auch EINMAL charmant sein, sagt sie, ich habe eben was übrig für die Typen Marke «Junger Mann zum Mitreisen gesucht».

Lass dir bloß kein Kind anhängen, kichert Brenda weiter, und dann winken beide dem Kartenabreißer und den böse guckenden Kindern zu, die immer kleiner werden, weil die Gondel sich wieder in die gute Berliner Luft Luft Luft erhebt.

Oben, in 30 Meter Höhe, fängt Brenda aber erneut an zu seufzen. Ich fühle mich ganz schäbig dabei, so über die eigene Band zu lästern, sagt sie.

Schön ist das nicht, nickt Conny. Aber wenn's nun mal stimmt? Das sind Dinge, die mich echt schon länger nerven …

Mich auch, sagt Brenda. Und wenn jetzt wirklich etwas richtig losgehen sollte, dann sind wir noch enger zusammengeschweißt, das ist ja wohl klar.

Die Frau spricht Wahres, murmelt Conny und guckt so verdrossen auf das Dach des Maison de France an der Ecke Kurfürstendamm/Uhlandstraße, dass eine der dort eng nebeneinander hockenden und leise gurrenden Tauben ganz erschrocken auffliegt. Jetzt hast du eine Himmelsratte unglücklich gemacht, sagt Brenda.

Und wie es losgeht! Im Juni 1995 beginnt die Ausstrahlung des neuen Extra-Volumen-Mascara-Werbespots der Marke Metropolitan Cosmetics in Deutschland. Brenda sieht den Spot das erste Mal live im Fernsehen in der Werbeunterbrechung einer «Star Trek – The Next Generation»-Folge und bekommt richtig Herzklopfen. In den ersten Wochen klingelt ungefähr elfmal am Tag ihr Telefon, weil immer wieder alte und neue Freunde, Bekannte und Verwandte anrufen, um ihr mitzuteilen, dass sie «gerade im Fernsehen!» war. Stimmt das denn mit der Wimperntusche, fragt Brendas Nachbarin, Frau Avci, als sie Brenda beim Müllrunterbringen auf der Treppe trifft, macht die wirklich so lange Wimpern?

Brenda schämt sich ein wenig, auch weil sie noch ungeschminkt ist und ihre Brille trägt, die ihre kurzsichtigen Augen um ungefähr 47 Prozent kleiner macht, ganz zu schweigen von den Wimpernstoppeln darüber und darunter. Na ja, sagt sie und versucht, angemessen zu klimpern, also wenn ich meine Schutzbrille nicht aufhätte, dann wären Sie jetzt schon weggeflogen … Aber Frau Avci hat keinen Sinn für Ironie. Sie lächelt etwas irritiert und schiebt sich vorbei.

Natürlich geht es dem Rest der Band ähnlich. Conny wird von ihrer Bäckersfrau, dem Hausmeister, der Käsefachverkäuferin und ihrem Exfreund auf den Werbespot angesprochen, Nathalia bekommt Postkarten von seit Jahren untergetauchten Cousinen aus dem tiefsten Sachsen, Julia und Frederike werden sofort zu ein paar Abitreffen eingeladen, von Jahrgängen, in denen sie gar nicht waren, und sogar Brendas Schuster lässt sich zu einem «Schöne Musik übrigens» herab, als Brenda an einem Samstagmittag ihre braunen Glattlederstiefel abholt.

Manager Michael hält Brenda jede Woche mit Neuigkeiten in Marketingdeutsch auf dem Laufenden: Die Kosmetikfirma habe bei den Prä-Screening-Tests hervorragende Ergebnisse mit dem Produkt und dem Spot gemacht, und nach vier Wochen gebe es bereits einen tollen Absatz, für eine Neu-Produkt-Einführung jedenfalls. Aber das Tollste, erklärt ihr Michael am gleichen Samstag am Telefon: Vorhin hat mich der Typ von Circle Records angerufen, es gibt bereits jede Menge Nachfragen für die CD!! Stell dir vor!

Sie muss sich setzen. Na, die offizielle Record-Release-Party ist in einer Woche, sagt sie, dann hoffen wir mal das Beste … Ich kann das echt gar nicht glauben! Warte mal, ich guck mal, ob da oben auf dem Dach vielleicht Fortuna hängt, die sich mit ihrem Nachthemd an der Fernsehantenne verheddert hat und jetzt ununterbrochen ihr Füllhorn über mich ausschüttet …

Aber das hast du dir doch verdient, sagt er, das ist doch nicht nur reines Glück!

Na ich weiß nicht, sagt sie pessimistisch, ich erwarte immer, dass jetzt plötzlich irgendwas ganz Schlimmes passiert, mein Bruder hat einen Unfall oder Diana Rigg stirbt, oder Pech in der Liebe oder so … Dass alles so glatt läuft, das gibt's doch gar nicht!

Das mit dem Pech in der Liebe möchte ich überhört haben, sagt er. Nicht mit mir! Tut mir Leid, meine liebe Frau Schwarzseherin, wahrscheinlich bist du doch ein größeres Sonneküken, als du in deinen kühnsten Träumen vermutet hast.

Würde eher sagen, ein gelberes, grinst Brenda, die in Michaels Bemerkung ganz klare Flirt-Untertöne wahrnimmt und sich darüber freut, auch wenn sie es gar nicht will.

Jedenfalls, sagt er, ob du dein Glück nun umarmen und festhalten oder unachtsam an ihm vorbeilaufen willst, um hier mal ein bisschen Fünfziger-Jahre-Lyrik einzustreuen, nach der Record-Release-Party kann man auch sagen, wie gut die Werbung läuft, ob ein paar Zeitungen anspringen, und ich kann dir sagen, bei dem Superfoto, das ich von euch rausgeschickt hab, das wird garantiert gedruckt!

Achtung, Tittenbonus-Alarm, sagt sie.

Na wenn ihr aber auch so schöne habt, meint er, jedenfalls mindestens eine von euch?

Brenda hört das Kompliment und freut sich. Doch irgendwo ganz weit hinten ärgert sie sich über die Vorstellung, dass ein «Superfoto» einer reinen Männerband wahrscheinlich nicht auf jeden Fall gedruckt werden würde. Oder vielleicht doch, wenn die Männer die gleichen silbernen Badeanzüge trügen …

Sollen wir uns nicht mal wieder treffen, sagt Michael dann etwas leiser, und den Erfolg feiern?

You can take it or leave it, Temptation, dröhnt es sofort und wie bestellt in Brendas Ohren, aber hinein mischen sich die Erinnerungen an sein weiches Bett und seine hübschen Leberflecken am Rücken, die, wenn man sie in Malen-nach-Zahlen-Manier verbinden würde, ungefähr das Bild eines Gartenzwergs mit einer Gießkanne ergäben.

Ach Micha, sagt sie, ich hatte bei den Clip-Aufnahmen das Gefühl, dass unser Verhältnis schon jetzt nicht ganz unproblematisch aufgenommen wird.

Wieso, fragt er, weil die Schwestern so rumgezickt haben?

Genau, sagt sie. Quatsch, die sind einfach sauer, wenn man nicht sofort hechelt, lacht er, ich kenne solche Frauen.

Jetzt lästere ich schon wieder, denkt Brenda, und auch noch mit dem Manager. Doofes Gespräch. Aber auf der anderen Seite möchte sie gerne von Michael hören, wie prima er sie findet und wie gerne er sie treffen möchte. Er kann Gedanken lesen.

Jetzt denk doch mal an dich, an uns, an das, was uns glücklich macht, sagt er, nämlich du verkomplizierst immer alles so sehr! Bis jetzt hat doch noch kein Mensch darunter gelitten, dass wir uns ab und an auch mal 'n büschen anpacken, oder?

Sie sagt, du hast Argumente, denen kann man einfach nicht widerstehen. Was soll ich da machen?

Sofort vorbeikommen, sagt er.

Brenda schmeißt ihre letzten Bedenken auch noch in den imaginären Keller, dahin, wo die anderen Leichen liegen. Sie zippt ihre braunen Glattlederstiefel zu und schwingt sich aufs Rad, um zu Michael zu fahren und dort zwei Tage – und Nächte! – zu bleiben. In seinen Armen. Nur ein einziges Mal wankt sie mit Michael aus dem Haus in eine nahe gelegene türkische Bäckerei und kauft Mineralwasser, Bier, eine große Papiertüte voller verschiedener, türkischer Kekse und vier Käseböreks. Und wenn wir jetzt an Kohlehydrat-und-Weißmehl-Vergiftung sterben, sagt sie seufzend zu ihm, dann hat es sich wenigstens gelohnt.

Eine Woche später spielt die Beat Bande vor ausverkauftem Haus bei einer Record-Release-Party, wie man sich keine bessere wünschen kann: Fast 1000 Gäste, toller Sound, sieben Zugaben, Bier bis zum Abwinken und 357 verkaufte CDs, wie der Aushilfs-Merchandiser Thomas stolz erzählt. Und alle haben nach T-Shirts gefragt, sagt er, in S und XS. Fast eine halbe Stunde nach dem letzten Ton stehen immer noch ein paar Jungs im ausverkauften «Aladin»-Club und rufen «Flughafen, Flughafen!», das versteht Brenda jedenfalls statt «Zugabe!». Sie köpft und leert hinter der Bühne zusammen mit ihren Bandkolleginnen, Michael, Roman, dem Zivi aus dem Ruby Club, zwei Menschen vom Label und einigen alten Freunden und Freundinnen eine Kiste spanischen Sekt. Auf die rosige Zukunft, schreit Conny, pass mal auf, wenn's klingt, dann klappt alles, wie wir es wollen. Sie stößt so schwungvoll mit Brenda an, dass ihr Ex-Joghurtglas (die Sektgläser vom Haus sind alle bereits benutzt) einen Sprung bekommt.

Die erste Auflage der Beat-Banden-CD, 20 000 Stück, ist innerhalb von sechs Wochen ausverkauft. Die zweite, 50 000 Stück, bekommt einen Sticker mit «Der Mascara-Song aus der Metropolitan Cosmetics-Werbung!» auf die rechte obere Ecke, direkt über Nathalias Kopf. Also weißt du, sagt Nathalia dazu, soll ich mich jetzt darüber aufregen oder nicht?

Ist doch viel toller, wenn jemand erst ein bisschen knibbeln muss, um dich wirklich ganz zu sehen, behauptet Conny, work for love, so ist das Erfolgsgefühl doch viel stärker!

In diesen ersten sechs Wochen gibt die Band sechs Interviews, zwei davon Frauenzeitungen, eins einem Berliner Gratis-Musikblättchen und eins einem Stadtmagazin. Dazu sind sie noch live im «Radio 90.2» zu Gast, und es kommt eine Anfrage einer kleinen Call-in-Musiksendung eines Piratensenders.

Wer will da hingehen?, fragt Michael, als er nach einer Probe zwischen den Damen auf Brendas Orgelverstärker hockt. Ich nicht, sagt Nathalia, Brenda soll gehen! Genau, nickt Conny, ich reg mich bei so was auch immer auf und bin nervös. Brenda sagt: Also ich muss nicht, vielleicht wollen die Schwestern? Ehrlich gesagt, sagt Julia, ick meene, ick wollt hier jetzt nicht meckern, aber ick wollte eh mal anmerken, dass ich jar nicht verstehe, warum du immer so stillschweigend solche Jobs übernimmst.

Brenda seufzt. Von stillschweigend kann überhaupt nicht die Rede sein, kommt Conny ihr zu Hilfe, bis jetzt haben wir unsere liebe, zuverlässige Brenda ja wohl immer bewusst abgestellt für solche Geschichten, oder hättest du zum Beispiel Lust gehabt, mit den Kosmetik-Fuzzis den Werbespot auszuhandeln?

Mich hat ja keener gefragt, mault Julia. Genau, mich auch nicht, sagt Frederike.

'tschuldigung, sagt Brenda, aber doch, ich hab gefragt, wer von uns da hinfahren soll. Und ihr habt gesagt, fahr du mal!

Stimmt, sagen Conny und Nathalia.

Ist ja jetzt auch egal, sagt Julia, jedenfalls hätt ick och wohl Lust ins Radio, aber nur, wenn Rike mitkommt.

Joa, sagt Frederike, lass uns das doch mal ausprobieren.

Es geht doch nur eine rein, erklärt Michael, die haben extra nur eine angefragt, weil sonst das Studio platzt!

Ach, dit jeht schon, sagt Julia und klappt, jegliche Widerrede damit abstoppend, geräuschvoll ihren Basskofferdeckel zu. Komm Rike, sagt sie dann, dann gehen wir uns mal vorbereiten, damit dit endlich mal 'n vernünftijet Gespräch wird. Empfehle mich!

Die schönen Schwestern stiefeln prustend raus, und Brenda

ist sich nicht sicher, ob die letzte Bemerkung eine echte Spitze oder nur eine kleine Kabbelei sein sollte.

Am nächsten Dienstag sitzen Conny und Brenda zusammen vor Brendas kleinem Küchenradio, das die Form einer Maus hat, die auf einem Stück Käse sitzt. Wenn man es über eine bestimmte Lautstärke hinaus aufdreht, fängt die Maus an, ihre Schnauze auf und zu zu klappen. Wenn das nicht ein so bekloppter Spruch wäre, würde ich sagen: Nicht schön, aber selten, kichert Conny, als Brenda ihr den Mäusebiss-Effekt mit «Mascara!» vorführt, denn damit fängt die Call-in-Show an.

Na immerhin hast du nicht gesagt: Ist ja zum Mäusemelken, sagt Brenda. Dann macht sie schscht!. Denn im Radio beginnt eine junge männliche Stimme zu reden: Eigentlich sprechen wir im Radio ja nicht so gerne über Konkurrenzmedien. Aber wenn ihr in der letzten Zeit mal den Fernseher angemacht hat, dann ist euch die Werbung bestimmt nicht entgangen, in der eine unglaublich sexy Frauenband ein bekanntes Stück so kongenial covert, dass man vom Glauben abfällt: «Mascara!» heißt ihre mehr als flotte «Tequila!»-Version, und Beat Bande nennt sich die Band. Zwei der Bandenmitglieder sind hier. Hallo Julia, hallo Frederike! Hi, sagt Frederike, und Julia kichert.

Klingt etwas gepresst, sagt Conny vor dem Mausradio, meinst du, die sitzt bei Frederike auf dem Schoß oder schon bei ihm?

Brenda macht eine abwehrende Handbewegung. Lass uns mal zuhören, sagt sie.

Der Moderator fragt, woher die Idee zu dem Coversong kam, und Julia erzählt eine Geschichte über Instrumentalsongs und Schminke, die Brenda und Conny nicht ganz verstehen. Oh Gott, ist die aufgeregt oder nur unverschämt?, sagt Conny, die berlinert ja noch mehr als sonst. Und ich weiß echt nicht, worauf sie hinauswill, seufzt Brenda. Dann stellt der Moderator ein paar technische Fragen, wer welches Instrument spielt, wer die Songs schreibt, und die beiden Schwestern reden durcheinander: «alle zusammen», «eigentlich immer die Gleiche», «unsere Saxophonistin spielt auch zweite Gitarre», «ick hab früher Bass-Harmonika gespielt!». Julia kichert wieder.

Der erste Anrufer, ein Lutz aus Friedenau, wird durchgestellt und fragt, wer die beiden Studiogäste im Video denn seien. Die Blonden, kichert Julia. Wo man sie privat treffen könne, will Lutz wissen. Wieder kichern die Schwestern. Menno, sagt Brenda, die sollen sich nicht so schulmädchenreportmäßig benehmen! Beim zweiten Anrufer kommt es aber noch schlimmer. Ich würde euch beide gerne mal so richtig verwöhnen, sagt der.

Brenda stöhnt in ihrer Küche. So mit 'ner Gurken-Gesichtsmaske und 'ner schönen Anti-Spliss-Packung, schreit sie das Mausradio an. Oder was willst du Kacker?

Verwöhnen klingt gut, sagt Frederike gerade im Radio. Aber wir sind sehr anspruchsvoll. Genau, ruft Julia dazwischen.

Das klingt wie 'ne Telefonsex-Sendung, Brenda schüttelt den Kopf. Vielleicht kann der dusselige Moderator mal eingreifen?

Der denkt anscheinend das Gleiche, denn den nächsten Anrufer fragt er: Vielleicht geht deine Frage an die Beat Bande auch mal 'n bisschen in Richtung Musik?

Oh, na ja, sagt der Anrufer, und Brenda erkennt die tiefe, ein klein wenig nach Sauerland klingende Stimme Michaels und kneift Conny aufgeregt in den Arm, also ich wollte erst mal sagen, dass ich euch total super finde und mir auch die CD gekauft hab, die ist wirklich durchgehend spitze, finde ich. Und ja auch nicht teuer …

Brenda hält sich die Ohren zu, muss aber lachen, vor allem, weil Conny ihr den Ellenbogen in die Seite pikt und sagt, Mann, das fällt doch auf!

Danke für die Blumen, sagt Frederike im Radio. Das hört man gerne!, kichert Julia.

Jedenfalls wollte ich fragen, warum ihr eigentlich nur Instrumentals macht?, fragt Michael unschuldig.

Gute Frage, antwortet Julia. So genau weeß ick dit och nicht, also das war die Idee unserer Organistin, die hatte wohl keen Bock auf Gesang.

Also das soll sich jetzt nicht so anhören, als würde mir das nicht gefallen, sagt Michael, und Brenda überlegt, ob er versucht, wie ein richtiger, etwas verwirrter Fan zu klingen oder ob das alles echt ist.

Ist halt mal was Neues, sagt Frederike, es gibt eben keine Frauen-Instrumentalbands, und wir haben die Marktlücke gesehen. Aber an sich haben wir nichts gegen Gesang!

Nö, überhaupt nicht, echot Julia.

Ich finde jedenfalls eure Organistin in dem Video am besten, sagt Michael, wie heißt die nochmal?

Brenda, sagt Julia, na, das werden wir ihr ausrichten, das wird sie freuen. Frederike muss lachen, und Julia stimmt ein. Der Moderator unterbricht die beiden mit der nächsten Stück-Ansage: Und weil uns die CD anscheinend allen so gut gefällt, spiele ich jetzt noch mein Lieblingsstück, eine Beat-Banden-Eigenkomposition, sie heißt «Squaw». Dann lassen die ersten, durchdringenden Orgel- und Gitarrentöne das Mausradio in Brendas Küche nach Luft schnappen.

Die folgenden Gigs sind genau das Gegenteil der Auftritte, die die Beat Bande bis dahin absolviert hat. Im Oktober spielt sie bei einem Festival in Köln, das von Metropolitan Cosmetics gesponsert wird, und der Soundcheck dauert fast drei Stunden, weil auf der riesigen Bühne eine Menge technische Sperenzchen versteckt sind: Conny bekommt ein Headset, ein Mikrophon, das ihr am Kopf festgesteckt wird, und lässt sich daraufhin den ganzen Abend «Madonna» nennen. Neben der Orgel steht ein eigener Monitor für Brenda, durch den sie das erste Mal bei einem Live-Konzert klar und deutlich alle anderen Instrumente hören kann, sodass sie, nachdem die Beat Bande «Mascara!», «Chicken Rhythm» und «The Stripper» angespielt hat, verwundert zu Julia hinüberruft: Ich dachte, du spielst bei «The Stripper» eine Bluesschema-Basslinie?! Julia zieht zur Antwort eine Grimasse.

Die Beat Bande ist in der Festival-Reihenfolge die vorletzte Band, nach ihnen kommt nur noch eine deutschsprachige Crossoverformation namens Ali Baba and the 40 Thieves, das sind zwei Jungs mit Mikrophonen, ein Gitarrist, ein Bassist, ein Schlagzeuger und ein DJ. Die Rapper ziehen die Kapuzen ihrer Pullis beim Soundcheck so tief ins Gesicht, dass die Damen keinen von ihnen erkennen, was Brenda zu wilden Spekulationen anregt: Ob die alle noch in die Maske müssen, überlegt sie, um die Akne abzudecken? Aber als Kosmetikfirma sponsert man doch nicht ein Konzert einer extra pickeligen Band? Oder haben die nur Gesichtstattoos?

Vor der Beat Bande sind Neurosis an der Reihe, eine Gitarrenrockband aus Essen, die so aussieht, als ob sie ausschließlich Europe-Songs nachspielt, und davor singt eine Frau ein paar deutsche Chansons zu Musik vom Band. Aber gut geschminkt mit Metropolitan-Produkten ist sie bestimmt, kichert Nathalia, die mit Brenda zusammen zuguckt, wie das große Metropolitan-Banner im Wind hin- und herweht.

Als die Beat Bande die Bühne betritt, schreien über 2000 Menschen «Mascara!», und Brenda guckt sich verstohlen zu Conny um. Die schaut auch ein wenig hilflos, reißt dann aber den Arm hoch und trommelt ein: One and two and beat baby, beat!

Am Nikolaustag füllt die Band die Documentahalle in Kassel. Und weil am frühen Abend so viele Fans um Karten anstehen, dass die Schlange bis auf die Straße reicht, kommt die Polizei, um kurzzeitig eine der Zufahrtsstraßen zur Halle abzusperren. Brenda, Conny, Nathalia und die Schwestern sitzen währenddessen in einem kleinen Restaurant im ersten Stock an einem riesigen Fenster und schauen schaudernd auf die Fanmasse hinunter.

Dit jibt's doch nicht, sagt Frederike, guckt euch dit bitte mal an: Wegen uns wird 'ne Straße jesperrt!

Na ja, sagt Brenda, um sich selbst zu beruhigen, die Kasselaner Gässchen sind aber auch besonders schmal …

Pustekuchen, ruft Conny, nix da: Das liegt schon an dem Andrang! Wahnsinn. Man fühlt sich wie die Beatles, die das erste Mal in Amiland aus dem Flugzeug steigen …

Wie bei 'ner Parteiveranstaltung …, murmelt Nathalia.

Wie Bon Jovi …, gluckst Julia.

Stadionrock, stöhnt Brenda. Wir machen jetzt Stadionrock. Wir müssen uns unbedingt 'ne abgelegte Stones-Bühne besorgen und Videoleinwände …

Die Bühne ist so groß, dass diesmal alle fünf Headsets aufgesetzt bekommen, weil sie sich sonst nicht verständigen können. Julia und Frederike scheinen sämtliche Bandabsprachen vergessen zu haben, versemmeln abwechselnd ihre Einsätze und kichern nur hysterisch in ihre Headsets. Außerdem versucht Julia erfolgreich, das Publikum zum Mitklatschen zu bewegen: Sie gibt mit ausgestreckten Armen einen Rhythmus vor. Und eine Menge Leute machen mit, leider nicht im Takt.

Brenda schaut immer wieder ungläubig von ihrer Orgel hoch und bekommt ein ganz merkwürdiges Gefühl, wenn sie die vielen Menschen sieht, die ihr entgegenstarren und so sehr bereit dazu zu sein scheinen, sie zu mögen. Wow, toll, denkt sie kurz nach «The Squaw». Beängstigend, denkt sie nach «Brainwashed». Irgendwie nicht mehr normal, denkt sie nach «Mascara!».

Nathalia hat sich ganz in die Ecke der Bühne gedrückt und macht mit einem eingefrorenen Lächeln die eingeübten Schritte mit. Und Conny zieht beim Einzählen ihre rötlichen Augenbrauen zusammen, als täte ihr etwas weh.

Nur die Schwestern scheinen jede Minute zu genießen: Boah, dit war mal nötig!, schreit Julia, als die Beat Bande sich nach ihrem letzten Stück hinter der Bühne versammelt. Geil!

Geil und gruselig gleichzeitig, sagt Conny. Man ist da so verloren!

Ach Quatsch, sagt Frederike, die wollen uns doch, da könn wa jetzt machen, was wir wollen! Und jetzt schnell 'ne Zugabe!

Frederike hakt Julia ein und rennt mit ihr auf die Bühne. Wer ist die geilste Band der Welt?, schreit sie in ihr Mikrophon, das sofort ein wenig fiept, weil sie den Background normalerweise nicht so laut singt.

Beat Ban-de, Beat Ban-de, Beat Ban-de, kommen Sprechchöre zurück. Brenda, Conny und Nathalia stehen auch wieder an ihren Instrumenten, Brenda drückt auf den tiefen, brummenden Tasten die ersten Töne des Intros von «Have Love Will Travel», als sie noch einen anderen, immer lauter werdenden Sprechchor hört: Ausziehn, Ausziehn!!!

Über Weihnachten passiert nicht viel, außer dass Brenda ihren Bruder und dessen Freundin nach Berlin einlädt, um mit ihnen zusammen zu feiern, das erste Mal in einem Restaurant mit fünfgängigem Weihnachtsmenü, Crumb Downer und, als erstem

Vergnügen, einem «Gruß aus der Küche», so einem kleinen, exquisiten Vorspeisenhäppchen, das «wir aber nicht bestellt haben», wie die Freundin des Bruders entrüstet zum Kellner sagt. Schon gut, wiegelt Brenda ab, das ist okay, grüßen Sie mal zurück!

Inzwischen haben sich nämlich so viele CDs der Beat Bande verkauft, dass die Damen in die CD-Charts eingestiegen sind, zuerst auf Platz 32, dann jedoch in einer rasanten Aufholjagd hoch bis Platz 11. Top Twenty!, jubelt Michael am Telefon, und wenn wir noch die Top Ten knacken, dann könnt ihr euch eure süßen Näschen vergolden lassen!

Es ist der 27. Dezember, und Brenda hat gerade ihre Küche fertig gefegt (sollst auch etwas im Festtagsglanz erstrahlen, hatte sie in den Raum gerufen), als Michael anruft.

Was machst du denn so zwischen den Jahren?, fragt er, und Brenda hört Jane Birkin und Charles Gainsbourg im Hintergrund «Soixante Neuf – année erotique» seufzen.

Brenda und Michael haben sich das letzte Mal Mitte Dezember gesehen, danach machte Michael einen Adventsbesuch bei alten Freunden und ging anschließend auf den Weihnachtstrip zu seinen Eltern ins Sauerland. Er wollte Brenda sogar überreden mitzukommen, aber Brenda hatte das Weihnachtsessen mit ihrem Bruder schon geplant und fand es außerdem ein wenig gruselig, bei Michael gleich die gesamte Elternhaus-Palette durchzuspielen, fremde Erwachsene mit Michaels Nase und Augen «Hermann» und «Jutta» zu nennen und unter dem Weihnachtsbaum die nervöse Quasi-Schwiegertochter zu geben.

Zwischen den Jahren?, sagt Brenda und beginnt, nach der Melodie von Suzi Quatros «If You Can't Give Me Love» und mit leicht abgewandeltem Text den Bernhard-Brink-siebziger-Jahre-Hit «Alles braucht seine Zeit» zu singen: Sitzt man zwischen den Jahren mit seinen Gefühlen, ist es besser, man geht nicht zu weit. Ich will ihn ja nicht kränken, doch man muss bedenken, dass man später vielleicht was bereut. Gib mir etwas Zeit, ahhhahh …

Aha, sagt Michael, also dein Gedächtnis für absolute Schlager-Kacke funktioniert einwandfrei, aber meine Frage beantwortet das noch nicht.

Wenn du genau zugehört hättest …, fängt Brenda an. Aber gut. Also konkret koch ich gerade Fugu für meine Freunde, sagt Brenda, danach bin ich frei. Wieso?

Harharhar, rate mal wieso, Frollein Fugu, sagt Michael, ich habe dich sehr vermisst unter dem Weihnachtsbaum … Hab schon meinen Eltern von dir erzählt, das war ganz einfach, wir haben 'n bisschen «Wir warten aufs Christkind» geguckt, und als ich bei 'ner langweiligen Geschichte zum Privatsender rübergeschaltet hab, kam sofort der «Mascara!»-Spot, und ich konnte sagen, guck mal, die Band manage ich, und die Frau an der Orgel …

Vögel ich?, kichert Brenda.

Na eigentlich wollte ich sagen, ist fast meine Freundin, antwortet Michael. Wenn du nichts dagegen hast.

Wie könnte ich?, sagt Brenda. Und was hast du zwischen den Jahren vor, heute Abend zum Beispiel?

Man könnte ja mal essen gehen, sagt Michael, jetzt, wo wir in Geld schwimmen, und dann mein neues Bettzeug – Geschenk meiner Eltern – begutachten, immerhin kein Biber, sondern atmungsaktive Baumwolle …

Klingt spitze, sagt Brenda, ich bringe dann als Horsd'œvres oder wie das heißt mein neues Nachthemd und meine neue Slim-Gaillard-Platte mit – Geschenk meines Bruders – wie wär das?

Bestens, sagt Michael, ich erwarte dich um sieben. Tschüssi.

Tschüssi, sagt Brenda, legt auf und wundert sich, wo eigentlich ihre ganze Vorsicht in Bezug auf eine Beziehung mit Michael geblieben ist. Futsch. Verknallt und unvorsichtig, schilt sie sich, kann aber das Honigkuchenpferdgrinsen nicht ganz vom Gesicht unken. Sie zieht sich ihre rutschfesten Katja-Ebstein-Stiefel an und schlittert auf einen Spekulatiusbesuch zu Conny, die über Weihnachten ebenfalls nicht in Berlin war, aber über eine ordentlich geschmückte Festtagswohnung samt Kerzen, Adventskranz und Süßigkeitenteller verfügt, denn Connys Eltern sorgen immer dafür, dass die Anti-Karies-Zahnpasten auch wirklich etwas zu tun haben. Conny erzählt ein paar unglaubliche Geschichten wie «beim Dominosteine einkaufen bei Aldi erkannt werden» und «komische Fan-Liebesbriefe bekommen».

Ich dachte, ich spinne, sagt sie, diese beiden doofen Typen sprechen mich in der Kassenschlange an, wie super sie das «Mascara»-Video fänden, ich meine, das ist ein Werbespot, kein Video, oder? Und dass ich so eine gute Figur machen würde hinter dem Schlagzeug und ob ich das wirklich spielen würde oder ob das Schlagzeug-Playback sei.

Womit sie sich als Fans natürlich erst mal hundertprozentig disqualifiziert haben, entrüstet sich Brenda, das darf ja wohl nicht wahr sein!

Doch, sagt Conny, und Brenda sinniert: Dabei hab ich immer gedacht, an der Kassenschlange jemanden ansprechen, das wäre eine tolle Anmachchance … man könnte so gut etwas Verbindendes sagen wie: Na, auch zahlen?

Conny kichert. Witzboldin, sagt sie. Aber ernsthaft, die ganze Sache mit der Beat Bande macht mir einerseits total Spaß, und andererseits gehen mir die Nebeneffekte langsam auf die Nerven.

Ich weiß, was du meinst, sagt Brenda und fingert aus Connys vorschriftsmäßig buntem Weihnachtsteller die letzten paar Aldi-Dominosteine heraus, ich hab neulich Thommi, du weißt schon, Bulli-Thommi, im Ruby Club getroffen, der saß da mit ein paar Schnöseln aus seiner Tontechniker-Clique, und die haben mich angegafft, als ob sie 15 Jahre auf einem Gefängnisplaneten ohne Frauen verbracht haben, was ja, zugegeben, einerseits extrem schmeichelhaft ist, aber ich fand das so unnatürlich! Weißt du, ich hatte das Gefühl, die denken, sie wissen schon ganz viel über mich, die meinen, mich zu kennen. Und ich komme da rein und kenne die natürlich überhaupt nicht. So ist das doch normalerweise nicht, wenn man neue Leute kennen lernt …

Brenda seufzt und hebt mit gespitzten Lippen die obere Marzipanschicht von einem Stein ab.

Das hat viel mit der Projektion von eigenen Ideen zu tun, sagt Conny, aber ich meine, man muss das eben positiv sehen: Die meisten werden ja eher positive Gefühle zu dir haben, und insofern: Nutz das doch einfach aus, schnapp dir ein paar nette Liebhaber und benimm dich wie eine echte Rockerschlampe!

So wie du, was, Conny, treuestes Mädel unter Gottes greller Sonne?, fragt Brenda und schmeißt die beiden anderen Dominoschichten auf einmal in den Mund.

Ach ja, seufzt Conny, dreh das Messer nur in der Wunde, ich hab mich, als ich bei meinen Eltern war, wieder mit meinem Ex Jan getroffen, und das war so nett mit ihm! Wir kennen uns eben so gut, da muss ich nicht erst viel erklären, der weiß immer sofort, wie's mir geht … Und natürlich sind wir uns wieder näher gekommen, als ich wollte, und jetzt vermiss ich ihn wie bekloppt. Hey, das waren die letzten Dominosteine!

Ich setz mir 'ne Perücke auf und kauf dir neue, sagt Brenda. Soll ich dir mal zur Abwechslung was sagen: Also so lange wie du da schon mit deinem Ex herumfackelst, glaube ich, da gibt es nur zwei Möglichkeiten: Entweder, ihr seht euch nie wieder und brecht wirklich radikal den Kontakt ab, damit ihr euch nicht immer im Kopf herumlauft und euch quasi gegenseitig sämtliche etwaigen Touren vermasselt. Oder ihr guckt nochmal ganz scharf in eure Herzen und findet wieder zueinander. Das wäre ja auch kein Beinbruch, oder?

Conny fängt an, am Rand der brennenden Adventskerze herumzufingern, bis etwas heißes Wachs austritt und auf den Tisch läuft. Sie lässt es ein wenig erkalten und formt daraus zwei kleine, weiße Kugeln, auf die sie zwei Wachspünktchen setzt.

Manno, sei nicht so ehrlich mit mir, sagt sie schließlich, sonst hat meine Therapeutin nichts mehr zu tun. Hast ja Recht! Eigentlich ist es klar, dass wir zusammengehören. Aber irgendwie, weißt du, hab ich die ganzen letzten Jahre versucht, mich von ihm zu lösen.

Na und, besser späte Einsicht als überhaupt keine Reue, sagt Brenda zufrieden, denn sie genießt die weise, beziehungserfahrene Freundinnen-Rolle. Und jetzt lass endlich diese Barbie-Silikonmöpse liegen!

Brenda und Conny reden noch kurz über die Gigs, die im Januar und Februar anstehen, und verabreden sich für eine Silvester-Verkleidungsparty, zu der die Schwestern geladen haben. Und wehe, man erkennt euch, hatte Frederike ausdrücklich gewarnt, dann müsst ihr zur Strafe den ganzen Abend alkoholfreien Faber-Sekt trinken. Igitt, hatte Brenda geantwortet, der schmeckt ja nicht mal mit Alkohol! Na gut, ich geh als Körperteilmodel.

Die Silvesterparty findet in einer ehemaligen Fabrik in Prenzlauer Berg statt, und einer von Julias zahlreichen Ex-Freunden ist der Veranstalter. Am Silvestermorgen fällt Brenda in Michaels Bett siedend heiß ein, dass sie noch kein Kostüm hat. Er will als Clark Kent gehen, Anzug, unter dem Hemd ein T-Shirt mit dem Superman-S, das man beizeiten, wenn die Party hitziger wird und man ein paar Hemdknöpfe öffnen muss, als Joker ausspielen kann, Haare zurückgelen, die Brille trägt er ohnehin.

Brenda ist beeindruckt. Toll, sagt sie. Ich könnte ja vielleicht als Aschenputtel noch vor dem Ball gehen, überlegt sie, ich war so lange nicht zu Hause, dass meine Klamotten alle dreckig sind …

Ich dachte Körperteilmodel, sagt er.

Ach ja, aber welches Körperteil?, fragt sie. Außerdem besteht der Gag darin, dass man Visitenkarten verteilt, auf die man «Brenda Böhm, Körperteilmodel» drucken lässt. Das ist zwar lustig, aber irgendwie nicht richtig spektakulär, denn wenn man gar nicht zum Kartentauschen kommt, versuppt der Witz. Nee, ich überlege mir was anderes. Lass dich überraschen.

Sie tapert gut gelaunt durch den frisch gefallenen Schnee nach Hause, denn sie will vor dem Feier-Abend noch ihren persönlichen Jahresend-Poll machen. Seit sieben Jahren ist das ihre Silvester-Routine. Auf dem Weg macht sie sich schon mal Gedanken über die Kategorien: bester/schlechtester Song, bester/schlechtester Film, bestes/schlechtestes Buch sowieso, vielleicht bestes/schlechtestes Konzert, dann noch netteste Neubekanntschaft, größte Enttäuschung, ganz wichtig: heißeste Nacht, größter Fehler, größte Veränderung 1995, Spruch 1995, größte Peinlichkeit, Lieblingsstiefel 1995, Getränk 1995, guter Vorsatz 1996.

Zu Hause legt Brenda eine ganz frühe Frank-Sinatra-Platte auf, um in die richtige Jahresendballstimmung zu gleiten, kocht einen Yogitee, guckt ihre alten Polls durch und lässt sich inspirieren. Bester Drink: Wodka-Pflaumensaft. Heißeste Nacht: im Mai mit R., liest sie auf dem 1993-Zettel. Netteste Neubekanntschaft: R. Größte Enttäuschung: R. Ach Roman, du Schuft, gurrt Brenda in Hildegard-Knef-Manier und erinnert sich an den wochenlangen Liebeskummer, an betrunkenes Janis-Joplin-(«Ball and Chain»)-Hören, das sie keinem erzählen kann, und an den trüben Herbst, in dem sie ihn sich schließlich endlich aus dem Kopf und aus dem Körper riss.

An jenem traurigen Abend – Roman war schon die ganze Zeit sehr ruhig gewesen – saß sie mit ihm in einer billigen Pizzeria, als er plötzlich sagte: Du, Brenda, so geht das, glaube ich, nicht weiter. Was meinst du, hatte Brenda gefragt und gespürt, dass ihr ganz kalt wurde. Ist etwas nicht in Ordnung?

Ehrlich gesagt, antwortete er, habe ich mir überlegt, dass ich gerade eigentlich gar keine feste Freundin haben will.

Sie schluckte und aß schnell ein Stückchen geschmacklose Tomate, weil ihr Mund sich so komisch anfühlte. Wer sagt denn, dass wir fest miteinander gehen, ich habe dir doch noch gar keinen Ja-Nein-Vielleicht-Kreuz-an-Zettel geschickt, versuchte sie einen Witz.

Na ja, sagte er, wir sehen uns fast jeden Tag, wir rufen uns oft an, und jetzt hast du schon Pläne für die Zukunft gemacht … Das ist mir ein bisschen zu eng. Ich will keine Beziehung. Jetzt noch nicht.

Es ging doch nur um eine Party am Wochenende, antwortete sie. Ich hab dich doch nie unter Druck gesetzt, oder? Aber im gleichen Augenblick war ihr klar, dass es schon zu spät ist, wenn man sich verteidigen muss. Und dass es, wenn es dem einen zu eng wird, eigentlich nur an den unterschiedlichen Gefühlen füreinander liegen kann. Sie hatte sich so traurig und wütend gefühlt, und ihre Fingerspitzen hatten vor Gefühlsverwirrung so geschmerzt, dass sie fast das Weinglas in der Hand zerdrückt hätte. Zehn Minuten später, in denen Roman etwas herumgedruckst und Brenda, um dem Ganzen ein Ende zu setzen, mit harter Stimme: «Also das war's dann. Viel Spaß noch mit deiner freien Zukunft» gesagt hatte, kam der Kellner und sprach jene denkwürdigen Worte: «Zusammen oder getrennt?»

Ihre Lieblingsbeschäftigung, um sich abzulenken, war danach eigentlich ganz heilsam: Sie ging im Herbst 1993 fast jede Woche in die Pilze. So viel Pilzragout, Pilzsaucen und Pilznudeln hat sie nie wieder gegessen, das fällt ihr ein, als sie über dem 1993-Poll sitzt und «Lieblingsessen: Champignonrisotto» liest. Ihr fällt auch wieder die Situation nach Romans traurigem Lebewohl-Geständnis ein, als sie von der Pizzeria aus mit dem Taxi nach Hause fuhr, die Tränen mühsam unterdrückend, und den Taxifahrer anschnauzte: «Ihnen auch!!!», noch bevor er sein «Schönen Abend no...» ausgesprochen hatte.

Ich lass mich doch jetzt nicht in so eine wehmütige Stimmung drücken, murmelt sie und faltet den alten Poll hastig wieder zusammen. Heute ist schließlich alles anders, die Band erklimmt die Chartspitzen, das Geld fließt, Michael ist ein toller Hecht, ich habe prima Freunde, und der Schuster hat meine weißen Stiefel noch mal phantastisch hinbekommen.

Genau im richtigen Augenblick entsinnt sie sich eines Mumm-Sekt-Piccolöchens, das sie bei dem «Bravo»-Interview vor einer Woche vom Cateringtisch mopste und das jetzt im Kühlschrank hinter der Butter friert. Brenda stößt mit sich selbst und dem mäßig leckeren Sekt auf die Zukunft an und fasst den endgültigen Entschluss, bei der Party als satanistische Rockerbraut zu gehen.

Sie schreibt mit einem schmierenden Rotstift «My mother sucks dicks in hell», ein Zitat aus «Der Exorzist», auf ein graues, flatteriges T-Shirt, das sie nach einem Auftritt Thomas abgeschwatzt hatte, um es als Nachthemd zu benutzen. Dazu toupiert sie sich die Haare in eine Sigue-Sigue-Sputnik-Frisur, überlegt sich, in Neukölln ein paar Ketten mit Kreuzanhängern, Nietenarmbänder und eine Leggins zu kaufen und dazu ihre

Malerstiefel zu tragen: braune, hässliche Cowboyboots. Aber bevor sie angeschickert durch den trüben Tag auf einen Silvestermittag-Einkaufstrip zum Hermannplatz fährt, kritzelt sie mit einem roten Edding «Der große Jahresend-Poll 1995» auf die leere Rückseite des Novemberblatts ihres «Star Trek»-Kalenders, hockt sich in die Mitte des Zimmers, starrt auf die große Bassbox, aus der Frank Sinatra «I get no kicks out of cocaine» behauptet, und denkt angestrengt nach.

DER GROSSE JAHRESEND-POLL 1995

Beste Platte: Jon Spencer Blues Explosion: «Orange»

Schlechteste Platte: Alanis Morissette, keine Ahnung, wie die hieß, Julia hatte sie mal bei einer Tour mit

Bester Film: «Dead Man» von Jim Jarmusch

Schlechtester Film: «Bad Boys»

Bestes Buch: «Baroness Bibi» von Simone Borowiak

Schlechtestes Buch: alle Nachtschwester-Ingeborg-Romane

Bestes Konzert: unser erster richtiger Gig in Berlin!

Schlechtestes Konzert: die Ammerbeach Babes. Oder auch wir im Saalbau Neukölln

Netteste Neubekanntschaft: Conny

Größte Enttäuschung: dieses Jahr ging's

Heißeste Nacht: die erste mit M.

Größter Fehler: eventuell M. (?)

Größte Veränderung 1995: Beat Bande Zukunft

Spruch 1995: Heute gehört uns München ...

Größte Peinlichkeit: eher Reinfall, Julias Dieselgetanke

Lieblingsstiefel 1995: wie immer die weißen

Getränk 1995: Sekt und Selters

Guter Vorsatz 1996: ich werde nicht wieder den Geburtstag meines Bruders vergessen. Und ich werde nicht eingebildet, auch falls wir richtig berühmt werden sollten, und werde mir nie im Leben eine Stretchlimo oder Privatjacht bestellen, weil ich keine Lust hab, mit der U-Bahn zu fahren.

Und dann kommt, mit Pauken und Trompeten, oder besser mit Orgelklang und Saxophon, das Jahr 1996. Die Beat Bande ist in aller Munde und Ohren, im Frühjahr wird sie dreimal hintereinander in der «Bravo» gerühmt und zweimal in der «Spex», in den Charts sowieso. Das kann doch eigentlich schon mal gar nicht sein, oder?, fragt sich die skeptische Brenda, als sie mit der «Spex» und der «Bravo» auf dem Schoß in ihrer Küche hockt. Ich meine, wie ähnlich sind sich eigentlich «Spex»- und «Bravo»-Leser?

Die Überschrift über dem längsten «Spex»-Artikel lautet «Amazonen auf dem Mond», die über dem «Bravo»-Artikel «Heißer Beat von heißen Bräuten». Umgekehrt wäre es auch kaum aufgefallen, seufzt Brenda.

Ist doch optimal, schreit dagegen Conny, die gegenüber sitzt, wir räumen komplett ab! Apropos: Hier hat wohl schon lange keiner mehr abgeräumt, oder?, fragt sie angesichts des Stilllebens aus bekrümeltem Geschirr und den Käserindenbergen auf Brendas Küchentisch.

Aber Brenda hat momentan keine Lust auf so Profanes wie Aufräumen oder gar Abspülen. Sie ist seit Anfang des Jahres in einer komischen Laune, eine Art frühe Wechseljahre, samt Stimmungsschwankungen, Hitzewellen und zu nah am Wasser gebauten Diskussionen. Anhand ihres «Der medizinische Ratgeber»-Schinkens von 1963 hat sie bei sich selbst «Progerie» diagnostiziert, das ist eine Krankheit, bei der Kinder frühzeitig altern und mit acht Jahren schon aussehen wie 60. Vielleicht kann das auch junge, hoffnungsvolle Musikerinnen befallen, denkt Brenda, und dann fühlen sie sich mit Mitte 20 bereits wie Mitte 90.

Natürlich hat sie eine Selbstanalyse versucht. Nachdem sie eines Abends beim Hören der «Ode to Billie Joe», eines ihrer Lieblingslieder, plötzlich heulen musste, weil es ihr so Leid tat, dass Billie Joe McAllister die Tallahatchie-Brücke hinuntersprang, und keiner weiß, warum, entschloss sie sich als erste Maßnahme dazu, regelmäßig Yoga zu machen. Brenda ging mit ihrem Späherblick los und fand nach zwei Versuchen in einem Trödelladen die richtige Kiste, in der ein altes «Hatha-Yoga in Ten Easy Lessons»-Buch für fünfzig Pfennig auf sie wartete. Leider benutzte der englische Hatha-Yoga-Lehrer sehr merkwürdige, altmodische Begriffe für die Körperteile, die man beim Yoga ein- und ausrenken, ent- und anspannen soll, und Brenda war sich nach der dritten Lesson, die sie mit auf den Boden gepresster Wange und schmerzhaft verschobenen Hüftgelenken verbrachte, nicht ganz sicher, ob sie richtig übersetzt hat. Außerdem vermisste sie den dort beschriebenen «radical effect on hot-tempered young women by the action on the thymus». Was ein Thymus ist, ist Brenda ohnehin nicht klar, klingt ein bisschen wie ein Gewürz, denkt sie, und ihr heißes Temperament ist auch noch nicht radikal gezügelt.

Aber auch andere Dinge vermiesen ihr die Laune. Die Plattenfirma möchte eine zweite Single aus der CD auskoppeln, und zwar «Have Love Will Travel», die Beat Bande, jedenfalls drei Fünftel von ihr, ist stattdessen für «The Squaw», denn sie will nicht schon wieder eine Coverversion veröffentlichen. Conny ist sicher, dass die Firma die Band auf einer Coverschiene verankern möchte, und Brenda fürchtet ein Schützenfest-Greatest-Hits-Minirock-Kapellen-Image. Die schönen Schwestern argumentieren stattdessen mit «Never Change a Winning Team», einem Spruch, den sie sich von einem Businessfuzzi abgehört haben, und behaupten, mit einer Coverversion könne man «nichts falsch machen», und außerdem seien die eigenen Stücke einfach nicht stark genug.

Also wenn du mich fragst, frag mich doch mal!, sagt Brenda nun zu Conny, die sich angeekelt in Brendas Küche umschaut. Wir haben doch wirklich ein paar schöne eigene Songs zu bieten, oder etwa nicht?

Genau, sagt Conny, nee, wir bleiben bei «The Squaw», das muss dein Freund Micha den hochwohlgeborenen Damen von und zu Braun schon reindrücken.

Sie grapscht nach einem Nagellackfläschchen mit Silberlack, das auf Brendas Küchenfensterbank neben einer runtergeschmolzenen Teekerze steht, und rollt sich die Socken hinunter. Darf ich mir mal die Nägel lackieren, fragt sie, oder würde dich das stören?

Solange du dabei nicht rülpst oder schmutzige Lieder singst oder den König beleidigst, kichert Brenda. Conny tupft sich Silber auf ihren kleinen Zeh am linken Fuß und sagt: Ich finde, wenn man sich die Zehennägel anmalt, sieht es immer aus, als ob sie einen plötzlich angucken …

Stimmt, nickt Brenda, ist mir auch schon aufgefallen. Sie schaut zu, wie Conny ihren beiden Füßen zehn glänzende Augen malt. Hast du nicht was zu trinken?, fragt Conny und wackelt mit den Zehen, damit sie schneller trocknen. Es ist doch schon nach fünf …

Nur noch Whiskycream-Eis, sagt Brenda, aber wenn du willst, kann ich dir zwei Fingerbreit davon geben … Brenda macht sich am Kühlschrank zu schaffen, und Conny tupft weiter. Ich weiß auch nicht, sagt Brenda dann, ich will nicht immer die Meckermaus sein, aber irgendwie ist bei mir ein bisschen die Luft raus, so bandmäßig …

Conny seufzt. Ich weiß schon, was du meinst, sagt sie. Man sollte denken, wir schwebten im siebten Himmel, und im letzten Jahr war das auch teilweise so, weiß du, ich habe gedacht, das ist doch, um mal ein dummes Bild aus der Jungenssprache zu nehmen, das ist doch eindeutig der Jackpot, was wir da haben. Und dann steht man da auf der großen Bühne, alle jubeln …

…und hat das Gefühl, die spinnen, ergänzt Brenda. Ich hab bei dem Konzert in München letztens, als das auch im Fernsehen übertragen wurde, echt gedacht, ich hätte keine Lust, auch nur mit einem aus dem Publikum Kaffee trinken zu gehen … Nicht dass die alle doof sind. Aber ich finde die Situation so merkwürdig, wenn man von der Bühne kommt, und plötzlich hat man ganz viele neue Freunde …

So wie der Typ in Göttingen letztens, sagt Conny, der anscheinend im Hotel gewartet hat, weißt du noch?

Und mir diesen verrückten Brief hinterlegt hat, klar, sagt Brenda. Der Pseudo-Stalker.

Gib mir den Brief doch nochmal, sagt Conny, wir machen mal 'ne Handschriftenanalyse.

Brenda holt aus ihrem wackeligen Plastikschrank neben dem Plattenregal einen Ordner mit der Aufschrift «Beat Bande 95/96» hervor. Sie knallt ihn neben das Schälchen mit dem Whiskycream-Eis und sagt, guck mal, professionell, oder? Hat mir der Zivi zusammengestellt, den hat Micha doch als Fanclub-Präsidenten beziehungsweise Pressemann angelernt.

Suuuper, sagt Conny gönnerhaft. Ist der Ordner komplett voll mit Fanpost?

Ach Pustekuchen, sagt Brenda, da sind vor allem Ankündigungen, Verträge, ein paar gute Kritiken und ein paar Pressefotos drin.

Die beiden Damen beugen sich über den Fanbrief aus Göttingen. Hoffentlich hat der nicht das Papier mit irgendeinem unsichtbaren Gift getränkt, sagt Brenda, so wie in «Der Name der Rose» …

Aber dann wären der Zivi und du doch schon tot und begraben, stellt Conny fest.

Brenda liest den handschriftlichen Brief vor: «Liebe schöne Organistin! Wahrscheinlich bin ich nicht der Einzige, der dir sagen möchte, wie toll ich eure Platte finde. Ich hätte nie gedacht, dass es Frauen gibt, die auf die gleiche Musik stehen wie ich!»

Ignoranter Angeber, ruft Conny entrüstet dazwischen, selber schuld, wenn du nur langweilige Prince-Hörerinnen kennst!

«Ihr habt mir mit eurer Platte gezeigt, dass es noch Hoffnung gibt», liest Brenda weiter.

Conny stöhnt. Was bildet der sich denn ein?

«Und euren Werbespot habe ich mir auf Video aufgenommen, noch nie habe ich so schöne Frauen so tolle Musik machen hören.»

Der kennt wahrscheinlich als einzige Frauenbands Frumpy und Gitti und Erika, sagt Conny.

«Jedenfalls finde ich, dass du, Brenda, auch noch einfach wahnsinnig nutt aussiehst.»

Äh, «nett», verbessert sich Brenda.

«Ich habe den Artikel über euch in der ‹Spex› gelesen und die Fotos angeguckt, und ich finde, du hast wirklich ein schönes Lächeln. Das klingt vielleicht jetzt ein bisschen oberflächlich, wenn jemand Fremdes dir so etwas sagt. Dabei sind mir Äußerlichkeiten eigentlich gar nicht so wichtig.»

Neeeeeeiiiin, üüüberhaupt nicht, stöhnt Conny, das ist dir ganz egal, du Schleimer.

«...aber du bist schon eine richtige ‹Traumfrau›: Eine Frau, die meine Interessen teilt und die so schön ist, dass ich mich in sie verlieben kann.»

Da weiß man ja gar nicht, ob man lachen oder weinen soll, sagt Conny, so ein unverschämter Mann! Gleichzeitig unheimlich selbstbewusst, aber auch irgendwie devot, oder? Der soll doch erst mal ein Bild und einen Kontoauszug schicken!

Brenda winkt ab und liest weiter: «Ich würde mich darum sehr freuen, wenn wir uns in Echt kennen lernen könnten. Vielleicht hast du mal nach einem Auftritt Zeit? Bei Euren Gigs in Hamburg im März und auch bei dem Festival in Berlin werde ich da sein. Wenn du mir vorher einfach einen Brief schreibst oder mich anrufst, könnte man sich doch vielleicht treffen? Vielleicht möchtest du noch wissen, wer ich bin: Ich bin 28, komme aus der Rockabilly-Szene und arbeite seit fünf Jahren in einem Plattenladen in Göttingen. Ich würde mich wirklich sehr über eine Nachricht von dir freuen! Viele Grüße, dein Boris», mit Herzchen auf dem i.

Was, echt ein Herzchen auf dem i?, fragt Conny.

Nee, sagt Brenda und lässt den Brief sinken, das machen coole Billys nicht. Aber die Frage ist doch: Ist das nun schon pathologisch oder noch harmlos?

Sei nicht zu skeptisch, sagt Conny, das ist zwar bekloppt, aber du solltest das halt einfach als ein ziemlich ungeschicktes Kompliment nehmen. Komm, lass uns mal die Handschrift analysieren.

Boris ohne Herzchen auf dem i schreibt klein und krakelig, er benutzt einen Kugelschreiber und hat hin und wieder ein Wort unterstrichen. Brenda rubbelt sich die Nase. Was meinst du, sagt sie, dieser extrem kleine Schwung beim «P» in «Plattenladen» …

… deutet eindeutig auf 'ne kleine Murmel hin, was, hihihi?, kichert Conny los.

Nein, ich dachte eher an ein kindliches Gemüt, sagt Brenda. Die kleine Murmel sehe ich eher in den lang runterhängenden g-Schlingen, ich glaube, der muss mit dieser Sack-Überbetonung etwas kompensieren …

Conny sagt, ich kannte mal einen Fußfetischisten, der hat immer sehr verdächtige große Ls gemalt.

Na ja. Aber was mach ich denn, wenn der Boris-Billy aus Göttingen demnächst mit Blumen vor der Haustür auftaucht?, fragt Brenda.

Dann rufst du, Hilfe, Blumen mit Stalker dran, sagt Conny, und dann kommt Herr Avci und rettet dich. Oder Michael kommt aus deinem Schlafzimmer und versohlt dem Herrn Boris das Gesäß.

Brenda grinst, hat aber doch ein komisches Gefühl. Ich muss mir doch mal angewöhnen, immer erst zu fragen, wer da ist, bevor ich den Türöffner drücke, sagt sie sich. Obwohl die Tür zur Straße unten ohnehin meistens offen steht.

Im Februar kommt die nächste Beat-Banden-Single heraus. Die Plattenfirma hat sich durchgesetzt und gegen den friedlichen Protest von Brenda, Conny und Nathalia «Have Love Will Travel» (natürlich in der Instrumentalversion) ausgekoppelt. Das Stück geht nach drei Wochen auf Platz siebzehn der Charts, und natürlich freut sich Brenda darüber, andererseits macht sie sich Sorgen, weil jetzt schon dreimal in der Presse von der «Beat Cover-Bande» die Rede war. In der «Spex», die ebenso gerne kritisiert wie lobt, beschwert sich eine Autorin über den «Ausverkauf der Subkultur» und nimmt die Beat Bande als Beispiel. Brenda sagt sich jeden Tag, dass es egal ist, was in Musikzeitungen steht, und dass Autoren auch nur Menschen mit unterschiedlichen Geschmäckern sind und dass sie sich schließlich selbst ständig warme und kalte Gedanken zu Kulturphänomenen macht. Trotzdem spürt sie, wie es sie wurmt.

Die schönen Schwestern vertreten weiterhin die Ansicht, dass es eine tolle Idee war, noch ein Coverstück herauszubringen, und glauben, dass sie mit «The Squaw» «keen Blumentopp jewonnen hätten».

Auf der Schiene müssen wa bleiben, sagt Julia, als Brenda sie an einem Montagnachmittag besucht, um ihr zu sagen, dass ihr Bassverstärker wieder repariert ist und dass Brenda und Conny ihn schon in den Übungsraum gehievt haben.

Vielen Dank, lächelt Julia, ick hätt's echt nie geschafft, den abzuholen …

Na, ein Glück haben wir ja den ganzen Tag Zeit, murmelt Brenda, beißt sich aber gleich auf die Lippen. Also dann können wir ja bei der nächsten Probe frisch ans Werk gehen, oder wie seh ich das?

Ick hab neulich mit so 'nem Typen geredet, der sich echt auskennt, sagt Julia und rubbelt sich energisch die frisch gewaschenen Haare, und der hatte 'ne Wahnsinns-Idee für 'n neues Cover: «Popcorn», kennste dit? Düttdüttdüttdüttdüdüdütt, singt sie, Düttdüttüdttüdüttdüdüdütt …

Ihhh, dieser alte Disco-Tanzflächenfeger von Hot Butter?, schüttelt sich Brenda.

Brenda hasst das Stück, es erinnert sie an eine Zeit, in der sie vom Hosen-Engernähen und Schallplatten-Hören lebte und sich jeden Tag über ihre silberumrandete Brille ärgerte, wegen der sie bei allen Schulaufführungen immer «die Lehrerin» oder «die Streberin» spielen musste.

Conny, die Brenda später von zu Hause aus anruft, um ihr Julias Vorschlag zu unterbreiten, ist auch gegen «Popcorn», aber aus anderen Gründen: Das ist unkopierbar, behauptet sie. Das hatte seine Berechtigung und ist ein Hit, so wie es ist. Man kann das nur schlechter machen. Außerdem ist es viel zu bekannt!

Brendas Metropolitan-Wimperntusche, die es als Werbegeschenk gab (zusammen mit einem Lippenkonturenstift und einem kleinen Schaumstoffkämmchen, das man, wie Brenda sich verwirrt erklären lassen musste, zwischen die Zehen steckt, um sie besser lackieren zu können), ist fast leer und beginnt zu bröckeln.

Außerdem bröckelt Brendas Laune, je stärker sich das junge Jahr 1996 dem Frühling nähert. Sie beginnt, das Alleinesein zu vermissen: Die Band nimmt einen immer größeren Teil von Brendas Zeit in Anspruch, es wird entweder geprobt, sich zwecks Besprechungen getroffen oder getourt. Den Rest der Zeit fordert Michael ein, und Brenda sehnt sich nach ihrer üblichen Frühjahrsroutine. Normalerweise sind die ersten, noch dunklen Monate des Jahres Brendas Hauptkinozeit, sie liebt es, alleine in späte Nachmittags- oder frühe Abendvorstellungen zu gehen, sie guckt sogar Filme, von denen sie eigentlich weiß, dass sie sie nicht mögen wird. Einfach nur, weil sie es so entspannend findet, in einem halbwegs bequemen Sessel im Dunkeln zu sitzen, Eis zu essen und sich anderthalb Stunden lang ablenken zu lassen. Michael hat sich schon an ihre einsamen Kinobesuche gewöhnt, anfangs vermutete er allerdings ein heimliches Verhältnis mit dem Vorführer.

Brenda findet, dass gerade Kino ein Vergnügen ist, in das man sich hervorragend alleine stürzen kann: Es ist so dunkel, dass einen keiner sieht, man muss sich nicht unterhalten, man braucht sein Eiskonfekt nicht zu teilen, und wenn der Film beeindruckend war, kann man danach prima beeindruckt und stumm nach Hause wandern. Aber während des beginnenden

Frühlings 1996 geht Brenda nur ein einziges Mal alleine ins Kino, und zwar vor einem Konzert in Freiburg in «From Dusk Till Dawn» von Quentin Tarantino, und dabei ärgert sie sich auch noch, weil außer ihr anscheinend nur weibliche George-Clooney-Fans im Kino sitzen, die jedes Mal quietschen, wenn Clooney sein Pseudohalstattoo streckt, und nicht, wie sie erhofft hatte, nette Splatter-Fans.

Die Band spielt im Durchschnitt sechs Konzerte pro Monat, keiner muss mehr nebenher arbeiten, und Brenda vergisst oft, in welcher Stadt sie gerade kampieren. Dann denkt sie immer gleichzeitig traurig und stolz an «We Are the Road Crew» von Motörhead. Denn die Konzerte fangen an, sich zu gleichen. Was außer an den ähnlichen Bedingungen und Erfahrungen, der Routine aus Anfahrt-Soundcheck-Show-Sozialisieren-Hotelbett auch daran liegt, dass die Beat Bande ihr Programm schon lange nicht mehr geändert hat.

Zwar haben sich die Damen bereits einige Male getroffen, um neue Songs zu proben, aber Brenda ist die Einzige, der hin und wieder ein paar Akkorde als Gerüst für ein Stück einfallen. Nathalia jammert, sie fühle sich ausgelaugt und vermisse die Arbeit am Theater. Die Schwestern zicken, wenn es darum geht, an neuen Basslinien oder Gitarrenriffs zu arbeiten. Stattdessen regen sie sich über «fehlende Promo» und «unprofessionelle Veranstalter» auf und zanken sich mit Uwe und Roger herum, ihren Boyfriends, ohne die sie nicht mehr auf Tour gehen wollen. Sie bringen die beiden sogar hin und wieder mit in den Übungsraum, wobei sich Brenda und Conny jedes Mal die Fußnägel hochrollen, denn Uwe und Roger sind nicht schüchtern und mischen sich gerne und lautstark in die internen Banddiskussionen um Musik und Stückeauswahl ein, um Frederike und Julia den Rücken zu stärken. Brenda nennt die Jungen inzwischen nur noch «Die Renitenten».

Conny trägt auch nichts zur Stückeentwicklung bei, denn sie sagt bei jeder Auseinandersetzung resigniert, ich kann erst was dazu trommeln, wenn ihr wisst, was ihr spielen wollt!

Als die Band eines Freitagabends nach einer unerfreulichen

Probe – aber immerhin ganz ohne Bandboyfriends – ihre Instrumente zusammenpackt, fasst Brenda sich ein Herz.

Hört mal, Ladys, sagt sie vorsichtig und knipst die Orgel aus, so geht das auf Dauer nicht weiter. Wir können doch nicht ewig das Gleiche bieten, wir müssen unbedingt mal an ein paar neuen Sachen arbeiten …

So lange keener meckert, sagt Julia spitz, seh ich überhaupt nicht ein, dass man hier auf Teufel komm raus Gehirnschmalz produzieren soll. Wir sind schließlich janz schön ausgelaugt!

Hast du denn gar keine Lust auf neue Songs, auf neue Arrangements vor allem?, fragt Brenda sie. Wir prökeln hier doch wirklich schon seit Monaten an unserem alten Programm herum.

Julia guckt Frederike an und verdreht die Augen. Mach ma hier nicht so die Stimmung mies, ja?, sagt sie. Wir ham 'n langet Programm, und dit kommt super an. Und wenn wir schon wat Neues spielen wollen, denn sollten wir 'n bisschen an «Popcorn» arbeiten.

Brenda seufzt und greift als Übersprungshandlung nach einem kleinen Handzettel, der im Übungsraum gelandet ist, und liest den Aufdruck «Herus zum revolutionären ersten Mai! Demobeginn: 12 Uhr Mariannenplatz». Das fehlende a hat jemand mit einem roten Filzstift nachgetragen. Brenda macht ihren Daumen mit Spucke nass und reibt über das a: Es verschmiert. Wie süß, denkt sie. Da hat jemand extra auf jedem Zettel den Fehler berichtigt …

Aber lass uns mal wat anderet besprechen, sagt Julia plötzlich ungerührt, wo wir schon mal so schön zusammensitzen. Ick hab neulich nach dem Gig in München mit so 'nem Typen geredet …

Dieser Schleimer im Cordanzug?, fragt Conny, das hab ich wohl gesehen!

Wieso Schleimer, rüffelt Julia, der ist super, der Typ, der hat in München 'ne ziemlich große Management-Agentur, die haben früher die Spider Murphy Gang gemacht, und jetzt Blümchen …

Na, das sind ja tolle Referenzen, murmelt Brenda leise und

spürt eine diffuse Angst vor dem, was nun kommen könnte. Und der jedenfalls, fährt Julia fort, der hat uns ein Angebot gemacht.

Was für ein Angebot denn?, fragt Nathalia, und Conny frotzelt: Wenigstens ein unmoralisches?

Na was wohl, sagt Julia. Der will uns managen!

Also doch ein unmoralisches, sagt Conny mehr zu sich selbst. Sie schaut Brenda an. Die starrt auf den Demo-Spucki mit dem Rechtschreibfehler.

Der nimmt auch nur 20 Prozent, erklärt Julia weiter, das hab ich gleich mit dem besprochen, und dafür gibt es ein paar wirkliche High-Class-Gigs, nicht immer diese müden Dinger so wie bei dem Soli-Festival letztens, bei dem es wieder kein Hotel gab ...

Das war doch eine Eins-a-Bandwohnung, in der wir da geschlafen haben, ruft Conny. Brenda ist immer noch stumm. Sie kann es gar nicht fassen.

Ähm, Julia, sagt sie schließlich und reißt den Flyer langsam in kleine Fetzen, täusche ich mich, oder haben wir nicht schon einen Manager?

Hör mal, Brenda, sagt Julia, ick mag Michael wirklich sehr gern, ick find den echt spitze, der hat uns am Anfang janz prima unterstützt und allet, da jibt es nix.

Und das macht er jetzt genauso, sagt Brenda und versucht, ruhig zu klingen.

Meenst du, ick weeß nicht, wat hier los ist?, sagt Julia. Du bist verknallt, Brenda, du siehst überhaupt nicht, dass der uns auch schon ganz schön in die Scheiße geritten hat, die Wochenend-Tour letzte Woche zum Beispiel, bei der wir zwischen zwei Gigs 500 km fahren mussten, so was ist doch echt unprofessionell, da hockt man viel zu lange auf der Autobahn! Da hätte 'n Off-Day hingehört. Und denn diese blöde Unterkunft ...

Und neulich gab's wieder nur 50 Mark für jeden, sagt Frederike, ick weeß doch jenau, dass wir viel besser verdienen könnten!

Michael hat doch schon oft erklärt, wo das Geld hingeht, sagt

Brenda, also das ist euch doch klar, dass davon auch Plakate bezahlt werden, eine ganze Menge Werbung, und dann kriegt Thommi 'n bisschen was fürs Merchandising, wenn er dabei ist. Und der Zivi kriegt neuerdings auch was für die Pressearbeit, das haben wir doch besprochen! Ich meine, Michael zeigt uns immer alle Rechnungen! Da bleibt nicht so viel, und was bleibt, das stecken wir in die Bandkasse.

Klar, sagt ja auch keener, dass der sich selber zu viel abschneidet, sagt Julia. Aber darum jeht et ooch jar nicht. Es geht ums Prinzip. Der Typ arbeitet immer noch als Tresenheini, als ob ihm das genug wäre. 'n anderer Manager könnte halt von vorneherein viel mehr herausschlagen! Der hätte einfach 'n anderen Biss.

Also ich verdiene so gut wie noch nie in meinem Leben, muss ich sagen. Conny trommelt einen leisen Rhythmus auf der Snare und haut danach bekräftigend auf das Becken. Ich war noch nie so oft essen wie jetzt, ich hab mir vorletzte Woche ein schickes Mountainbike gekauft, letzte Woche zwei Cream-Bootlegs, und ich hab keine Schulden mehr …

Dit ist doch wohl klar, sagt Frederike. Natürlich haben wir alle mehr Geld, aber verdammt, wir sind auch in den Charts, in der «Bravo», in der «Spex», und an der Aldikasse sprechen uns Fans an … Wir sind nicht mehr irgendwer, wir sind bekannt! Hey, wir sind talk of the town! Wir könnten noch viel mehr verdienen.

Das klingt jetzt vielleicht pathetisch, sagt Brenda und versucht, ganz ruhig zu sprechen, obwohl ihr Magen flattert und ihre Nase höllisch anfängt zu jucken. Aber denkt doch mal daran, was Michael schon für uns gemacht hat. Der hat sich doch dermaßen den Arsch aufgerissen …

Den knackigen, fügt Conny hinzu. Hast Recht, Brenda. Ohne Michael wäre das mit dem Werbespot nichts geworden, und überhaupt – wer weiß, ob wir überhaupt so viele Gigs aufgetrieben hätten.

Julia guckt Brenda an. Versteht mich doch jetzt nicht extra falsch, sagt sie. Es geht doch nur darum, dass wir uns vielleicht für die Zukunft einfach 'n büschen in 'ne andere Richtung bewegen müssten. Und ick weeß nicht, ob Michael da mit hinwill … Abgesehen davon, fügt sie hinzu und setzt einen etwas schnippischen Gesichtsausdruck auf, hab ick ihn ja damals gar nicht gewählt, ick war bei dieser Besprechung nicht dabei, falls du dich recht erinnerst.

Wovon redest du überhaupt, das steht doch gar nicht zur Debatte, sagt Brenda. Hatten wir vorhin nicht davon gesprochen, dass ihr nicht mehr an neuen Stücken arbeiten wollt? Und jetzt kommt ihr mit 'nem neuen Manager, meint ihr, damit wär so 'n Schaffenstief aus der Welt geschafft?!

Ihre Finger und Hände beginnen wehzutun, ein Schmerz, der von innen kommt, als ob das Blut plötzlich langsamer fließt. Brenda erkennt diesen Schmerz wieder: Das letzte Mal hatte sie ihn, als Roman sich in der Pizzeria von ihr verabschiedete. Aha, denkt sie kurz, das kommt also nicht nur bei Liebeskummer. Sondern auch bei Wut. Vielleicht sitzen die beiden Gefühle an der gleichen Quelle?

Wir sollten besser ein anderes Mal darüber reden, schaltet sich plötzlich Nathalia ein. Ich hab nämlich jetzt einen Termin, wirklich. Lasst uns doch mal alle drüber schlafen und uns in Ruhe übermorgen früh treffen, da haben wir doch eh Bandtreffen, oder?

Okay, sagt Julia, und Frederike nickt. Brenda zieht ihre grüne Plastiklederjacke an und knipst ihren Verstärker aus. Dann gute Nacht, sagt sie knapp und rennt die Stufen aus dem Übungsraumkeller hinauf.

Sie hüpft auf ihr Fahrrad und kommt sich vor wie Anna Karenina, als sie mit Tränen in den Augen die Greifswalder Straße hinuntersaust. Das gibt's doch nicht, murmelt sie, das gibt's doch überhaupt nicht, die haben ja wohl dermaßen den Arsch offen … Die sollen sich doch vor so eine vermaledeite Straßenbahn schmeißen, aber die Scheißdinger fahren ja so selten.

Wie zum Hohn klingelt in diesem Augenblick eine Straßenbahn so nah an Brendas Ohr, dass sie fast vom Rad fliegt. Verflixtes Ding, schimpft sie, erst anschleichen und einen dann zu Tode erschrecken, das kannst du! Der Straßenbahnführer guckt sie durch die beschlagene Scheibe an und macht das international gültige Zeichen für plemplem. Brenda explodiert. Scheißding, und immer teurer wirst du auch noch, schreit sie und wirft einen kleinen, holzigen Erdballen nach der Bahn. Daraufhin hört sie die Bahnbremsen quietschen und beschließt, den Rest ihrer Wut doch lieber auf dem Fahrrad herunterzustrampeln. Und bevor sie es merkt, hat sie schon den Weg zu Michael eingeschlagen.

Es klopft an der Tür. Brenda, die sich auf Michaels blauem Stoffsofa wie eine Picknickdecke zusammengeknautscht hat und gerade darüber nachdenkt, ob es in Ordnung war, aus diesem besonderen Anlass die Flasche uralten Jamaica-Rum aufzumachen, die in Michaels Bar-Globus steht (ein Möbelstück, über das sich Brenda einfach keine Meinung bilden kann – ist es nun extrem hässlich oder todschick? Michael hat den beigebraunen Globus von einem Onkel geerbt und behauptet, er verleihe seiner Wohnung etwas so schön «Fin-de-Siècle-Großwildjägermäßiges»), zuckt zusammen. Sie ist alleine in Michaels Wohnung, denn er arbeitet heute Abend im Ruby Club. Aber Brenda hatte nach dem Streit mit der Band keine Lust auf Kneipenatmosphäre und allgemeines In-die-Runde-Lächeln. Sie ist direkt zu Michael gefahren, hat sich das erste Mal über den Haustürschlüssel gefreut, den er ihr eine Woche vorher mit bedeutsamem Blick in die Hand gedrückt hat («wo du doch schon dein Kontaktlinsenzeug bei mir stehen hast»), und wollte nur noch liegen, sich ein wenig vor sich hin ärgern und telefonisch nicht erreichbar sein.

Aber jetzt klopft es, und Brenda überlegt, ob sie aufmachen soll. Wahrscheinlich hätte Micha überhaupt nichts dagegen, denkt Brenda, der würde sich freuen, wenn er nach Hause käme, und ich säße hier mit irgendeinem Freund von ihm und würde auf kumpelige Hausherrin machen. Wer klopft denn überhaupt abends nach zehn? Vielleicht ein Nachbar?

Hallo?, fragt Brenda durch die geschlossene Tür und nimmt noch einen großen Schluck Jamaica-Rum. Hallo, sagt eine Männerstimme. Ich habe etwas abzugeben. Brenda macht die Tür auf. Als Allererstes sieht sie eine Faust, in der ein großer Blumenstrauß steckt. Auf den fünf Fingern, die den Strauß halten, steht «GeneV». Eintätowiert, denkt Brenda, und Bilder von Schlägertypen mit Knasttränen und Drei-Punkte-Tattoos jagen durch ihren Kopf. Dann schaut sie hoch. Über der Faust mit den komischen Buchstaben und dem Blumenstrauß – ein paar Astern, Osterglocken, im Großen und Ganzen ein amtlicher Beerdigungsstrauß, denkt Brenda – grinst sie ein etwa dreißigjähriger Mann mit einem braunen Rockabilly-Bürzel über der Stirn an. Er trägt ein Hemd mit gepaspeltem Kragen, Jeans und Creepers und ist etwas kleiner als Brenda. An seinem Gürtel prangt als Schnalle eine silberne Gitarre. Das ist doch keine Gretsch, das ist doch so 'ne olle Yamaha, von wegen stilecht, denkt Brenda.

Sind die für Michael, fragt sie dann und nimmt automatisch den Strauß an, den der Mann ihr immer noch entgegenstreckt. Bist du von Fleurop?

Nee, die sind für dich, sagt der Mann. Wie, sagt Brenda, soll das ein Witz sein? Bist du ein Freund von Michael, hat der dich geschickt? Lass mich erst mal rein, grinst der Mann. Und Brenda, die selten Angst hat vor Menschen und sich meistens auf ihre Intuition verlässt, macht die Tür ganz auf. Der Mann folgt Brenda in die Küche und setzt sich an den Tisch. Ich heiße Boris, sagt er. Brendas Nackenhaare stellen sich plötzlich auf. Bist du ein Freund von Michael, oder was?, fragt sie, jetzt schon etwas unfreundlicher. Also nicht direkt, sagt Boris. Ich bin eigentlich eher ein Beat-Banden-Fan.

Brenda legt die Blumen ins Waschbecken und dreht sich zu Boris um. Bist du etwa der Typ, der mir in Göttingen diesen Brief hinterlegt hat? Boris grinst noch mehr. Genau, sagt er. Freue mich, dass er angekommen ist!

Brenda merkt, wie ihre aufsteigende Angst von einer Wutwelle weggespült wird. Du hast ja wohl total den Arsch offen, fängt sie an. Bist du mir etwa hinterhergefahren? Sag mal, spinnst du? Woher weißt du überhaupt, dass ich hier bin? Was soll das, bist du ein Stalker? Soll ich jetzt die Bullen rufen? Also ich ruf jetzt die Bullen!

Sie geht ins Wohnzimmer. Boris springt auf und rennt ihr hinterher. Warte doch mal, sagt er, bitte, ich weiß ja, dass das ein bisschen überfallmäßig kommt. Ich wollte dich wirklich nicht erschrecken. Ich wollte dich einfach nur kennen lernen! Er bleibt im Türrahmen stehen und hört endlich auf zu grinsen. Stattdessen guckt er so bedröppelt, dass Brenda sich etwas beruhigt. Sie kann sich nicht vorstellen, dass Mörder oder Triebtäter bedröppelt gucken, bevor sie etwas anstellen. Andererseits stand sie noch nie einem gegenüber, jedenfalls nicht wissentlich.

Du verschwindest jetzt auf der Stelle, sagt sie. Das ist mir echt alles einen Zacken zu verrückt. Außerdem will ich noch wissen, woher du wusstest, dass ich gerade hier bin.

Wusste ich gar nicht, sagt Boris. Ich bin nur zufällig in Berlin, weil meine Schwester jemanden besucht, und da bin ich mitgefahren. Ich hab die Adresse von eurem Manager gehabt und hab heute den ganzen Tag versucht, den anzurufen, hab tausend Nachrichten auf dem Anrufbeantworter hinterlassen. Und dann, als es immer später wurde, hab ich gedacht, ich fahr da einfach mal vorbei. Und plötzlich hab ich gesehen, wie du mit deinem Fahrrad hier ankamst …

Und dann hast du gleich Blumen gekauft und einen Überraschungsangriff gestartet, oder was, fragt Brenda mit einer Mischung aus Wut und Amüsiertheit in der Stimme. Boris kommt ihr jetzt etwa so gefährlich vor wie ein ZDF-Vorabendserien-Bandit.

Na ja, sagt Boris, da unten an der U-Bahn ist ja dieser Spätkauf. Und ich dachte irgendwie, vielleicht findest du das ja nett …

Ich finde das nett, sagt Brenda. Aber ganz ehrlich: Du hast doch wohl einen Hau, zu denken, du könntest einfach so irgendeine Frau aufsuchen, die du nur aus dem Fernsehen kennst, und dann klappt das mit der! Also ganz ehrlich, und tut mir Leid, wenn ich jetzt deine Gefühle verletze, aber ich finde solche

Briefe schon total merkwürdig! Wir kennen uns doch überhaupt nicht, und wie kommst du denn darauf, dass da irgendetwas laufen könnte …

Boris steht immer noch in der Tür und guckt auf den Boden. Ich weiß ja, sagt er. Meine Schwester fand das auch bekloppt. Aber dann hab ich gedacht, verdammt, ich versuch's jetzt einfach mal. Weißt du, klar kennen wir uns nicht. Aber hätte doch auch gut gehen können, oder?

Brenda schüttelt den Kopf und rubbelt sich danach ausgiebig die Nase. Pass mal auf, sagt sie, du kannst froh sein, dass ich nicht die Bullen rufe, aber du scheinst echt ein romantischer Mensch zu sein. Hier einfach mit Blumen aufzutauchen ist so ein richtiges Film-Verhalten, wie aus 'nem Peter-Kraus-Film. Aber: Ich habe schon einen Freund. Ich bin überhaupt kein Stück daran interessiert, einen anderen Mann kennen zu lernen. Okay?

Boris guckt Brenda an. Okay, hab ich mir eh gedacht, murmelt er. Mann, ich wollt's eben wissen.

Er geht wieder zurück auf den Flur, und Brenda folgt ihm. Tschüs, sagt sie. Tschüs, sagt Boris und streckt ihr die Hand hin. Du bist doch nicht sauer, oder? Ich wollte dich nicht erschrecken. Brenda guckt kurz auf die Hand und sagt, sag mal, was sind das denn für merkwürdige Buchstaben auf deinen Fingern? Bist du auch noch in einer Sekte?

Quatsch, sagt Boris und grinst wieder ein bisschen. Aber vor zehn Jahren war ich ein noch viel größerer Musikfan als jetzt. Und da hab ich mir eben den Namen des allerbesten, größten und genialsten Musikers der Welt eintätowieren lassen. Er hält Brenda beide Hände nebeneinander vor das Gesicht, die Handrücken nach oben. Auf den Fingern der linken steht G…e…n…e…V und auf denen der rechten i…n…c…e…nt. Gene Vincent, buchstabiert Brenda und rubbelt sich schnell nochmal die Nase, weil sie so lachen muss. Ja, prima Typ, sagt sie. Interessante … Stückelung. Aber jetzt hau mal bitte ab.

Alles Gute, sagt Boris und geht zur Tür heraus. Tut mir echt Leid, wenn ich einen schlechten Eindruck hinterlassen hab.

Schon gut, sagt Brenda. Sie macht die Tür zu, hört, wie Boris die Treppen hinunterklappert, und greift nach ihrem Glas Rum, das immer noch auf Michaels Schlüsselschrank steht. Das auch noch. Das gibt's doch wohl gar nicht, sagt sie und kippt sich den ganzen Rum auf einmal in den Rachen, sodass ihre Augen anfangen zu tränen.

Die Damen haben sich für ihr nächstes, klärendes Zusammenkommen auf das Hinterzimmer eines unscheinbaren Oma-Cafés in der Nähe des Übungsraums geeinigt, an anderen öffentlichen Orten wird die Band inzwischen zu oft erkannt. Nathalia sitzt schon am Tisch, als Brenda ihre Knautschlacklederjacke auf einem Stuhl drapiert. Conny weht fünf Minuten später herein, die Wangen noch rot vom Fahrradfahren. Dann hören die drei, wie im Vorderraum getuschelt wird, einer ruft: Hey, ihr seid doch die von der Beat Bande, oder? Kann ich ein Autogramm haben?, und Frederikes Stimme antwortet, klar, kein Problem. Ich auch, ruft ein anderer. Nach ein paar weiteren Autogrammen stapfen die Schwestern herein, und Julia sagt ohne einen Funken Ironie, also dit ist ja auch wirklich ein nettes Café hier.

Brenda hat sich vorher genau überlegt, dass sie sich diesmal auf gar keinen Fall aufregen wird. Sie hat sogar in ihrem Yoga-Buch nach Beruhigungsübungen gesucht und auch eine gefunden: Sobald man merkt, dass man die Geduld verliert, soll man die Augen schließen, tief Luft holen und in vier getrennten Ausatmern leise zu sich selber sagen: «Pol-len-Ca-tarrh», was das englische Wort für Heuschnupfen ist, wenn Brenda es nicht falsch übersetzt hat. Da man sich beim «Pol-len-Ca-tarrh»-Seufzen sogar eigentlich noch um sich selbst drehen soll, ist Brenda nicht sicher, ob das wirklich ein probates Mittel für einen Zwist in der Öffentlichkeit ist. Man will schließlich ernst genommen werden. Sie kann nicht besonders gut streiten. Ungerecht oder nachtragend ist sie zwar nicht, aber wenn ihre Gefühle aufwallen, drücken sich damit schnell ein paar Tränen mit nach draußen. Das ist Brenda immer sehr unangenehm, denn oft sind es nur Wuttränchen, die ihre Streitpartner nicht von Traurigkeitstränen unterscheiden können. Früher sammelte Brenda Tricks, mit denen man Tränen unterdrücken kann, zum Beispiel «in ein helles Licht gucken» (ein Trick, der eher das Gegenteil bewirkt) oder das Gesicht nach oben halten, damit «die Tränen nach innen laufen». Am schlimmsten am Streit findet sie aber die schmerzenden Fingerspitzen, die sie vom Liebeskummer kennt und die, denkt sie, wahrscheinlich ein allgemeiner Hinweis auf ungerechte Behandlung sind. Beim letzten Streit taten ihre Fingerspitzen so weh, dass sie gleich ausprobieren wollte, ob man mit solch emotional aufgeladenen Fingerspitzen wohl besonders schöne, traurige und anrührende Stücke komponieren oder spielen kann. Wer weiß, vielleicht sind die «Schicksalsmelodie» oder die «Mondscheinsonate» mit genau solchen schmerzenden Kuppen in ein Klavier gehauen worden.

Der Streit um ein neues Management beginnt genau da, wo er aufgehört hatte.

Tacheles: Wir möchten einen neuen Manager, jedenfalls mal probehalber, sagen die Schwestern, nachdem sie zwei Milchkaffees bestellt haben. Wir sind Michael zu nichts verpflichtet.

Was heißt denn hier probehalber, fängt Brenda bereits an, sich aufzuregen, sollen wir Micha sagen, komm, mach mal Urlaub, und wenn der andere besser ist, dann geh nach Cheyenne?! Ich hab mir im Übrigen nochmal die ganzen Unterlagen angeguckt, all seine Abrechnungen von unseren letzten Touren, und ich finde es klasse, was der gemacht hat. Hier, guckt selbst.

Sie schmeißt drei ordentlich aussehende Ordner auf den kleinen Tisch.

Na, dit hab ick mir eh jedacht, sagt Julia. Du bist neulich direktemang zu ihm hingefahren und hast ihm alles erzählt, wa? Dit is nämlich das Blöde, wenn ein Bandmitglied in den Manager verknallt ist. Von Objektivität keene Spur.

Sag mal, du spinnst doch wohl, explodiert Brenda, deren Fingerspitzen sich stark bemerkbar machen. Klar hab ich mich mit Micha getroffen, aber ich hab ihm natürlich überhaupt nichts erzählt!

Wer's glaubt, sagt Frederike, mehr zur Seitenwand als zu den anderen.

Brenda ist jetzt richtig wütend. Was ist denn das für 'ne doofe Kindertour, sagt sie, denkt ihr jetzt, ich lüge euch an, um meine Beziehung zu schützen? Und außerdem: Seit wann habt ihr denn überhaupt was gegen Micha? Mir kommt das so vor, als hätte das eindeutig was mit diesem Spider-Murphy-Typen in München zu tun, der euch voll gesülzt hat …

Sie atmet tief ein und denkt verzweifelt: «Pol-len-Ca-tarrh! Pol-len-Ca-tarrh!»

Nun macht doch nicht so einen Wind, sagt Conny. Lasst uns mal vernünftig bleiben. Es wäre schade, wenn wir jetzt alles vergessen, was wir erreicht haben, und uns hier nur noch anblaffen wie ein Rudel Kampfhunde. Sie zieht die rötlichen Augenbrauen in gespieltem Schmerz zusammen. Wir haben doch eine Menge zusammen erlebt, Kinder, sagt sie und guckt wie ein «Mädchen vom Immenhof».

Ja, stimmt, sagt Brenda, während sie in vier Schüben ausatmet. Also das mit dem Manager steht für euch beide jetzt fest, Julia und Frederike, oder wie seh ich das?, fragt sie so ruhig, wie sie kann.

Wir haben da schon länger drüber nachgedacht, sagt Frederike. Dass der Typ in München dazwischenkam, dit passte nur wie die Faust aufs Auge. Dit war eenfach der richtije Typ zur richtijen Zeit. Dit passt auch zu der momentanen Lustlosigkeit, dit sag ich dir! Wenn wir 'n neuen Manager hätten, dann würd dit mit den neuen Stücken auch wieder besser flutschen!

Brenda glaubt ihr nicht. Sie fühlt sich ungerecht behandelt, weil sie sich am Abend nach der Probe, an dem der Boris-Billy sie beehrte, so sehr zusammengerissen hatte, um Michael nichts von der Auseinandersetzung innerhalb der Band zu erzählen. Er hatte zwar gemerkt, dass Brendas Laune irgendwo zwischen Keller und Friedhof hing, aber sie wollte gegenüber ihrer Band nicht unfair sein.

Also gut. Das ist euer Antrag. Vielleicht sollten wir Frau für Frau vorgehen, schlägt Conny vor. Jede könnte doch mal sagen, was sie von der Idee mit einem neuen Manager hält. Oder?

Brenda schaut Conny dankbar an und denkt, dass sich die

paar Jahre Hippie-Vergangenheit, die Conny ihr voraushat, gerade aufs angenehmste bemerkbar machen. Okay, sagt sie.

Julia leckt sich einen Milchschaumbart von den Lippen und fängt an. Meine Meinung kennt ihr, sagt sie. Ick hab überhaupt nüscht gegen Michael, aber ich finde, wir sind über den hinausgewachsen. Wir müssen uns eenfach weiterentwickeln, und dazu müssen wir neue Bahnen betreten. Und irjendwie hab ich das Jefühl, dass Michael diese neuen Bahnen nicht mehr richtig … mitmachen kann. Und dass der Münchner einfach … professioneller ist und uns darum weiterbringen kann.

Bin derselben Ansicht, fügt Frederike knapp hinzu.

Brenda sagt, na, meine Ansicht kennt ihr ja auch. Es stimmt, dass Micha und ich ein anderes Verhältnis zueinander haben als am Anfang, aber ich glaube nicht, dass mich das dermaßen emotional verwirrt, dass ich vor Liebe blind bin und nicht mehr sehen kann, ob er gut arbeitet oder nicht. Und ich finde, er hat gut für uns gearbeitet! Beziehungsweise, das macht er immer noch einwandfrei. Ich bin also dagegen, dass jemand anders uns managt.

Sie guckt Conny an.

Also es mag ja sein, fängt die an, dass andere Typen irgendwie mehr herausgeholt hätten. Oder uns vielleicht für mehr Geld vertickt hätten, keine Ahnung. Aber ich finde, man darf auch nicht vergessen, was Michael alles angeleiert hat. Und insofern bleib ich ihm auch treu. Jetzt so bandmäßig, lächelt sie Brenda an.

Alle gucken auf Nathalia, die bis jetzt still geblieben ist und nur hin und wieder mit den Eiswürfeln in ihrer Apfelschorle spielt. Nathalia streitet sich nicht gerne. Brenda erinnert sich plötzlich daran, dass Nathalia erst nach dem fünften gemeinsamen Auftritt darauf hingewiesen hat, dass sie schon seit langem ein paar feste Theatermusik-Termine habe und dass man die nächsten Beat-Banden-Konzerte darum nicht einfach so buchen könne. Warum hast du das denn nicht vorher angesagt, hatte Brenda sie damals entgeistert gefragt, es ist ja wohl klar, dass wir unsere Dates nur nach gemeinsamer Absprache treffen, und wenn eine nicht kann, dann geht es eben nicht. Aber Nathalia hatte bloß geantwortet, ach, ich find das immer so unschön, wenn jemand wiggsch wird, ich bin echt ungern die Spielverderberin …

Nathalia guckt in ihre Schorle. Ähem, sagt sie, ich hab da lange drüber nachgedacht. Und ich mag den Michael wirklich sehr gern. Der ist jedenfalls nicht so 'n Binnsl.

Brenda denkt gar nichts mehr. Sie ahnt nur plötzlich, dass das der Moment sein könnte, an dem sich die Musikgeschichte ändert. So wie der Moment, als sie das erste Mal eine Jimmy-Smith-Platte hörte und ihr eigenes Klaviergeklimper ihr in ganz anderem psychedelischen Licht erschien. Oder als die Beat Bande das erste Mal so zusammenspielte, dass sogar die hässlichen Wave-Poster im Übungsraum mitgroovten. Oder als Michael damals mit der Werbespot-Sache ankam und dadurch aus einer tollen Frauen-Instrumentalband DIE tolle Frauen-Instrumentalband wurde.

Aber andererseits, sagt Nathalia, haben wir uns Michael ja nicht für ewig versprochen. Oder? Wir haben doch keinen Vertrag auf Lebenszeit! Wir haben damals auch gesagt, wenn wir nicht mehr wollen, nehmen wir einen anderen. Ich meine, wieso versuchen wir es nicht einfach eine Zeit mit diesem Spider-Murphy-Typen und schauen, was dabei rauskommt?

Kurz ist es ganz still. Dann rutscht Julia ein «Siehste!» raus. Damit haben wir jawohl 'ne beschlussfähige Mehrheit, oder wie dit heißt.

In Brendas Kopf gibt irgendeine wehleidige Nervensynopse in genau diesem Augenblick den Befehl an ihre Tränendrüse, sich minimal zusammenzuziehen. Brenda kann nichts dagegen machen, kleine, fiese Ohnmachtstränchen steigen in ihren Augen auf. Ich muss kurz für kleine Königstigerinnen, meine Linse macht Terror, murmelt sie darum und geht auf die Toilette. Dort sitzt sie eine Weile und heult leise, obwohl sie alle Tricks (mit in die Toilettenlampe gucken und gleichzeitig den Kopf in den Nacken legen) versucht hat, um trocken aus der Sache herauszukommen.

So ein richtig gemeiner, emotionsgeladener Streit mischt immer alles neu, denkt Brenda und zieht den Reißverschluss ihrer Kosmetiktasche auf. Sie sitzt zusammengedrückt auf dem obersten Bett eines Vier-Betten-Abteils im Nachtzug nach Wien und merkt, wie der gefaltete Magen langsam gegen den Käsekrainer mit dem halben Liter Heurigen rebelliert, den sie vorhin übermütig im Speisewagen verputzt hat. Brenda hat sich ein paar Tage frei genommen von den Band-Problemen und den Auseinandersetzungen mit Michael, den sie nur mühsam davon überzeugen konnte, dass der Bandbeschluss nicht einstimmig, sondern ein Mehrheitsbeschluss war, und dass noch gar nicht weiter darüber geredet wurde. Dann hat sie Conny angerufen, erklärt, jede verdammte Frauenzeitung würde ihr «Abstand» empfehlen und sie führe darum für mindestens eine Woche zu ihrer alten Freundin Erlemännchen nach Wien.

Nicole Erlemann war Brendas Nachbarin in der Yorckstraße, bevor die Avcis dort einzogen. Kennen lernten sich die beiden, weil Brenda einen Mord verhindern wollte: Nachts um halb eins war Brenda durch die lauten, verzweifelten Angstschreie aus der Wohnung unter ihr wach geworden, dazu kamen Motorgeräusche wie von einer Kettensäge. Brenda ist ein eher toleranter Mensch, schließlich hört sie ihre Musik ebenfalls meistens laut, sie hat sich sogar einen extra Bass Booster in ihre Hifi-Anlage eingebaut, damit die Tassen im Küchenschrank im Takt klirren können und damit man zu alter Ska-Musik auch richtig den Booty shaken kann. Aber nach drei Stunden Geschreie und Rasenmäher-Sounds ging Brenda in dieser Nacht doch nach unten und klopfte. Ein paar Minuten später hörte das Todesstöhnen auf, eine hochrote Nicole Erlemann öffnete die Tür und fragte verschlafen: Sind Sie von der Polizei? Nee, vom zweiten Stock, sagte Brenda. Ich wollte nur mal nachfragen, ob du gerade kleine Kinder zersägst oder so. Es ist nämlich halb vier, da sollte man mit so was fertig sein. Nicole Erlemann wurde noch röter. Ähem, sagte sie. Also ich schreibe gerade meine Diplomarbeit über Splatterfilme. Und gestern Abend bin ich bei «Howling Teenage Nightmare Scum III» eingeschlafen. Weil mein Videorecorder eine Loop-Funktion hat, hat der Film sich wohl immer wieder selber zurückgespult und hat wieder von vorne angefangen. Das tut mir echt Leid! Ich hab es gerade erst gehört, als du mich geweckt hast.

Brenda musste kichern. Komm mal rein, sagte Nicole, dann kannst du das nachprüfen.

So fing Brendas und Erlemanns Freundschaft an. Was für Brenda Musik ist, das sind nämlich für Erlemännchen, wie ihre Freunde sie nennen, Horror- und Splatterfilme. Erlemännchen ging jedoch kurz nach ihrem Diplom nach Österreich, um in Wien ein kleines Horrorfilmfestival zu etablieren. Seitdem hatte Brenda sich vorgenommen, sie dort zu besuchen und sich den Kopf von ein paar blutigen Bildern durchpusten zu lassen.

Jetzt sitzt Brenda auf ihrer Nachtzugliege, fühlt sich irgendwie heimatlos, denkt an Erlemännchen und freut sich darüber, dass es beruhigend und vertraut aus dem Kosmetiktäschchen herausduftet. In der Fremde können Gerüche manchmal helfen, und Brendas billige Kamille-Nachtcreme riecht wie ihr kleines, voll gestopftes Bad zu Hause. Brenda setzt die Brille ab, cremt sich das Gesicht ein, schubbert sich an die Kabinenwand und knipst das kleine Leselichtchen über ihrem Kopf an. Unter ihr sägen schon zwei Österreicher am Prater-Riesenrad. Das Bett auf der anderen Seite ist noch leer. Brenda guckt an die hässliche grüne Plastikdecke und denkt über die letzten beiden Jahre nach. War alles richtig, ist alles optimal gelaufen?, denkt sie. Vielleicht ist jetzt einfach die Zeit, aufzuhören und etwas anderes zu machen. Bevor wir uns zerfleischen oder so ein Typ wie dieser unwiderstehliche Boris mal nicht mehr so klaglos seine Abfuhr einsteckt. Oder bevor man in solche Sphären abdriftet wie die schönen Schwestern. Für eine Flugbegleiterinnenkarriere bin ich zu alt, überlegt sie dann. Sie stellt sich kurz vor, wie sie ihren langen Körper in den Gang der zweiten Klasse quetscht, um die albernen Handbewegungen zu den unnützen Notausgängen zu machen. Und wie sie einem Geschäftsmann einen Pimm's No. 1 über den Bauch schüttet. Bei Pimm's No. 1 denkt sie kurz an Michael. Nein nein nein, sagt Brenda leise zu sich, übertönt vom Rattern des Zuges, jetzt wird mal ein paar Tage nicht an Micha gedacht! Eine andere Band, denkt sie und erinnert sich an ihre Band-Erfahrungen vor der Beat Bande, das Proben, die mehr oder minder erfolgreichen Auftritte, den Stress mit den Männern der Gruppe. So richtig nötig brauche ich das Touren gerade nicht, überlegt sie. Verkäuferin. Putzfrau. Kellermeisterin bei Piper-Heidsieck. Das wär's! Thekenkraft. Na ja, zur Not. Kurz hüpfen kleine Jungen mit Michael-Brillen und Michael-Haaren durch das Bild. Was war denn das für ein Gedanke, schüttelt sich Brenda überrascht. Schnell nach hinten unter «ferner liefen» damit! Tontechnikerin kann ich auch immer noch weitermachen, denkt sie weiter, aber da muss man so viel über die neuesten Geräte wissen und ein High-Tech-Freak sein. Lieber würd ich über Musik schreiben …

In diesem Augenblick betritt der vierte Gast das Abteil. Es ist ein kleiner, junger Mann mit kleinen Ohren, wenig Haaren und kleinen Augen, die er, als er Brenda sieht, ein bisschen aufreißt und dann eine Portion Zahnfleisch entblößt: Entschuldigung, bist du nicht … spielst du zufällig bei der Beat Bande?

Nein, sagt Brenda seufzend und knipst das Licht über dem Bett aus. Sie dreht sich zur Wand, riecht ihre Kamillencreme gemischt mit dem sauberen Waschmittelgeruch der Bettwäsche, durchdrungen von den Ausdünstungen fremder, schlafender Männer, die ihr gar nicht behagen, sinnt darüber nach, wieso eigentlich nie wunderschöne, mysteriöse Fremde mit dunklen, langen Wimpern und kussfreundlichen Lippen Nachtzug fahren, und kurz bevor sie die Augen schließt, fällt ihr ein, dass ihre Mutter die Kosmetiktasche «Kulturbeutel» nennt, so als ob man darin statt Gesichtscreme und Zahnbürste Kultur finden kann, eine Wagner-Platte und einen Picasso-Druck zum Beispiel. Ihre Mutter sagt auch «Ich muss mich noch kultivieren», wenn sie sich vor dem Ausgehen schick machen will. Brenda stellt sich dann immer vor, wie ein haariges Buschwesen in Tierhautfetzen vor dem Spiegel steht, die Arme hin und her baumeln lässt und brünftig brüllt: Ich muss mich kultivieren!

Sie kichert leise in das saubere Kissen, rubbelt sich ein bisschen schlaftrunken die Nase, hört den Beat-Banden-Kenner nebenan ein Geräusch produzieren, als ob er sich die Fußnägel abknipst, und bei dem Versuch, dort auf gar keinen Fall hinzugucken, schlummert sie vor lauter Konzentrationsanstrengung ein.

Brenda bleibt nicht eine Woche, sondern gleich einen Monat in Wien. Für das Horrorfilmfestival bekommt sie dank Erlemännchen einen «All Areas»-Pressepass (etwas übertrieben, findet Brenda, denn das Festival findet in zwei klitzekleinen Kinos mit je zwei Sälen statt, und die Partys sind allesamt in derselben Milchbar). Am zweiten Abend läuft sie, der Pressepass baumelt über der stolzgeschwellten Brust hin und her, zufällig einem Filmfanzine-Redakteur über den Weg, der gleich ein paar Artikel über die Festival-Filme für ein tägliches Infoblatt bei ihr bestellt. Brenda fühlt sich geschmeichelt und gibt sich sehr viel Mühe bei ihren ersten Texten. Es folgen weitere Aufträge, diesmal Musiktexte, und nach drei Wochen ruft Brenda Michael an, der jeden zweiten Tag auf Erlemännchens Anrufbeantworter war und immer saurer klang, und teilt ihm mit, dass es ihr gar nichts mehr ausmachen würde, wenn die Beat Bande nie wieder zusammenfände. Sie könnte sich auch vorstellen, als Musikjournalistin weiterzumachen.

Michael seufzt. Sag mal, ich will ja jetzt nicht deine viel versprechenden Zukunftspläne links liegen lassen, sagt er. Aber kannst du mir vielleicht freundlicherweise mal mitteilen, wann du gedenkst zurückzukommen? Es gibt noch einen Auftritt dieses Jahr und einen an Neujahr 97, jedenfalls mit mir als Manager. Ihr müsst also auf jeden Fall nochmal proben! So langsam erwarte ich auch, dass du mich hier ein bisschen unterstützt. Ich dachte, du bist so was wie meine Freundin …

Brenda krümmt sich ein bisschen am Telefon und rubbelt ihre Nase.

Auch wenn du jetzt da deinen komischen Abstand brauchst.

Brenda seufzt. Ich weiß, sagt sie. Ich komm ja auch mit dem Nachtzug am Freitag.

Über die Beat Bande und Michael hat sie viel nachgedacht. Sie telefonierte dreimal lange mit Conny, die zwischendurch nach Stuttgart gefahren war, um «sich ein bisschen beim Ex auszuheulen», und die von dort aus ins Telefon jammert: Mann, ich hab auch die Nase voll von dem ganzen Mist. Die Schwestern und Nathalia haben ja Recht, wenn sie sagen, drei von fünf Bandmitgliedern möchten einen neuen Manager ausprobieren. Und schließlich waren wir doch immer so stolz darauf, dass wir eine demokratische Band sind, bei der keiner wichtiger ist als der andere! Aber ist denn die fucking demokratische Lösung immer die beste? Bei mir ist irgendwie sowieso die Luft raus. Echt, Brenda, ich könnte mal ein paar Jahre Pause brauchen.

Im Hintergrund konnte Brenda förmlich hören, wie ein breitschultriger Ex-Freund Teewasser aufsetzte, Massageöl anwärmte und sich mental schon mal auf «Trösten» einstellte.

Brenda fährt am nächsten Wochenende zurück nach Berlin, feiert das Wiedersehen mit Michael und erklärt ihm, dass sie die vier Wochen ohne Bandstreit genossen hat. Aber auch, dass sie ihn stärker vermisst hat, als sie dachte.

Dann steht das Bandtreffen samt Noch-Manager an, die Stunde der Wahrheit nennt Conny das und knufft Brenda in die Seite. Die guckt stumm auf ihre etwas zu engen blauen Stoffstiefel, die sie nur zu so besonderen Anlässen wie unangenehmen Band-Diskussionen tragen kann, weil es Sitzschuhe sind.

Die Damen hocken im Ruby Club, es ist ein Nachmittag im Juli, und die Sonne scheint verhalten durch die großen, staubigen Fenster.

Die Fakten, sagt Michael. Ich war über zwei Jahre euer Manager, in der Zeit gab es eine grandiose CD, rund 80 Konzerte, einen Werbespot, drei Charts-Hits, inklusive den Neueinstieg «The Squaw» auf Platz 35 bis jetzt, und ihr habt das gesamte letzte Jahr komplett von der Musik leben können. Aber ihr möchtet, oder die meisten von euch möchten, jetzt einen anderen, besseren Manager. Oder wie sehe ich das?

Julia nickt. Dit klingt bitter, aber 'n bisschen ist dit so, sagt sie. Du hast einen tollen Job gemacht. Rike und ich haben eenfach nur jemerkt, dass es noch anders geht. Wir kannten ja nur dich als Manager.

Frederike stimmt ihr zu. Wir ham een Anjebot von 'ner großen Agentur in München, sagt sie. Und das sollten wir uns gut überlegen. Wir müssen uns auf jeden Fall weiterentwickeln.

Conny räuspert sich. Also vielleicht kommt das jetzt unvermittelt, fängt sie an und wird ein bisschen rot. Aber ich möchte hiermit bekannt geben, dass ich aussteigen will. Das hat nicht nur was mit Michael oder nicht Michael zu tun. Ich hab einfach keine Lust mehr. Ich will weg aus Berlin, und ich will mit meinem Ex-Freund zusammen einen Laden aufmachen. In Stuttgart.

Sie wird noch röter.

Die anderen gucken fassungslos, Brenda am fassungslosesten. Äh, das ist mir auch neu, sagt sie.

Tja, sagt Conny und lächelt. Da bin ich dir jetzt wohl zuvorgekommen, sagt sie.

Ähem, ja, sagt Brenda. Ich wollte ehrlich gesagt ankündigen, dass ich nur bereit bin, bei der Band zu bleiben, wenn Michael uns managt. Aber wenn du ohnehin aussteigst, dann habe ich, glaube ich, auch keine Lust mehr. Ich hab in letzter Zeit, mit diesem ganzen Wiggel und der Geschichte mit dem Typen, der plötzlich bei mir aufkreuzte, eh so ein komisches Gefühl bekommen.

Und ich, sagt Nathalia, bin jetzt ziemlich erleichtert. Ich wollte euch nämlich, ob ihr's glaubt oder nicht, sagen, dass ich am liebsten mindestens ein Jahr Pause machen möchte. Ich hab eine neue, große Theaterproduktion angeboten bekommen. Die kannten mich wegen der Beat Bande und haben Kontakt aufgenommen, weil sie wussten, dass ich vorher Theatermusik komponiert hab. Ich hab total Lust, das zu machen. Von daher … kommt es mir eigentlich ganz gelegen, wenn wir das Kapitel Beat Bande … in stillem Einvernehmen …

… auf Eis legen beziehungsweise in der Versenkung verschwinden lassen, führt Conny verblüfft den Satz zu Ende. Brenda ist ebenfalls perplex. Dass das so schnell geht, denkt sie, das hätte ich nun auch nicht gedacht. Aus die Maus. Traum passé. Karriere an den Nagel gehängt. Hoffentlich war das die richtige Entscheidung, verdammt noch eins!

1997 passieren eine Menge Dinge in Brendas bis dato kurzem, aber keineswegs ereignislosem Leben. Die Beat Bande hat ihren letzten Auftritt am Neujahrstag, das «Katzenjammerkonzert» im Freien Theater, dem größten Saal, in dem die Beat Bande je alleine gespielt hat. 5000 Menschen feiern mit ihnen Abschied, und Brenda wird die Rührung darüber nie vergessen, wie viele sie an einem so typischen Zu-Hause-bleib-und-Katerpflege-Tag mobilisieren konnten.

Die Damen spielen fast drei Stunden, und auch eine halbe Stunde nach dem letzten «Boak Boak!» von «Chicken Rhythm» wollen immer noch ein paar Fans Zugaben. Hinter der Bühne hat sich die Band derweil um einen Cateringtisch mit Obst, Schokoriegeln und zwanzig Flaschen Sekt versammelt und liegt sich kollektiv in den Armen. Das letzte Mal, schnauft Conny und umhalst Nathalia, als wäre sie ein Rettungsring, das letzte Mal … Auch Julia und Frederike sind schwer gerührt und haken sich rechts und links von Brenda ein.

So wat kommt überhaupt nie wieder, dit is dir ja wohl klar, wa, fragt Julia und zerdrückt mit der Hand, die ein volles Sektglas hält, eine Träne unter dem Auge. Mensch Mensch Mensch, sagt Frederike, dit wa das noch erleben durften … Ick werd dit nie verjessen.

Brenda kratzt es auch im Hals. Aber sie hat ihre Tränenrationen in den letzten paar Wochen dicke aufgebraucht, darum lächelt sie nur etwas schief und bleibt stumm.

Die Plattenfirma Circle Records war fast hintenübergefallen, als Brenda, Conny und Nathalia ihre Pläne kundtaten. Wir rechnen doch fest mit euch, Mädels, hatte der leutselige Geschäftsführer gesagt, worauf Brenda bedauernd kalauerte: Da habt ihr euch dann wohl leider verrechnet.

Brenda weiß, dass sie Glück hatten, ungeschoren aus ihrem Plattenvertrag herauszukommen – Michael hatte ihn nämlich auf nur eine garantierte CD beschränkt. Normalerweise muss sich eine Band an ihre Firma ketten und CDs produzieren, bis die Kosten eingespielt sind, hatte er Brenda erklärt, und wenn das bis zum Seniorenalter dauert. Falls man vorher wechseln möchte, muss man jammern, heulen und (ver)klagen, manche Künstler ärgern sich ihr ganzes Leben lang über schlechte Verträge und daraus resultierende Nachteile. Und manche benennen sich sogar um, um unter anderen Namen bei anderen Labels veröffentlichen zu können. So wie der Künstler, der mal Prince war.

Brenda hatte daraufhin überlegt, ob sich die schönen Schwestern nicht auch heimlich unter anderem Namen zu schaffen machen würden. T.B.S.W.U.T.P.I.A.B.C.B.B. (The Beautiful Sisters Who Used to Play in a Band Called Beat Bande) ist aber kein wirklich eingängiger Bandname.

Doch die Schwestern schmieden andere Pläne. Ihr neuer Münchner Manager hat ihnen nämlich auch als Ex-Beat Bande eine große Zukunft vorausgesagt: Ich bring euch ins Fernsehen, hat er versprochen, und das hören Julia und Frederike, die sich in den letzten zwei Jahren sehr an die Öffentlichkeit gewöhnt haben, nur allzu gern. Zuallererst unterschreiben die Brauns darum im Februar 1996 einen (nicht besonders günstigen) Managervertrag mit der Firma Just.public, und der erste Auftrag folgt Anfang Mai: Die Schwestern werden zu einer Fernseh-Talkrunde mit dem Thema «Ich war berühmt» eingeladen und sitzen glücklich neben Ingrid Steeger, Georg Danzer und einem Mädchen, das angeblich mal mit Boy George im Bett war. Sehr unglaubwürdig, findet Brenda, die die Sendung schockiert verfolgt, Boy George ist bekanntlich schwuler als zehn Eiskunstläufer.

In den nächsten Jahren vermittelt der teure Münchner Manager (der bei Brenda übrigens in dem Augenblick durchgefallen ist, als sie beim Abschiedskonzert sein Auto sah. Daran prangte nämlich dieser Aufkleber, der aussieht wie ein Stück Vogelkacke oder Kinderspucke, aber die Insel Sylt darstellen soll) den Schwestern einige kleine und größere Rollen in Werbespots: Sie dürfen in neonfarbenen Stretchleggins zum Kühlschrank joggen und gefüllte Schokoladestäbchen herausstibitzen, mit ein paar spießig angezogenen Freunden in klinisch sauberen Küchen um den Abwasch streiten, und anderen spießig angezogenen Freunden kleine Schokoladennüsse wegfuttern. Ihre größte, bahnbrechende Rolle haben sie aber als sportliche Mädchen, die in der Apotheke aufkreuzen und besser wissen, welches Medikament das billigste ist. Musik machen sie nicht mehr, obwohl der Manager immer wieder verspricht, sich um Rollen als Musikerinnen zu kümmern und sich umzuhorchen, ob jemand Gitarristin und Bassistin im Doppelpack brauchen kann.

Einige Jahre später hört Brenda, dass die schönen Schwestern für eine so genannte Casting-Show im Fernsehen vorgeschlagen sind, bei der eine Band zusammengestellt wird, die dann den Erfindern viel Geld bringt. Brenda mutmaßt allerdings, dass sie sich für so etwas nicht eignen. Man braucht nämlich vor allem Formbarkeit für eine solche Karriere, denkt sie, außerdem könnten musikalisches Talent, Können und Live-Vergangenheit als Beatpunk-Musikerinnen eher hinderlich sein …

Nathalia stürzt sich in die Theatermusik. Sie komponiert den Score für eine große Produktion am Neuen Theater Magdeburg, die so gut ankommt, dass sie sich danach vor Aufträgen kaum retten kann. Irgendwann hat sie sogar einen Fernsehfilm in Aussicht, eine niedliche Liebesgeschichte, bei der es um ein Pärchen geht, das sich bei einem Superhirn-Wettbewerb kennen lernt, was Brenda ganz allerliebst findet, denn sie ist immer noch die ungeschlagene Superhirn-Meisterin und würde auch gerne jemanden kennen lernen, der ihre Leidenschaft für kleine bunte Plastikknöpfe teilt. Brenda ist inzwischen sogar in der Lage, das sehr rare «Advanced»-Superhirn für Master-Masterbrains zu verstehen, bei dem nicht nur aus acht verschiedenen Farben eine Kombination von fünf erraten werden muss, sondern jedem Knöpfchen zusätzlich auch noch eines aus acht verschiedenen, komplizierten graphischen Symbolen zugeordnet wird.

Conny geht wie angekündigt nach Stuttgart, in die Stadt, aus der sie vor Jahren geflüchtet ist, und eröffnet dort zusammen mit ihrem ehemaligen Ex-Freund Jan einen Club mit kleiner Bühne und langem Tresen, in dem am Wochenende Bands spielen und Conny selber zweimal pro Woche Platten auflegt. Strictly Hardrock. Außerdem trommelt sie «spaßeshalber» in einer Cover-Rockband, die sich (nach dem AC/DC-Song, aber leider in falschem Englisch) Problem Childs nennt. Brenda bekommt ein Jahr nach ihrem legendären Abschiedskonzert, im Januar 1998, eine E-Mail von Conny (Brendas dritte E-Mail überhaupt, nach der Begrüßungswerbung vom Provider und einer unverständlichen Kettenmail, in der jemand Glück verspricht, wenn man zehn Unbekannten die E-Mail weiterleitet, was Brenda selbstverständlich nicht tut, denn sie ist stolz darauf, dass bei ihr schon immer sämtliche Kettenbriefe zu Grabe getragen worden sind). Conny schreibt, dass es ihr hervorragend geht, dass sie die erste und einzige Beat-Banden-CD in einem Plattenladen unter «Raritäten» für 30 Mark gesehen hat und das alberne Oben-ohne-Poster sogar einmal, bei einer Plattenbörse, für 50 Mark. Außerdem lädt sie Brenda in dieser E-Mail zum wiederholten Male ein und hängt ein PS an: Ähem, habe übrigens einen Braten in der Röhre. Eine kleine Nachwuchsschlagzeugerin. Aber keine Angst, ich werde das Kind durch viel Rauchen und Trinken so mini halten, dass es keine Probleme beim Rauskommen macht.

Brenda freut sich sehr und schickt Conny sofort ein Secondhand-Schwangerengymnastikbuch aus den esoterischen Achtzigern, in dem fünf verschiedene Übungen beschrieben werden, die man anwenden muss, damit der Damm bei der Geburt schön geschmeidig bleibt. Unter anderem soll man sich vorstellen, der Damm sei ein kleiner Mund mit Zähnen, und mit dem knabbere man an einer Aprikose. Das hilft dir bestimmt, guten Appetit, schreibt Brenda auf den Zettel, den sie auf das Cover klebt, direkt über das Gesicht des grinsenden Säuglings.

1999 erwirbt eine Filmproduktionsfirma die Rechte an einem Stück der Beat Bande für einen Spielfilm, der in den Sechzigern spielt. Das Stück («Brainwashed») erscheint auf dem Filmsoundtrack, und der Film wird immerhin ein Festivalerfolg, der Soundtrack verkauft sich rund 10 000-mal. Das so verdiente Geld investiert Conny in das erste Übungsschlagzeug ihrer Tochter, Nathalia ersteht ein komisches, dreisaitiges afrikanisches Zupfinstrument, Julia ein paar Joop!-Sandalen, Frederike eine abgrundtief hässliche Rattan-Liege, und Brenda schenkt Michael ein gebrauchtes Fahrrad und kauft sich für den Rest eine Box mit sämtlichen Musik-und-Lyrik-Aufnahmen der Beat Generation. Brenda müsste sehr lachen, wenn sie wüsste, was die anderen mit ihrem Geld gemacht haben. Aber zu diesem Zeitpunkt hat sie fast gar keinen Kontakt mehr zu den Schwestern, nur noch sporadisch zu Nathalia und E-Mail-Kontakt zu Conny.

Der Zivi übernimmt den Ruby Club und macht daraus eine Elektro-Lounge.

2002

Somebody stole my thunder, summt Brenda leise, während sie auf der Rolltreppe abwärts in die Lebensmittelabteilung gleitet, somebody crashed my action … Sie hat gerade Georgie Fame wieder entdeckt, die Kassette, die sie mit der Beat Bande während eines Sommers voller Live-Auftritte ständig im Bullen-Bulli hörte. Neben der Rolltreppe sind Spiegel angebracht, sodass man sich selbst und die aufwärts fahrenden Kunden beobachten kann. Sie betrachtet ihre ausdrucksstarke Nase und den Haarhelm, unter einem langen Pony die Augen mit den sich ausnahmsweise mal behaglich anfühlenden Kontaktlinsen und Eyelinerstrich. Eine Treppe weiter fährt eine dicke Frau mit blondierten Haaren aufwärts, und dann steht da plötzlich ein langhaariger, dünner Mann, der Brenda ins Gesicht guckt und ruft: Brenda!

Thommi, ruft Brenda, Mensch, lange nicht gesehen! Brenda versucht, die Rolltreppe entgegen der Fahrtrichtung wieder hinaufzulaufen, und Thommi läuft sie entgegen der Fahrtrichtung hinunter. Mann, die müssen doch denken, wir sind ein bekopptes Liebespaar, sagt Brenda, als die beiden glücklich und kichernd auf der Erdgeschossebene voreinander stehen.

Sind alle neidisch, sagt Thomas. Wie geht's dir denn, Mensch, alte Hütte? Hab dich seit mindestens drei Jahren nicht gesehen! Aber hab dich gelesen! In MEINEM Lieblingshardrockmagazin! Eine Geschichte über so 'ne unbekannte Heavy-Metal-Band …

Tschä, sagt Brenda und guckt etwas peinlich berührt, aber auch stolz an Thomas vorbei auf eine Silberschmuck-Sonderverkaufsebene, das hätte ich auch nicht gedacht, dass ich noch mal so groß ins Musikjournalismus-Geschäft einsteige … Aber anscheinend gibt es immer noch wenig Frauen auf dem Gebiet, und ob du's glaubst oder nicht, da hat man sogar mit Cupgröße A einen Tittenbonus …

Thomas lächelt. Nu mach dich mal nicht schmalbrüstiger, als du bist, lacht er. Deine Texte sind echt super, Cupgröße hin oder her, die können froh sein, dass du das Niveau dieser Hardrock-Nerd-Zeitung hebst!

Brenda ist geschmeichelt und sagt, ich weiß gar nicht, wieso ich so lange damit gewartet hab, dich zu treffen!

Machst du noch Musik?, fragt Thomas.

Irgendwie komm ich nicht mehr dazu, antwortet Brenda. Die Orgel ist schon so 'n büschen staubig. Und du, noch Sound-Engineering?

Klar, sagt Thomas, ich bin jetzt Hausmischer im Dark Room. Wenn du da mal auf ein Konzert willst, sagt Bescheid, Gästeliste ist kein Problem.

Super, vielen Dank, sagt Brenda, wenn ich das nächste Mal erwachsene Männer mit langen, filzigen Haaren in schwarzen engen Röhrenhosen sehen will, die in Kopfstimme zur Double Bass Drum über Sadomaso-Praktiken singen, melde ich mich!

Sehr witzig, frotzelt Thomas. Was ist denn mit Michael, gibt's den noch?

Na geben tut es den natürlich noch, sagt Brenda. Unkraut vergeht nicht, huachhuach.

Es ist aber gar nicht so einfach gewesen mit Brenda und Michael. Nachdem die Beat Bande sich aufgelöst hatte, sah erst einmal alles gut aus, pärchenmäßig. Die beiden trösteten sich gegenseitig in der ersten, merkwürdigen Phase ohne die Band, guckten zusammen Kochsendungen, machten sich mehr oder weniger erfolgreich Geschenke (Michael schenkte Brenda eine riesige Sechziger-Jahre-Halskette mit großen, viereckigen Elementen, von denen Brenda leider Nickelpickel bekam, Brenda kaufte ihm dafür einen gefakten Doktortitel bei einem ominösen «Diplom-Verwalter», mit dem man aber, außer ihn bei Elternbesuch an die Wand zu hängen, leider auch nichts anfangen kann), und Michael stieg aus dem Ruby Club aus und begann, bei einer der wie Unkraut wuchernden IT-Firmen als Berater zu arbeiten. Nebenbei managte er weiterhin Bands, die meistens nicht über ein paar Live-Gigs hinauskamen, bis sich eines der Mitglieder desillusioniert entschloss, doch lieber zu Ende zu studieren oder gleich Gärtner zu werden.

Vier Jahre lang lief das ganz prima. Dann zogen Brenda und Michael zusammen, und es passierte, was erwachsenen Menschen, die das Alleinewohnen gewöhnt sind, immer wieder mal passiert: Die Luft ging raus. Brenda lernte Michaels sämtliche kaputte schwarze Socken kennen, weil es keine Waschmaschinenfüllung mehr ohne sie gab, und Michael lernte eine ganz schön genervte Brenda kennen, als er eines Abends ein paar ihrer Platten anhörte und sie nicht wieder in die richtigen Innenhüllen steckte. Vielleicht sind wir noch nicht reif für eine Gemütlicher-Videoabend-Beziehungskiste, zitierte er aus einer Arzt-Wartezimmer-Frauenzeitung. Vielleicht sind wir alle Individualisten, konterte sie mit einem Monty-Python-Zitat. Ich nicht, zitierte er weiter, er kannte den Film.

Im Frühling 2002 jedenfalls zog Brenda in eine kleine, eigene Wohnung in der Herrfurthstraße, und es sieht so aus, als ob das eine ganz gute Therapie ist. Brenda und Michael treffen sich wieder öfter, kichern wieder miteinander, und sie findet die als solche deklarierten Besuchsnächte viel aufregender als die selbstverständlichen in der gemeinsamen Ex-Butze. Sie ist wieder die alleinige Herrin ihrer Schallplatten, ihrer Stiefel und Bücher. Manchmal denkt sie, ich sollte die ganze Band-Geschichte vielleicht aufschreiben. Damit keiner vergisst, dass es immerhin schon einmal eine grandiose Frauen-Instrumentalband gab. Schließlich hängen die Poster längst nicht mehr in Jungmädchen- und Jungherrenzimmern, und unsere einzige CD bekommt man nur noch mit etwas Schwein auf dem Flohmarkt.

Andererseits, überlegt sie pragmatisch weiter, heutzutage hat ja fast jeder einen CD-Brenner.

Brenda selbst wird die Sache mit der Beat Bande jedenfalls nie vergessen. Jedes Mal, wenn sie auf eine Deutschlandkarte guckt, fallen ihr die Clubs ein, in denen die Beat Bande den Shimmy tanzte. Und jeden Morgen, wenn sie sich die Wimpern tuscht, denkt sie an «Mascara!».